# HISTOIRES
# FASCINANTES

# RECUEILS D'ALFRED HITCHCOCK
## *CHEZ POCKET :*

HISTOIRES TERRIFIANTES
HISTOIRES ÉPOUVANTABLES
HISTOIRES ABOMINABLES
HISTOIRES À LIRE TOUTES PORTES CLOSES
HISTOIRES À LIRE TOUTES LUMIÈRES ALLUMÉES
HISTOIRES À NE PAS FERMER L'ŒIL DE LA NUIT
HISTOIRES À DÉCONSEILLER AUX GRANDS NERVEUX
HISTOIRES PRÉFÉRÉES DU MAÎTRE ÈS CRIMES
HISTOIRES QUI FONT MOUCHE
HISTOIRES SIDÉRANTES
HISTOIRES À CLAQUER DES DENTS
HISTOIRES QUI RIMENT AVEC CRIME
HISTOIRES À DONNER LE FRISSON
HISTOIRES À LIRE AVEC PRÉCAUTION
HISTOIRES DRÔLEMENT INQUIÉTANTES
HISTOIRES PERCUTANTES
HISTOIRES À FAIRE FROID DANS LE DOS
HISTOIRES À DONNER DES SUEURS FROIDES
HISTOIRES À VOUS GLACER LE SANG
HISTOIRES À SUSPENSE
HISTOIRES À FRÉMIR DEBOUT
HISTOIRES À VOUS FAIRE DRESSER
LES CHEVEUX SUR LA TÊTE
HISTOIRES RENVERSANTES
HISTOIRES QUI FONT TILT
HISTOIRES À FAIRE PÂLIR LA NUIT
HISTOIRES NOIRES POUR NUITS BLANCHES
HISTOIRES À VOUS METTRE K.O.
HISTOIRES DIABOLIQUES
HISTOIRES FASCINANTES
HISTOIRES QUI VIRENT AU NOIR
HISTOIRES À VOUS COUPER LE SOUFFLE
HISTOIRES À FAIRE PEUR
HISTOIRES TÉNÉBREUSES
HISTOIRES À LIRE ET À PÂLIR
HISTOIRES CIBLÉES
HISTOIRES À RENDRE TOUT CHOSE
HISTOIRES EN ROUGE ET NOIR

ALFRED HITCHCOCK
présente :

# HISTOIRES
# FASCINANTES

Titre original :
*A CHOICE OF EVILS*

Le Code de la propriété intellectuelle n'autorisant, aux termes de l'article L. 122-5, 2° et 3° a) d'une part, que les « copies ou reproductions strictement réservées à l'usage privé du copiste et non destinées à une utilisation collective » et, d'autre part, que les analyses et les courtes citations dans un but d'exemple et d'illustration, « toute représentation ou reproduction intégrale ou partielle faite sans le consentement de l'auteur ou de ses ayants droit ou ayants cause, est illicite » (art. L. 122-4).
Cette représentation ou reproduction, par quelque procédé que ce soit, constituerait donc une contrefaçon sanctionnée par les articles L. 335-2 et suivants du Code de la propriété intellectuelle.

© 1983, by Davis Publications, Inc.
© 1986, Pocket, Paris, pour les traductions.
ISBN 2-266-06698-6

# L'assassin contagieux

par

Bryce Walton

J'avais, durant ce chaud jour de juillet, suivi au petit bonheur quelques pistes infructueuses, je rentrai à la brigade tard et découragé. L'affaire allait mal pour moi. Pourtant j'avais fait tout ce que je pouvais. La tension montait.

L'installation d'air conditionné était de nouveau en panne. Le bureau, étouffant, sentait le vieux cigare. Quelques garçons qui tapaient des rapports à la machine s'arrêtèrent et murmurèrent des paroles de bienvenue embarrassées. L'un d'eux dit même « Bonjour », et hésita avant d'ajouter « lieutenant », comme une réflexion après coup. Je suspendis ma veste d'uniforme au dossier de ma chaise, relevai mes manches de chemise trempées de sueur, et consultai le bloc-notes de mon bureau. Rien, comme d'habitude, sinon des renseignements négatifs, et un mot me priant de téléphoner à ma femme. Cela m'ennuyait de l'appeler. Mon fils, Jamie, se mêlerait à la conversation. Il demanderait : « Papa, comment se fait-il que tu n'aies pas encore trouvé la solution des meurtres ? »

Je pouvais lui dire ce que j'avais répondu aux journalistes pendant une semaine : je m'attendais maintenant à découvrir cette solution à tout moment. Mais les gosses, surtout Jamie, savent quand vous mentez aussitôt que vous ouvrez la bouche.

Je téléphonai au Bureau de l'Identité judiciaire afin de voir s'ils n'avaient pas repéré quelques sadiques criminels que nous n'avions pas encore interrogés. On me répondit négativement. Je téléphonai à Miller pour savoir s'il avait terminé une nouvelle inspection des registres de sorties de la compagnie de taxis. Peut-être un chauffeur pouvait-il se souvenir d'avoir pris ou déposé un client louche dans un endroit intéressant. Miller n'avait rien de nouveau à m'apprendre. Je téléphonai pour demander si les photos envoyées dans les villes natales des filles, aux maisons pour lesquelles elles travaillaient, aux écoles qu'elles avaient fréquentées, avaient donné quelque chose. Non. Je téléphonai à Morelli. Quelqu'un n'avait-il pas fourni de façon anonyme quelques tuyaux valant la peine d'être vérifiés ? Personne ne l'avait fait. J'appelai en fin de compte Hoppy. Avait-il découvert un indice en fouillant encore une fois tous les hôtels borgnes ? Eh bien, non.

Je restai alors assis en proie à une effrayante impression d'échec et une colère inutile. La vérité était, je devais l'admettre, que j'avais là une « affaire pourrie ». Quand des femmes sont tuées par un malade mental, il vous faut trouver une piste sérieuse en moins de vingt-quatre heures, sinon l'affaire pourrit et vous pouvez mettre des années avant d'arrêter l'assassin, ou même ne jamais l'arrêter du tout. En général, le tueur ne connaît pas sa victime. Il ne l'a probablement jamais vue auparavant, n'a aucun rapport avec elle, et n'éprouve à son égard qu'une brusque attirance maladive. Cela élimine les pistes et mobiles habituels, et il n'y a d'autre moyen de rattacher ce genre d'assassin à ses victimes que d'avoir des témoins oculaires et — ou — des indices accusateurs laissés par lui. Pour le mien, il n'y avait ni indices ni témoins. Rien que des morceaux éparpillés de ses deux victimes mises en pièces, deux jeunes et jolies filles venues à la ville chercher une existence plus brillante, et qui avaient mal tourné. Cette sorte de filles que vous rencontrez faisant les cent pas sur des trottoirs à la recherche d'une aventure.

J'éprouvai une démangeaison derrière le cou, à l'endroit à peu près où tomberait la hache. C'était ma première grande affaire criminelle depuis ma nomination au grade de lieutenant, et sans doute serait-ce la dernière. Non que je sois mis à la porte ou dégradé.

Mais on me pousserait le long du couloir jusqu'au bureau du personnel. Non, merci, très peu pour moi.

Le téléphone sonna. Avant même de décrocher j'eus l'impression que c'était le patron.

— Voulez-vous monter, McKenna, dit-il.

Son air conditionné marchait à merveille, et pourtant son bureau me parut avoir l'odeur confinée d'un piège à souris. Fort, d'esprit vif et pratique, c'est un homme qui ne fait pas de sentiment et s'y connaît en politique. Il ne perd jamais ni temps ni paroles. Et il ne les perdit pas avec moi.

— Quelqu'un d'autre va être mis sur votre affaire, McKenna, m'annonça-t-il.

Frappé de stupeur, je fus un moment avant de pouvoir parler. Puis :

— Eh bien, c'est parfait. A bientôt.

Et, me détournant, je marchai vers la porte.

— Ne soyez pas idiot, McKenna. Attendez une seconde et écoutez.

Je m'arrêtai.

— Cela ne marchera pas mieux. J'ai fait tout ce que l'on pouvait faire.

Le patron se tordit nerveusement les mains. Il me regardait, les paupières à demi fermées, mal à l'aise.

— Calmez-vous, McKenna, et écoutez-moi. Je sais que vous avez fait tout ce qu'il était possible de faire, du moins pour de simples mortels comme ceux de ce commissariat. Mais il y a quelque chose de curieux... quelque chose de mystérieux, d'inhabituel. Et je veux que vous m'écoutiez. Premièrement, comprenez-moi bien, McKenna. Avoir recours à un autre n'est pas une mauvaise idée. C'est celle du district attorney. Il tient à une arrestation rapide et à une condamnation. C'est son affaire, c'est politique. La nôtre est de faire ce que l'on nous dit, et de nous souvenir que le district attorney est le neveu du maire. Compris ?

— Compris.

— Jamais entendu parler d'un ex-flic nommé Steve Blackburn ?

Je secouai la tête.

— On vous a muté ici après le départ de Blackburn.

Il était lieutenant aussi, à la brigade criminelle. Un jour, il dut s'occuper d'une affaire de meurtre. Trois femmes coupées en morceaux et un fou. Une affaire comme la vôtre, McKenna.

Il hésita, et me jeta un drôle de regard furtif :

— En fait, selon Blackburn, il s'agirait de la *même* affaire. Il a convaincu le district attorney qu'il s'agit du même tueur répétant son premier crime.

Je n'avais cure de dire quelque chose. J'attendis la suite.

Finalement le patron continua :

— Pour Blackburn, c'est très important. L'affaire dont il s'est occupé date d'un an et demi, et l'assassin n'a jamais été pris. L'enquête n'aboutit à rien. Blackburn en a été très affecté. Il s'était entièrement donné à cette affaire. C'était comme une fièvre en lui. Il ne pouvait penser à rien d'autre. Mois après mois, il refusa de faire autre chose que pourchasser ce fou. Et pendant plus d'une année il consacra tout son temps à cette obsession. C'était devenu cela : une obsession. Il prétendait savoir tout du meurtrier, avoir étudié ce crime sur toutes les coutures. Mais le type disparut. Blackburn savait tant de choses sur lui qu'il lui tendit un piège. Mais l'homme ne tua plus, et Blackburn perdit sa trace. Il ne cessa de répéter que « si seulement il avait encore tué quelqu'un, il lui aurait mis la main dessus ». Et, il en fut obsédé au point que lorsqu'il échoua, il ne put supporter la punition. Il se mit à boire, et finalement dut quitter la police. Une histoire navrante.

— Blackburn est maintenant chargé de notre affaire ? demandai-je.

— Non. Le district attorney en fait une sorte d'expert. Après tout, s'il s'agit du même assassin, Blackburn a une certaine avance sur nous.

— Et si ce n'est pas le même ? Si Blackburn est, comme vous dites, obsédé ? S'il ne revient que pour essayer de prouver quelque chose, de se rattraper de son échec ?

Le patron croisa ses doigts, puis feignit d'avoir du mal à les séparer.

— Nous n'avons pas à chercher pourquoi,

McKenna. Officiellement, vous êtes toujours chargé de l'affaire. Blackburn ne fait pas partie de la police.

Il respira profondément.

— De toute façon, il est certain d'avoir raison. Savez-vous où il est en ce moment ? Il patrouille avec une voiture de police dans South Main, où ont eu lieu les crimes. Selon lui, le tueur peut encore frapper. Cette nuit même !

— Cette nuit, répétai-je.

Et ma bouche devint soudain sèche.

— Oui. Il vous faut prendre une voiture et vous rendre là-bas. Rejoindre Blackburn au parking de South Main à six heures et demie.

La voiture de patrouille banalisée pénétra dans le parking à six heures et demie exactement. Je m'approchai. Une brume de chaleur mêlée à de la fumée me piquait les yeux. Blackburn avait un visage sombre et maigre qui me fit penser à un vautour.

— Vous conduisez, McKenna, dit-il nerveusement. C'est bien comme cela que vous vous appelez, n'est-ce pas ? (Je hochai la tête et il me laissa la place au volant.) Je préfère que vous conduisiez parce que je veux regarder, sentir le vent. (Il se tourna du côté de la vitre ouverte de la voiture.) Cela met dans le bain, McKenna. Vous faites une ronde et vous sentez la présence d'un tueur. Voici sa rue. La rue de Joe. Vous le savez.

— Joe ? fis-je.

— La seule chose que je n'aie pas pu découvrir, c'est son nom. Alors je l'appelle Joe.

— Où allons-nous ? demandai-je.

— Roulez simplement dans South Main. Lentement.

— Jusqu'où faut-il aller ?

Quittant le parking, je m'insérai dans la file des voitures.

— Entre le un et le huit, répondit Blackburn.

Il portait un costume foncé, une cravate de couleur sombre, et ses cheveux noirs qui s'éclaircissaient étaient striés de blanc. Il avait environ quarante ans, un regard sec, une peau tannée comme du cuir. Il demeura tourné vers la vitre, reniflant comme un chien de chasse.

— Vous ne m'en voulez pas, j'espère, me dit-il à un moment donné.

Je haussai les épaules.

— Cela n'a pas d'importance.

— Bien sûr, McKenna, ma présence vous irrite. Je ne vous en blâme pas. Mais il le fallait.

Sa voix se fit basse et tendue.

— Ne vous inquiétez pas, le mérite sera pour vous. Tout ce que je veux, c'est Joe.

— C'est ça le plus important, dis-je avec effort. Mettre la main sur lui... avant qu'il ne tue encore.

— Non, rectifia doucement Blackburn. Ce qui importe, c'est que vous ne soyez jamais rayé des contrôles pour avoir laissé s'enfuir un grand coupable. « Je ne suis pas là pour prouver quoi que ce soit, pas plus que pour me faire réintégrer chez eux. Il est trop tard pour cela. Je ne veux que finir ce travail, et prendre Joe. Je veux conclure pour de bon, puis retourner chez moi.

— Où habitez-vous ?

— A San Fernando. J'y ai une petite ferme.

Il regardait par la vitre baissée tandis que je roulais tranquillement le long des trottoirs. Soudain les lampadaires au néon s'allumèrent, et en même temps les boîtes ouvertes la nuit, les étalages de hot dogs, les bars, les maisons de strip-tease, et tous les cinémas.

— Ne vous inquiétez pas, McKenna, reprit Blackburn. Quoi que nous fassions, vous direz que c'est vous. Cela restera strictement entre nous.

Nous passâmes devant un nouveau pâté d'immeubles. Blackburn me toucha le bras.

— La nuit va sans doute être dure. Vous n'avez pas de questions avant que cela ne commence ?

Je réfléchis une seconde.

— Comment savez-vous... je veux dire, comment pouvez-vous être sûr qu'il s'agit du même type ?

— Avec ce qu'ont écrit les journaux, je me suis précipité au laboratoire de la police et j'ai vérifié les faits. Tout concordait, même les photos.

Blackburn étouffa un petit rire. Je me demandai ce qu'il voyait de drôle dans ce qu'il disait.

— Le public aime le sang, mais la plus éhontée des feuilles à sensation du pays ne pourrait jamais publier de pareils clichés.

— Je ne le pense pas, non, dis-je pour continuer la conversation.

Je gardais un mauvais souvenir de ces chambres bon marché où Joe avait accompli ses forfaits. J'avais été habitué à ces sortes de choses quand je faisais partie d'une patrouille, mais ces deux chambres avaient quelque chose de trop sanglant pour mon goût. Leur souvenir à lui seul me donnait la nausée.

— Prenons par exemple les bouteilles de gin, reprit Blackburn. Vous en avez trouvé deux vides. Eh bien, cela a toujours été comme ça. Dans mes trois affaires, il y a toujours eu deux bouteilles de gin vides. Il a toujours fallu au meurtrier dix heures pour faire son découpage et, chaque fois, enfermé dans la chambre et jouant de son couteau sur les malheureuses tout en buvant des gorgées de gin. Dans vos deux cas, on a découvert deux bouteilles vides, n'est-ce pas ?

— Oui.

— Et, dans les deux cas, l'autopsie n'a-t-elle pas révélé que l'opération entière avait demandé environ dix heures ?

— A quelques minutes près.

Les yeux de Blackburn paraissaient plus brillants maintenant, et sa voix trahissait son émotion. La nuit était très chaude, et pourtant je frissonnais.

— Et du gin de marque également, ajouta-t-il. Du *King* ?

— Exactement. Du gin *King*.

— Je le connais, vous savez, McKenna. Et chacun de ses meurtres ressemble aux autres. Tous les détails sont les mêmes. Avec ces fous, un meurtre devient quelque chose de rituel. J'ai lu tout ce qui a pu être écrit sur ce sujet. C'est une partie d'un cycle, un syndrome à répétition, comme disent les bouquins. Toute chose, dans ce rituel, doit être exactement semblable. Chez certains, ce cycle est plus long que chez d'autres. Mais, en eux, la pression ne cesse de croître et, finalement, ils doivent agir. Un acte rituel, McKenna, et chacune des filles est ce qu'ils appellent un fétiche vivant. Pour ce Joe, elles se ressemblent toutes. Toujours à peu près le même âge, la même apparence. Et tout ce que Joe fait aussi bien avant le meurtre que pendant, n'est qu'une stricte répétition. Voilà pourquoi je sais.

— Mais comment pouvez-vous savoir qu'il tuera encore ? Ici, cette nuit ?

— Il lui faut trois victimes. Toujours trois. Je l'ignorais à l'époque, voyez-vous. Je lui tendis un piège et j'attendis. Mais le nombre était déjà atteint, et il se tint tranquille. J'ai appris maintenant que ce nombre est trois, et aussi combien de jours séparent chaque meurtre. Dans votre affaire il y en a eu, pour l'instant, deux. Il doit donc y en avoir un troisième. Et, compte tenu de la date du dernier, il aura lieu ce soir.

— Vous étiez sûr qu'il recommencerait ?

— Personne ne pouvait en être certain mais je me doutais bien que, s'il en trouvait le moyen, il reviendrait. Bien des choses se passent chez les fous. Parfois ils vont mieux et leur hantise les laisse tranquilles. Leur personnalité est double. Ils peuvent vivre de façon parfaitement respectable, peut-être même avoir une famille. Quand ils ressentent la pression qu'exerce en eux cette folie, ils s'en vont quelque part, habituellement au même endroit ou à peu près, et ils s'en libèrent en tuant. Puis ils reviennent chez eux et ne sont plus que d'honnêtes citoyens jusqu'à ce que tout recommence. Cela revient selon un rythme régulier, j'ai donc pensé que si jamais il recommençait, ce serait ici.

Le ton de sa voix monta.

— J'ai attendu, attendu, McKenna, et insisté auprès du district attorney pour qu'il me donne une dernière chance de mettre la main sur ce criminel. Il m'a fallu le convaincre. Croyez-vous que j'aurais laissé passer cette chance ?

— Non, répondis-je.

— Garez-vous là, derrière le break.

Nous descendîmes et Blackburn respira longuement comme s'il prenait plaisir à sentir l'odeur de South Main, cette odeur aigre, malsaine, d'une rue livrée à la débauche, un samedi soir étouffant.

— Marchons, McKenna.

Nous déambûlâmes devant les portes sombres au-dessus desquelles des enseignes bon marché indiquaient CHAMBRES A PARTIR DE 1 DOLLAR 50. Presque toutes les autres ouvraient sur des bars faiblement éclairés, avec de la musique de pick-up hurlant jusque dans la rue, et des filles perchées sur de hauts tabourets qui regardaient dans la pénombre comme des oiseaux nocturnes.

Nous continuâmes de marcher sous une lumière au néon à vous donner le vertige, devant des entrées de dancings qui étincelaient. Soudain des sirènes hurlèrent. Une femme qui criait fut tirée sur le seuil d'une porte par deux policiers en uniforme. Un homme barbu, pieds nus, s'assit sur le bord du trottoir, en riant doucement. L'air était chargé d'odeurs de piments, de *pizza,* et de vieille bière.

Puis un léger brouillard tomba sous le néon papillotant. Blackburn m'emmena vers l'ouest de ce quartier mal famé, au-delà des maisons de plaisir.

Une fois il s'arrêta, et regarda sans rien dire dans le brouillard. Je levai la tête et me rendis compte avec un frisson que nous nous trouvions en face de l'un des hôtels borgnes où avait eu lieu le second meurtre sur lequel j'enquêtais.

— Vous voyez, il y a toujours le magasin qui vend de l'alcool à quelques portes de là, et toujours aussi, à un pâté d'immeubles, l'exhibition de monstres.

Il m'indiquait du doigt les endroits dont il parlait.

Au coin de la rue j'aperçus l'entrée du cinéma des horreurs, puis j'entendis Blackburn me dire d'une voix tendue, étrange :

— Venez, McKenna. Il faut que nous nous rendions compte. Nous ne disposons que de quelques heures.

Nous nous trouvions devant un cinéma bon marché ouvert toute la nuit et qui attirait l'attention sur lui par une triple affiche d'épouvante. Sa publicité extérieure consistait en monstres de taille humaine, découpés dans du carton, chacun tenant dans ses bras une femme à peine vêtue à la bouche peinte d'un rouge violent et grande ouverte en un cri silencieux. Les énormes personnages semblaient faire des œillades et offrir ces femmes hurlantes aux passants, certains de ceux-ci paraissant souhaiter secrètement pouvoir accepter les offres des monstres.

— Regardez bien, McKenna, me dit presque dans un murmure Blackburn tout à côté de moi. Vous commencerez à sentir la situation, à le sentir... je veux dire : Joe. Vous voyez, les monstres et leurs filles se ressemblent tous, dans un certain sens, exactement comme pour Joe, et chaque film est un meurtre rituel, dont quelqu'un peut faire l'expérience par substitution.

— Vous avez dû réfléchir beaucoup à tout cela, remarquai-je.

— Pendant des années, reconnut Blackburn. Y a-t-il beaucoup de différence entre Joe et nous ? Ce n'est qu'une question de degré, McKenna. Chaque type qui prend plaisir à regarder ce film se sent comme notre Joe. Un peu. Et il n'est pas difficile de comprendre ce que cette pression produit en lui. Vous pouvez le sentir, comme je le sens, et comme chacun le sentira s'il le veut. Et c'est ainsi qu'on arrive à prendre des types comme Joe. Il faut s'identifier à eux dans toute la mesure du possible. Je vais enfin mettre la main sur Joe parce que j'ai réfléchi, observé, et que *je pourrais être* lui. C'est-à-dire que j'en sais assez sur ce qui le fait agir.

— Je vois.

— Bien. Très bien. Je suis heureux que vous compreniez parce que c'est nécessaire pour parvenir à la fin.

— Je comprends à présent.

Un ivrogne nous bouscula. Blackburn lui donna avec dégoût un coup de poing qui l'envoya rouler dans le caniveau.

Nous restions à regarder les hommes-gorilles, les hommes-loups, momies en lambeaux qui malmenaient ces femmes hurlant silencieusement. Des hommes continuaient de passer tranquillement, s'arrêtant parfois pour regarder, certains prolongeant leur station devant les affiches en humectant leurs lèvres. Il me vint à l'esprit que n'importe lequel de ces hommes pouvait être Joe.

Blackburn avait sorti de la monnaie de sa poche et marchait vers le guichet où se vendaient les tickets d'entrée. Je le saisis par le bras. Il se retourna lentement et me regarda une seconde comme s'il ne m'avait encore jamais vu.

— Que faisons-nous maintenant ? demandai-je.

— Nous allons voir le spectacle. C'est là que tout commence.

— Je le connais depuis des années.

— Pas de la façon dont nous allons le regarder ce soir, McKenna. Nous franchirons le premier stade.

Du dos de la main il essuya sa bouche aux lèvres minces. Vous comprenez, c'est toujours là que va Joe... avant de tuer.

J'eus le souffle coupé.

— Comment le savez-vous ?

— A cause des tickets. N'en avez-vous pas trouvé aussi ? Dans les chambres il devait y avoir des tickets provenant de cette salle très particulière ?

Je sentis une goutte de sueur rouler le long de ma joue.

— Oui, c'est vrai. Mais cela ne veut peut-être rien dire. Il y a des centaines de tickets délivrés chaque après-midi. L'employé qui les vend, celui qui fait entrer les clients et, à l'intérieur, le contrôleur, peuvent ne se souvenir de rien ni de personne d'inhabituel. Ces tickets ont pu appartenir à n'importe qui. Ils n'ajoutent rien à la chose, aussi je ne comprends pas l'importance que vous y attachez.

Blackburn eut un léger sourire. Et, sous le néon, dans le brouillard sombre, ce sourire parut comme un fil métallique noir, tordu.

— Cinq meurtres et, chaque fois, dans la chambre, un ticket d'entrée d'un cinéma d'horreur local, il est difficile d'appeler ça une coïncidence, vous ne croyez pas, McKenna ? En fait, les personnages de chacun de ces meurtres se trouvaient dans une chambre louée à moins d'un pâté d'immeubles de ces images monstrueuses.

— Comment celles-ci entrent-elles en jeu ? demandai-je.

— Mettez-vous dans la peau de Joe, me répondit

doucement Blackburn. Vous le pouvez, n'est-ce pas ? Oubliez tout le reste, comme je l'ai fait, et essayez de penser comme lui. Vous êtes assis dans le noir, vous regardez le spectacle, vous êtes seul, comme caché dans l'obscurité, devant ces images, et vous vous identifiez à elles, commencez à vous exciter. Cela fait partie des rites, à l'instar de ces danses de guerre auxquelles se livrent les Indiens pour s'exalter et se mettre dans l'état d'esprit voulu. Venez, entrons, de façon à être dans le bain.

Il paya les tickets et nous entrâmes dans une salle à l'odeur suffocante de vin, de fumée, de bière et de sueur. Une odeur de bas-fonds par une nuit d'été chaude et humide. Nous restâmes un instant là, Blackburn respirant vite. Puis il marcha vers l'allée centrale et regarda. J'entendais les grognements et les cris provenant de l'écran. Des bouteilles vides roulèrent quelque part dans le noir. Quelques types ronflaient, la tête appuyée sur leurs mains. Des traînards qui, après avoir quêté une pièce par-ci, une pièce par-là, venaient dans cette salle pour dormir. Ils savaient comment empêcher leur tête de ballotter afin que l'employé ou les flics de service ne pussent rien remarquer, sinon ils risquaient de se faire éjecter.

— C'est à peu près au cinquième rang à partir de l'écran, au centre, dit Blackburn. Les sièges sont vides. Joe se met toujours là.

— Vous ne savez tout de même pas ni le rang ni la place...

— A peu de chose près, si. J'ai travaillé ce problème soigneusement avec un optométriste... plusieurs même. Je sais aussi quelle taille il a, je connais sa carrure et la couleur de ses cheveux. Je me suis livré à des examens en laboratoire sur tout cela, sur ses cheveux et sa peau, dont nous avons trouvé des fragments sous les ongles des filles. Et avec...

— Mais comment savez-vous à quel endroit il s'assiéra dans une salle de cinéma ?

— L'une de ses victimes a brisé ses lunettes, McKenna. Nous avons retrouvé des morceaux des verres cassés. Impossible d'identifier le fabricant, mais nous avons examiné les verres et calculé exactement le degré d'astigmatisme. Par conséquent nous savions parfaitement où il s'était assis. Mais le plus important encore, McKenna, c'est de pouvoir sentir les choses.

Un employé, aux épaules tombantes, au visage boutonneux, et vêtu d'un uniforme graisseux, s'approcha de nous :

— Parlez plus bas !

Blackburn le regarda :

— Foutez-nous la paix, mon vieux.

L'homme battit des paupières et réitéra son injonction. Je lui montrai alors mes papiers de lieutenant de police et ma plaque. Il recula légèrement. Blackburn accentua ce recul d'une poussée.

— Vous feriez mieux de ficher le camp.

Puis il consulta sa montre et ensuite l'écran.

— J'ai vérifié l'heure des représentations. Joe commence son travail avec les filles à environ deux heures de l'après-midi. Il monte dans la chambre aussitôt après le cinéma. Il y a déjà mené la fille, ivre, ou dans un état qui ne lui permet pas de s'enfuir. Il voit toutes les horreurs des films, ce qui le met dans un état adéquat, puis il retourne du cinéma à la chambre et se met à l'œuvre avec son couteau de chasseur de requins. Ce couteau est étrange, n'est-ce pas ? Un couteau à tuer les requins. Je n'ai jamais découvert où il avait pu se le procurer.

— Comment êtes-vous sûr qu'il s'agit de ce genre de couteau ?

— Nous avons évalué la longueur, la largeur, l'épaisseur de la lame, ainsi que son tranchant. J'ai obtenu également un examen isotopique de l'acier d'après des particules trouvées dans les os des victimes. C'est bien un couteau à requins. Asseyons-nous.

Un autre film commençait. L'attention que je portais à l'écran et l'atmosphère remplie de fumée me faisaient mal aux yeux. L'odeur de la salle aussi était terrible. Je ne pouvais m'empêcher de penser que j'inhalais au moins dix millions de microbes par seconde. Six films d'horreur avaient déjà été projetés. Il faisait très chaud. Pourtant je me sentais toujours frissonner.

Je ne discernais rien. Tous les monstres se ressemblaient, et les femmes livrées à une hideuse fatalité, à demi nues, hurlant et hurlant, étaient, pour moi, toutes pareilles. Leurs cris n'avaient rien de particulier. Ils étaient tous faux et peu convaincants. Cependant, autour de moi, dans l'ombre, les visages paraissaient très absorbés, pâles, en sueur, les yeux agrandis reflétant la lumière de l'écran.

— Je crois que cela ne va plus tarder. Encore vingt minutes à attendre peut-être. Il est près d'une heure et demie. Ce qui signifie que la grande scène de folie de Joe doit avoir lieu dans moins d'une demi-heure. Regardons bien et attendons. Je vous avertirai en vous serrant le bras.

— Et que ferons-nous ? Nous nous saisissons de lui, mais la femme ?

— Que voulez-vous dire ?

— Simplement que, d'après votre théorie, Joe a déjà fait monter cette femme dans la chambre. Il l'a droguée, ou attachée. Elle doit attendre là qu'il revienne du cinéma, tout prêt à se livrer à sa boucherie. Mais qu'arrivera-t-il s'il est tué, s'il s'enfuit, ou s'il refuse simplement de nous dire où se trouve la femme ?

Blackburn, très pâle, me regarda fixement. Manifestement il ne s'était jamais encore posé cette question.

— Oh ! oui, bien sûr... Eh bien, quand il sortira, nous le suivrons.

Je hochai la tête. Nous attendîmes encore. Puis Joe entra.

Je sentis la main de Blackburn peser sur mon bras. Je tournai les yeux sans bouger la tête. Ma migraine s'évanouit aussitôt. Joe se tenait au bout du rang, dans l'allée. Il n'avait absolument rien qui le différenciât des autres. Je ne voyais pas la couleur de ses cheveux, et je ne sus qu'il portait des lunettes que lorsqu'il tourna la tête de mon côté. Mais j'avais l'impression que, de toute façon, j'aurais compris que c'était lui. Peut-être me trouvais-je dans l'état d'âme qui convenait. Je venais de voir assez d'horreurs pour ma vie entière. Je me sentais vraiment dans le bain.

Du coin de l'œil, j'aperçus Joe qui s'asseyait à ma

droite. Un fauteuil seulement nous séparait. Il s'appuya en arrière, enfonçant ses genoux dans le dossier du siège devant lui. Il soupira. Plus tard — je ne saurais dire combien de temps après, mais ce fut le plus long moment de mon existence —, je le vis se pencher en avant, le visage tendu. Il avait posé ses mains sur le dossier du fauteuil devant lui. Il remuait la tête. En avant, en arrière. Et la lumière de l'écran faisait briller les verres de ses lunettes.

Blackburn avait calculé qu'en moins de quelques minutes il se lèverait et quitterait le cinéma. Nous le suivîmes. Il entra dans un magasin où il acheta, je le savais, deux flacons de gin *King,* puis ressortit, serrant le paquet sous son bras, et se hâtant dans la nuit.

Nous continuâmes de le suivre jusqu'à l'une des portes ouvrant sous une enseigne qui indiquait CHAMBRES A PARTIR DE 1 DOLLAR 50. Il parut hésiter une seconde, puis plongea dans l'ombre. Je me sentais nerveux et j'avais un goût désagréable dans la bouche quand Blackburn ouvrit à son tour la porte et regarda l'escalier. J'entendais sa respiration sifflante et rapide. Lorsqu'il se tourna vers moi et me sourit, ses yeux avaient l'éclat d'un cristal noir.

— Qu'attendons-nous ? demandai-je.

— Laissons-lui un peu de temps, murmura Blackburn.

Et ses yeux continuaient de briller.

— Ecoutez, repris-je, il y a une fille là-haut. Dieu sait ce qui se passe en ce moment. Il faut que nous montions !

— Nous ne sommes pas pressés, McKenna. Souvenez-vous. Il y a d'abord le gin. Joe doit se préparer.

— Nous le tenons. Montons !

— Doucement. Vous voulez gâcher le scénario ?

— Que cherchez-vous là ? Qui se soucie à présent de cela ?

Le portier de nuit, dans le vestibule, grand comme un placard, de cet hôtel borgne, nous apprit que l'homme dont nous lui fîmes la description, avait loué la chambre

307. Je suivis Blackburn dans l'escalier. Il monta vite, puis ralentit, gravissant les marches comme s'il était brusquement fatigué.

Le palier du second étage ressemblait à une cave. Il sentait la vieille graisse, le désinfectant, et la poudre contre les cafards. Blackburn s'arrêta et, se penchant, colla avec précaution son oreille contre la porte du 307.

J'entendis un verre tinter à l'intérieur, puis un grognement et un soupir, puis quelque chose faisant penser à une plainte. La sueur ruisselait sur mon visage. Je glissai ma main sous ma veste, fis jouer la patte d'attache de mon étui, et sortis mon revolver calibre 38. Je touchai Blackburn à l'épaule. Il ne bougea pas.

— Entrons, dis-je très bas.

Il demeura immobile, le corps rigide. Il ne semblait même pas respirer. L'oreille toujours collée contre la porte, il regardait fixement devant lui.

Soudain j'entendis d'autres bruits. Mon sang ne fit qu'un tour.

— Entrons tout de suite ! murmurai-je.

Blackburn leva la main pour me faire taire. Sans me regarder. Je perçus de nouveau les mêmes bruits. Mes doigts s'enfoncèrent dans le bras de Blackburn. Cette affaire était soi-disant la sienne. Que faisait-il donc à simplement écouter ainsi ?

— Blackburn ? soufflai-je.

Il ne remua pas, demeurant accroupi, à écouter. Sa respiration devenait sifflante.

— J'entre, dis-je.

Il tendit la main et toucha mon poignet. Cette main était glacée. Elle tremblait un peu.

— McKenna, attendez un instant ! murmura-t-il, le regard implorant. Laissez-lui encore quelques minutes. Vous comprenez... il y a si longtemps...

Brusquement je compris. Une horreur sans nom m'envahit. Je compris rien qu'à voir ses yeux... et la lueur qui y brillait.

— Il va la tuer, dis-je.

Il agrippa alors mon bras.

— Qu'importe ? fit-il, la bouche dure. Vous savez ce que je veux dire, McKenna ? Vous saisissez ? A quoi bon s'inquiéter pour une de ces prostituées qui, de toute façon, finira mal un jour ou l'autre ? Réfléchissez une seconde. Vous comprendrez. Vous ne devez pas sentir suffisamment bien la chose pour savoir...

Je sentis sa pommette sous mon poing. Puis, de l'épaule, je cherchai à enfoncer la porte. Les mains de Blackburn me tiraient en arrière. Je le frappai de nouveau au visage pour me libérer afin d'éviter de recevoir un coup de couteau à requins au ventre.

La fille était trop ivre pour se soucier de ce qui, jusque-là, s'était passé. A travers les verres épais de ses lunettes, Joe me lança un regard curieux, comme si je venais d'interrompre une séance studieuse dans un collège. Il marcha sur moi, brandissant la lame de vingt-cinq centimètres. Je tirai.

Quand je ressortis de la chambre afin de descendre chercher de l'aide, je laissai Blackburn à genoux. Il cherchait à travers la chambre en répétant : « Joe, Joe... » comme s'il avait perdu son frère.

*The contagious killer.*
D'après la traduction de Simone Millot-Jacquin.

© 1965 by H.S.D. Publications.

# Plan 19

par

Jack Ritchie

— Vous vous rendez parfaitement compte, j'en suis sûr, disait Brincker, le directeur du pénitencier, de ce que représentent six mois de réclusion ? Durant cette période, vous aurez perdu tous vos anciens privilèges. Notamment celui d'assister à la séance hebdomadaire de cinéma...

— Oh ! Epargnez-moi l'accueil solennel et les jérémiades ! grogna Big Duke.

Brincker soupira.

— Duke, vous avez réussi à vous évader de cette prison et à vous maintenir au large pendant près d'un an. Que je le veuille ou non, je suis tenu de vous rappeler la chose en tant que motif de la sanction qui vous frappe. Le règlement, c'est le règlement.

— Bien sûr, bien sûr, admit Duke. Sans rancune.

— Content de ne pas vous voir plus amer, dit Brincker. Je désirais vous faire comprendre que je n'y mets aucune animosité personnelle.

Big Duke contempla le plafond.

Alors Brincker se tourna un instant vers moi :

— Veuillez m'apporter le dossier de Duke, Fred.

— Bien, monsieur le directeur, fis-je.

Onze mois auparavant, Big Duke et quatre détenus de sa bande étaient parvenus à s'évader de notre prison. De ces cinq hommes, seul Duke avait été repris. Il avait commis la lourde erreur de se faire arrêter, à San Francisco, pour agression et voies de fait. De sorte qu'après la formalité routinière des empreintes digitales, la police avait eut tôt fait d'identifier en lui l'un des cinq évadés, et son retour au pénitencier n'avait plus été qu'une question d'heures.

Au bourdonnement de l'interphone, le directeur abaissa la manette :

— Oui ?

— Le médecin désire vous voir au sujet de certaines réquisitions, dit la voix émanant de la boîte.

— Je suis fort occupé en ce moment, objecta Brincker. (Mais après deux secondes de réflexions :) C'est entendu. J'y vais.

Il quitta le bureau, y laissant trois personnes : Big Duke, le gardien et moi.

Ostensiblement, Big Duke me toisa.

— Ma parole, on jurerait que ton uniforme de taulard a été coupé sur mesure par un maître tailleur, railla-t-il.

Je rectifiai l'alignement d'une liasse de papiers sur mon pupitre.

— J'ai des copains à l'habillement, répondis-je. A l'occasion, ils me font une fleur.

— Et il est toujours aussi propre ? Comment que tu t'arranges pour le faire laver assez souvent ? Un costard immaculé comme celui-là risque vingt fois par jour d'être sali par un accident, non ?

D'un revers de main je balayai de mon pupitre quelques menus déchets de gomme.

— J'ai des copains à la blanchisserie également.

Big Duke s'esclaffa.

— Un vrai débrouillard, hein ? Vous autres, les anciens, vous seriez assez ficelles pour vous rendre la vie pépère au purgatoire ! Y a longtemps que tu crèches ici ?

— Vingt-deux ans, répondis-je.

— Ça te laisse combien de berges à tirer ?

— Environ un siècle trois quarts : j'ai été condamné à 199 ans.

— T'as jamais risqué la belle ?

Je considérai le gardien avant de répondre :

— Si fait. Qui n'aurait pas risqué le coup ?

A ce moment le directeur Brincker reparut.

— Maintenant, Duke, annonça-t-il, nous désirons éclaircir certains points pour les consigner au dossier... Il nous faut notamment des détails sur les circonstances qui ont entouré votre évasion d'ici.

— Ça va de soi, dit Duke, avec un haussement d'épaules.

— A en croire les apparences, ce fut très simple, hein ? Vous avez tout bonnement attaché au bout d'une corde un grappin fabriqué dans cette prison ; vous l'avez lancé par-dessus le mur et, tous les cinq, vous avez grimpé à la corde pour reprendre votre liberté ?

— En gros, c'est bien ça.

Brincker fronça les sourcils.

— Naturellement, c'est la découverte du grappin qui nous a permis de reconstituer votre évasion. A cet endroit de l'enceinte, il existe en effet une zone partiellement invisible pour les gardiens de service aux deux tours de surveillance les plus proches. Mais s'ils ne peuvent voir *le pied* du mur, il leur est toutefois possible d'en surveiller *la crête*. Or ils sont prêts à jurer qu'il n'ont vu *aucun* détenu franchir le mur.

— Vous oubliez qu'il pleuvait à verse, rappela Big Duke.

Il tâta sa poche de chemise, probablement avec l'intention d'y prendre une cigarette, mais n'en trouva aucune.

— Et puis, vos surveillants sont des êtres humains, pas vrai ?

— Ma foi... oui.

— Et vous croyez qu'ils tournent les yeux avec une vigilance inlassable pour balayer du regard un secteur de 180 degrés ? Des clous ! Ils reluquent fixement un seul point à la fois, durant un moment — et peut-être qu'ils se mettent à rêver... C'est justement ce que nous avons attendu pour lancer le grappin au bout de la corde et sauter le mur.

Le directeur se massa la nuque.

— Certes, ce mode d'évasion n'est pas à exclure puisque, selon toute apparence, *il a été réalisé*. Néanmoins, je persiste à trouver que vous avez eu une chance inouïe.

— Y a de ces hasards dans l'existence, ricana Big Duke.

Lorsque le gardien eut emmené le prisonnier au cachot, le directeur émit un soupir à fendre l'âme.

— A mon avis, Fred, je fais trop de sentiment, me confia-t-il. Il semble que je sois affecté quand un de mes détenus s'évade. (Il étendit le bras pour prendre un cigare dans l'humidificateur posé sur son bureau.) Ne fais-je pas de mon mieux pour bien mener ma barque, Fred ?

— Si fait, monsieur le directeur, répondis-je. Du reste, vos collègues d'autres prisons vous ont maintes fois cité à l'ordre du jour ; on vous a décerné de nombreuses distinctions et même, la semaine dernière, le grade de docteur en droit *honoris causa* vous a été conféré comme le proposait la Compagnie agricole et minière du Colorado. Alors ?

— Je sais, je sais. Mais j'estime qu'en réalité, l'on devrait mesurer mon succès aux sentiments qu'éprouvent envers moi les détenus *ici même*.

— Notre respect unanime vous est acquis, monsieur le directeur, affirmai-je. Nous savons tous combien vous prenez nos intérêts à cœur.

Il acquiesça d'une inclination de tête.

— Je puis pratiquement circuler sans arme et sans garde du corps dans tout le pénitencier. Partout j'y suis en parfaite sécurité, tant aux cantines que dans la cour, aux ateliers et même dans la salle obscure du cinéma.

— Sans contredit, monsieur le directeur. Les hommes se rendent compte que les films projetés dans la salle sont choisis par vous comme étant les meilleurs et les plus récents. Ils vous en savent gré. A propos, que donne-t-on ce soir ?

— *Marry Poppins,* répondit Brincker. Et pour corser le programme, on joue également du haricot.

J'allai reclasser le dossier de Big Duke dans la petite annexe aux archives.

— Du haricot ? Quel haricot, monsieur le directeur ? demandai-je à mon retour presque immédiat.

— Invariablement, peu après l'extinction des lumières, on me lance un haricot à la tête. Je sais que c'est un haricot parce qu'une fois le projectile a rebondi sur le dossier du siège devant moi et que, par ricochet, il a terminé sa trajectoire sur mes genoux. Fred, il y a là, parmi les spectateurs, un type qui ne m'aime pas du tout.

— Il y a toujours une brebis galeuse dans le troupeau, monsieur le directeur, philosophai-je.

Brincker opina du chef.

— Mieux vaut être réaliste et se rendre à l'évidence : la perfection n'est pas de ce monde.

Au réfectoire, ce soir-là, le menu se composait d'une tranche de viande, de tomates cuites à l'étuvée, de pêche en boîte, de pain et de café. Jadis, à l'époque de mon entrée au pénitencier, je n'aimais guère les tomates cuites. Mais à présent j'en raffole.

Après qu'on nous eut enfermés pour la nuit, Hector, mon compagnon de cellule, ôta sa casquette de toile et la pendit au crochet individuel.

— Encore un jour de passé et un dollar de plus au pécule, soupira-t-il.

Il emplit d'eau un gobelet en plastique pour arroser nos pétunias en pot.

J'enlevai mes godasses et les remplaçai par des mocassins.

— Sais-tu qui vient de revenir ? Big Duke ! annonçai-je à mon compagnon de captivité. Il soutient mordicus que, tous les cinq, ils ont pu sauter le mur à l'aide d'un grappin au bout d'une corde.

Hector secoua la tête.

— Rien de scientifique comme méthode.

— J'en conviens. Quand notre tour viendra, nous n'userons certainement pas d'un moyen aussi primitif.

Notre cellule faisait partie du pavillon dit « extérieur ». Hector leva les yeux pour examiner le ciel crépusculaire à travers la vitre et entre les barreaux.

— Encore des giboulées en perspective, prédit-il.

J'opinai.

— Le printemps est en retard cette année.

Hector loucha vers une bande d'oies sauvages qui traversaient le ciel.

— Voici revenue l'époque de l'année ou j'aspire le

plus ardemment à la liberté, confessa-t-il. Quand je vois ces oiseaux, ivres d'espace et d'indépendance, foncer à tire-d'aile vers le sud.

— Hector, lui fis-je observer, je crois que c'est plutôt en direction du nord que les oies émigrent au printemps.

— Quoi qu'il en soit, c'est la vue de leur libre vol qui me déprime par comparaison avec ma vie en cage.

— Ne te laisse pas abattre, mon vieux. A moins que je ne sois mauvais prophète, nous sortirons d'ici avant longtemps.

Il abaissa le minuscule abat-jour sur l'ampoule.

— Tu as raison, Fred. Et je crois que la meilleure combine, c'est notre Plan n° 18.

— J'en suis sûr. L'ennui avec les dix-sept autres, c'est que la réussite dépend de trop nombreuses conditions spécifiques. Sous peine d'échec, tout doit correspondre exactement aux données du plan, et nous n'avons vraiment pas eu de veine sous ce rapport.

— C'est vrai. Mais je suis certain qu'en définitive ça ne pourrait pas foirer avec le Plan 18. Il sera d'une exécution simple et directe. Le succès ne dépendra d'aucun impondérable.

Big Duke sortit de réclusion à la fin de mai. Le directeur le fit amener une nouvelle fois à son bureau.

D'une manière générale, Brincker avait humanisé le régime du « mitard ». Ce n'était plus pour eux le « trou » obscur de jadis. Ils avaient à présent de la lumière dans leur cachot et y recevaient une nourriture convenable, mais évidemment sans dessert. En outre, la faculté leur était donnée d'emprunter à la bibliothèque deux livres et une revue par semaine. Bon nombre de prisonniers anciens trouvaient que, dans ces conditions, la solitude n'en était plus une et que la terrible réclusion, telle qu'elle avait sévi autrefois dans toute sa rigueur, appartenait à des temps révolus.

Big Duke avait bonne mine et l'air dispos.

— Comment allez-vous, Duke ? lui demanda Brincker.

— Chouettement requinqué. Quand est-ce que je reprends mon job à la menuiserie ?

— Eh bien, voilà justement où je voulais en venir, Duke, répondit le directeur. Je crains fort, en effet, que la chose ne soit pas aussi simple que vous semblez le croire. Comme vous le savez, j'ai le devoir d'observer les différents articles du règlement en la matière. A commencer par le stage obligatoire de six mois à la blanchisserie. C'est la filière immuable par où doivent passer tous les entrants, catégorie dans laquelle vous retombez de par votre évasion suivie, à onze mois de distance, d'un retour au pénitencier.

— D'accord, d'accord, admit Duke. Six mois d'étuve à la buanderie. Et ensuite je pourrai me remettre au travail du bois ?

Brincker sourit, d'un sourire qui était comme une excuse informulée.

— Il faut considérer également le degré de priorité parmi l'ensemble des détenus, Duke. Après votre stage à la blanchisserie, votre nom pourra figurer au Rôle, une liste d'attente dont la tenue à jour incombe au Bureau du Travail pénitentiaire. Autrement dit, ce service administratif vous assignera un travail — quel qu'il soit — là où le besoin de main-d'œuvre se fera temporairement sentir. De sorte que le lieu et le genre de travail varieront indubitablement de temps à autre. Et c'est seulement après avoir été porté et reporté au Rôle deux années durant, qu'il vous sera permis de *choisir* votre travail dans cette prison.

Big Duke ne parut guère enchanté :

— Deux ans et demi avant d'avoir le choix !

Brincker confirma d'une lente inclination de tête. Puis :

— De toute façon, je ne pourrais vous *garantir* qu'il y ait pour lors une place vacante à l'atelier de menuiserie. Car je crois savoir que la plupart des hommes qui travaillent là sont des condamnés à vie.

Brincker avait ouvert sur son bureau le dossier de Big Duke. Il en parcourut quelques feuillets.

— Vraiment, Duke, reprit-il au bout d'un moment, je ne comprends pas pourquoi vous aspirez tellement à retourner à la menuiserie.

— Ça alors... Qu'est-ce que ça veut dire ?

— D'après les tests d'aptitudes générales et d'aptitudes particulières auxquels vous avez été soumis — et suivant l'interprétation de leurs résultats par notre nouvel ordinateur — nous avons nettement l'impression que vous seriez bien mieux à votre place parmi les électriciens.

Le regard de Big Duke dériva vers la fenêtre.

— Si vous croyez tout ce que raconte cette sacrée machine ! grogna-t-il. Je ne sais qu'une chose, c'est que j'aime travailler le bois.

Trois semaines plus tard, Duke fut encore une fois amené devant le directeur. Suivant rapport établi à sa charge, il comparaissait maintenant pour avoir tenté de s'introduire en fraude dans l'atelier de menuiserie à l'aide d'un laissez-passer de sa confection.

Le directeur Brincker émit une série de claquements de langue agacés.

— Franchement, Duke, vous me décevez. Faux et usage de faux, c'est un délit grave.

Duke ne parut nullement contrit.

— Je voulais simplement renouer connaissance avec ce bon vieil atelier.

Sur le bureau, le téléphone sonna. Brincker décrocha le combiné et prêta l'oreille un moment. Puis il se tourna vers moi :

— C'est le service du Personnel. Qui était-ce, l'homme que vous avez recommandé pour un poste à la bibliothèque ?

— Peterson, monsieur le directeur.

— Etes-vous bien sûr qu'il possède les capacités nécessaires ?

— Oui, monsieur le directeur. C'est un élément très capable.

Reparlant dans le micro, Brincker autorisa le transfert, à la bibliothèque, du détenu Peterson qui était précédemment affecté à la corderie.

Quand il eut raccroché, il refit face à Duke.

— Je regrette, Duke, mais il semble que votre retour en réclusion s'impose.

La sanction n'émut pas Duke outre mesure. Ou

alors, il n'en laissa rien voir. Il me scruta longuement du regard avant de tourner les talons pour précéder le gardien vers la sortie du bureau directorial.

La fin de juin marqua l'ouverture de notre saison de base-ball avec, comme premier match, nos joueurs contre ceux du Pénitencier Wickman. Hector et moi occupions une place de choix à la tribune, près de la première base. Bientôt nous vîmes Big Duke abandonner son siège rustique et se frayer un passage dans notre direction... Il vint s'asseoir à côté de moi et, sans mot dire, suivit des yeux la partie qui se jouait sur le terrain.

Le batteur de l'équipe Wickman parvint à cueillir de volée une balle en rase-mottes. Son coup de batte était capable d'envoyer la balle assez loin dans les limites du losange, mais Leoni, notre renvoyeur infaillible, l'intercepta de justesse et la relança vers la première base afin d'éliminer le batteur adverse qui avait commencé à marquer une course.

Big Duke dégagea d'entre ses crocs le cure-dents dont il avait mâchonné la pointe :

— Bien joué, apprécia-t-il.

J'opinai :

— Leoni est une bonne batte. Heureusement pour notre équipe, il en a encore pour un bail à rester parmi nous.

Duke me dévisagea.

— T'as beaucoup d'influence dans la boîte, hein ?

— Il y a des chances que nous ayons encore le pompon dans les deux années à venir, dis-je d'un ton évasif, si nous pouvons maintenir la composition actuelle de l'équipe.

— Combien que t'as pris à Peterson pour goupiller son transfert de la corderie à la bibliothèque ?

— Peterson est cultivé et méritant. Et je crois que le directeur se fie à ma jugeote.

Duke se remit à travailler du cure-dents.

— Au tarif, ça vaut combien, un transfert dans ce goût-là ?

Hector, qui avait écouté nos propos, intervint à ce moment :

32

— De quel Peterson parle-t-il, Fred ? De celui qui fabriquait à la main les portefeuilles que tu vendais aux visiteurs moyennant une commission de soixante pour cent ?

Duke sourit.

— Je n'ai pas le rond et je ne connais que dalle en maroquinerie. Mais j'ai peut-être un tuyau intéressant pour vous, les gars : le moyen de sortir de cabane.

— Voilà quinze ans que Fred et moi partageons la même cellule, dit Hector, et nous avons élaboré jusqu'à présent dix-huit plans d'évasion absolument parfaits.

— Mince alors ! Et tout ça pour moisir bouclés ?

— Bien sûr que non. Mais pour que la réussite soit certaine, il faut que l'occasion réunisse exactement toutes les conditions favorables, répondit Hector. Ainsi, par exemple, six de nos plans ne peuvent être mis à exécution que par temps pluvieux.

— Y pleut donc jamais dans ce bled ? s'enquit Duke.

— Oh ! si, répliqua Hector. Toutefois, il faut qu'il pleuve *l'après-midi*. Et pas n'importe lequel, mais bien celui *d'un jour de congé légal*.

D'une pichenette Big Duke se débarrassa du cure-dents.

— Ainsi donc, en quinze piges y n'a jamais plu dans l'après-midi d'un jour de congé ?

Hector secoua négativement la tête.

— J'ajoute, précisa-t-il, que ce jour de congé doit tomber *obligatoirement un vendredi*, c'est-à-dire au début d'un long week-end. C'est là un point essentiel, faute de quoi tout le plan s'écroule. Une fois, il a plu dans l'après-midi d'un jour de congé légal — mais c'était un jeudi. Ce fut là, au cours de ces trois lustres, la circonstance la plus proche des conditions idéales.

Avec une lenteur affectée, Duke ricana :

— Et des tunnels, y en a sur votre liste ?

— Deux, répondit Hector. Mais outre qu'il faudrait se donner beaucoup de mal pour les creuser, ça devrait se faire par une nuit sans lune, et la température...

— Suffit, Hector, coupai-je. Pas besoin de dévoiler tous nos secrets.

Duke tourna toute son attention vers moi :

— Je peux vous faire sortir d'ici, affirma-t-il, sans devoir attendre le vendredi 32 où y pleuvra par une journée de congé légal et une température de couveuse.

— En lançant un grappin par-dessus le mur, peut-être ? ironisai-je avec un demi-sourire. Très peu pour moi.

— Au diable, le grappin ! riposta Duke. Ça, c'était du bidon.

Je le dévisageai longuement. Puis, m'adressant à Hector :

— J'ai soif. Je m'en vais boire un coup au distributeur d'eau. Observe bien la partie, mon vieux. Tu me la résumeras à mon retour.

— Entendu, Fred. Tu peux compter sur moi.

Je me glissai le long de la rangée de sièges et descendis de l'estrade pour me diriger vers le distributeur d'eau. Après m'être désaltéré, je gagnai l'isolement relatif d'un petit endroit aménagé au flanc de la tribune. Duke, qui était allé se rafraîchir le gosier à son tour, vint me rejoindre à la sortie de l'édicule.

Nous suivîmes des yeux le vol errant d'un papillon emprisonné dans l'enceinte du terrain de base-ball. Duke me dit alors en confidence :

— A cinq, nous avions turbiné pendant six mois pour forer le tunnel (un véritable ouvrage d'art) et l'étançonner sur toute sa longueur. Même que nous l'avions équipé d'un fil électrique pour amener le courant, et du nombre d'ampoules nécessaire pour un bon éclairage d'un bout à l'autre. Tout fiers du résultat, on s'est mis à réfléchir au moyen de le garder secret même *après* notre évasion. Car à ce moment-là, on s'est dit : *Si jamais on avait la poisse de se faire agrafer encore un coup, le tunnel pourrait nous resservir.* C'est pourquoi juste avant d'enfiler ce passage sous terre, on a lancé le grappin par-dessus le mur : ça donnait à croire qu'on s'était tiré par escalade.

C'était bien ce que j'avais pensé.

— Je suppose, dis-je alors, que le tunnel prend son départ du côté de la menuiserie ?

De la tête, il confirma la chose :

— Fais-moi transférer là, et on se taillera ensemble.

De droite à gauche je parcourus du regard une ligne fictive à sens unique.

— Un transfert pareil demande beaucoup de tintouin. Je ne le crois pas réalisable avant un an.

— Tant que ça ! Alors, autant faire une croix dessus ! éclata Duke. Refile-moi un laissez-passer en règle. Avec ça, y me faudra pas plus de cinq minutes pour me barrer.

L'entrée du tunnel se trouvait probablement dans le débarras attenant à l'atelier. A mon avis, c'était logiquement sa place.

Duke sembla lire ma pensée.

— Comme tu t'en doutes un peu, le tunnel part de la menuiserie. Mais rien n'en indique l'entrée. Aucun repère. Ici, je suis le seul à connaître l'endroit exact. Personne ne pourrait filer par là sans me mettre dans le coup.

— Loin de moi l'intention de monopoliser ton tunnel, Duke. Je ne m'y engagerais pas sans toi. Et vice versa...

— D'accord, fit Duke, satisfait. Plus vite tu me fourniras le papelard, et plus vite nous serons dehors.

— Ne t'emballe pas, Duke. Si nous risquons la belle, mieux vaut dresser un plan précis et le mettre minutieusement au point. Ce qui va prendre un mois, sinon deux. Cela exige de ma part une certaine organisation...

— Quelle organisation ? Y nous suffira de cavaler comme des rats d'une ouverture à l'autre du tunnel...

— ... Et de nous carapater à la sortie, vêtus avec distinction d'un terreux uniforme de prisonnier ?

Je secouai la tête.

— L'autre fois, c'est grâce à un fameux coup de pot que vous avez réussi à vous échapper, toi et les quatre autres. Moi, je ne veux rien laisser au hasard. Je pense qu'une fois dehors, les choses nous seraient considérablement facilitées si nous portions des vêtements civils dans lesquels chacun de nous trouverait un portefeuille contenant des pièces d'identité qui paraissent officielles.

35

Duke voulut bien admettre ma façon de voir. Mais alors une autre idée lui traversa l'esprit :

— Dis donc, on s'évaderait rien qu'à nous deux ? Personne d'autre ? interrogea-t-il, l'air intrigué.

— Hector en sera, répondis-je.

Les yeux de Big Duke se rétrécirent :

— Quoi ! Ce bavard ? Si tu le mets au parfum, ça embaumera dans toute la pension en moins de quarante-huit heures !

— Je n'ai pas l'intention de lui révéler quoi que ce soit... avant l'heure H.

Au cours des journées suivantes, j'eus des conciliabules avec mes copains de l'habillement et ceux de l'imprimerie. Les uns et les autres me promirent d'examiner la question respective.

Néanmoins, ce fut seulement trois mois plus tard que je jugeai les préparatifs suffisants pour amorcer notre tentative d'évasion.

Cet après-midi-là, le directeur quitta son bureau à une heure trente. Il devait assister à une conférence en ville et ne rentrerait pas avant le début de la soirée.

De la fenêtre du cabinet directorial, je vis sa voiture franchir le portail de la grille. Quand elle eut disparu au tournant, je m'installai au bureau de Brincker et me mis en devoir d'établir une série de documents officiels. Tout d'abord un laissez-passer de Catégorie A, libellé à mon nom. Puis deux sauf-conduits autorisant une circulation limitée : l'un destiné à Hector, l'autre à Duke. Ensuite je remplis deux formules intitulées *Réquisition*. Au fil de mes longues années de secrétariat au pénitencier — et avec la permission de Brincker — j'avais signé de son nom tant de pièces officielles que, finalement, si une signature venait à paraître suspecte, ce serait plutôt celle tracée de sa propre main.

Je trouvai Hector sarclant autour d'un carré de choux dans le potager de l'établissement. Le gardien préposé à la surveillance de cette corvée ne prit pas la peine d'examiner mon laissez-passer. En revanche, il lut très attentivement la « Réquisition » en bonne et due forme que je lui présentais.

— Ainsi, le directeur veut qu'on affecte un homme au sarclage de son jardin privé ?

Je confirmai d'un signe de tête.

— Je pense que le consciencieux Hector fera l'affaire.

Hector parut se réjouir à cette perspective cependant que nous nous éloignions du gardien.

— Sarcler le jardin privé du directeur ? jubila-t-il. Quelle tâche honorifique !

Je ne pipai mot jusqu'au moment où nous eûmes tourné le coin d'un bâtiment. Et là, hors de vue du gardien, je m'arrêtai pile :

— Hector, on calte — et tout de suite !

Ses paupières battirent et, un instant, il demeura bouche bée. Puis il balbutia :

— Tu... tu veux dire qu'on *s'évade* ?

— Ni plus ni moins, mon vieux. C'est le moment ou jamais.

Hector consulta dubitativement le ciel :

— Ma foi, on dirait vraiment qu'il va pleuvoir et la température est à peu près convenable... mais quelle date sommes-nous ? Ce n'est pas un jour de congé lég...

— Ne t'occupe pas de ça. Ecoute bien, Hector.

Je lui tendis le sauf-conduit libellé à son nom.

— Je désire que tu te rendes immédiatement à la menuiserie. Entres-y par la porte qui donne dans la Rue C. Tu y verras le gaffe Ed Berger. C'est lui qui surveille l'endroit. Même s'il ne te pose aucune question, dis-lui que tu vas trouver le chef (en civil) de la section des ébénistes au sujet d'une table que le directeur a fait repolir, et que le bureau de cette autorité locale se trouvant à l'autre extrémité du bloc, tu ressortiras par la porte donnant sur la Rue D.

— Pourquoi faut-il que je fasse tout cela, Fred ?

— Afin que Berger ne s'inquiète guère de ne pas te voir ressortir par où tu es entré. Ensuite, Hector, sitôt que tu seras à l'atelier de menuiserie, repère le débarras et profite d'un moment où nul ne t'observe pour te couler à l'intérieur et t'y cacher dans un recoin ou l'autre... en attendant.

— Compris, Fred.

A présent, le ciel crachotait un début de bruine. Hector abaissa la visière de sa casquette et s'en fut.

Fort de ma seconde « Réquisition », je n'eus aucune difficulté à soustraire Duke au labeur que lui imposait son stage à la blanchisserie.

Nous fîmes une courte halte à l'habillement pour y prendre livraison des trois paquets que Elmet Henning, promu chef d'atelier, avait mis de côté à notre intention. Chaque colis contenait des vêtements civils, des papiers d'identité et même un peu d'argent.

A la porte d'entrée de la menuiserie, Rue C, le surveillant Berger n'accorda qu'un médiocre intérêt aux colis dont nous étions porteurs.

— Qu'y a-t-il là-dedans, Fred ? demanda-t-il pour la forme.

— Du tissu pour recouvrir les sièges, répondis-je. $M^{me}$ Brincker, la femme du directeur, a deux ou trois fauteuils et un divan à regarnir.

Quand Duke et moi, nous fûmes introduits inaperçus dans le débarras, Hector sortit de sa cachette.

J'explorai du regard le vaste local où se trouvaient entreposés des monceaux de bois brut.

— Je présume que ton tunnel a son entrée sous un de ces tas de planches ? dis-je en hochant la tête, l'air sceptique. A parler franc, Duke, je ne vois pas du tout comment il se fait que les gaffes n'aient pas éventé ta ruse. Les traces de cette excavation n'auraient pas dû échapper à l'œil exercé des spécialistes chargés de l'inspection périodique des locaux : ils retournent systématiquement les débarras, réserves et entrepôts, de fond en comble.

La mine railleuse, Duke escalada un haut tas de bois brut :

— Le meilleur endroit pour forer un tunnel, c'est à partir du plafond.

Du bout des doigts il appuya sur le plafond dont une plaque rectangulaire céda sous la poussée, découvrant une ouverture correspondante.

Suivi d'Hector, je m'empressai de rejoindre Duke sur le perchoir.

Comme il nous l'exposa sommairement alors, cette

bâtisse était vieille d'au moins un siècle, avec ses murs de brique aussi épais et solides que des murailles de forteresse. Le réseau électrique et les canalisations du chauffage central n'avaient été installés, évidemment, que beaucoup plus tard et, à l'époque, les ouvriers avaient dû se contenter de faire une installation *apparente,* faute de pouvoir la loger dans l'épaisseur des murs comme le préconisaient déjà les architectes contemporains à l'égard des constructions nouvelles. L'installation achevée, et vu son aspect rien moins que décoratif, on avait masqué l'ensemble de cette tuyauterie en dotant le local d'un faux plafond.

Duke se hissa dans l'ouverture qui se découpait aussi nettement qu'une trappe. Il y fit passer un par un les trois colis que nous lui tendions à bras levés. Ensuite il nous aida à le rejoindre là-haut sous les combles.

Tassé comme nous dans cet espace très bas où il fallait se tenir accroupi, Big Duke replaça la plaque dans l'alvéole du faux plafond devenu plancher. L'obscurité se fit totale jusqu'au moment où il eut revissé à fond une ampoule nue qui se balançait au-dessus de sa tête.

A quatre pattes nous le suivîmes jusqu'au rempart de place forte qu'était le mur. Précédemment, Duke et ses compagnons l'avaient foré par énucléation ; un peu, toutes proportions gardées, comme on extirpe un trognon de pomme. Après la traversée du mur, nous dévalâmes un passage secret au bas duquel nous atteignîmes une sorte de cave exiguë, située sous les fondations du bâtiment. Quelque vingt-deux mois auparavant, les cinq fugitifs l'avaient utilisée comme remise à outillage ; et c'était à partir de là qu'ils avaient creusé le tunnel proprement dit. A grand-peine ils avaient progressé en déblayant pelletée par pelletée, et il leur avait fallu monter les déblais à bras et à dos d'homme jusqu'au niveau du faux plafond pour les déverser à cet endroit, au fur et à mesure de l'avancement du travail.

Nous prîmes quelques minutes de repos à l'intérieur de la petite remise à outils.

— Le tunnel passe sous les différents murs et aboutit

au fossé, juste à l'extérieur de l'enceinte, précisa Duke. Une fois dehors, on marchera carrément dans le fossé qui, cent mètres plus loin, débouche à l'entrée de la forêt. Et alors, à nous la liberté !

Sondant du regard la profondeur du boyau qui s'ouvrait devant nous, j'émis deux ou trois réflexions de nature claustrophobique. Mais Duke me rassura illico :

— Le tunnel est bien éclairé. Sur toute sa longueur y a une ampoule tous les dix à douze mètres. Et puis, on ne l'a pas foré à la taille d'un ver. Faut pas vraiment se traîner à plat ventre.

Il se baissa derechef et, s'appuyant sur les genoux et les mains, s'engouffra par l'ouverture en poussant devant lui son paquet de frusques. Je l'imitai, avec Hector sur mes talons.

Nous parcourûmes ainsi en quadrupèdes et à la queue leu leu des kilomètres de tunnel, me sembla-t-il. A vrai dire, cette progression souterraine me parut sans fin, en particulier durant les phases du parcours où la silhouette massive de Big Duke éclipsait la lumière de l'ampoule suspendue en avant de nous tandis que l'ami Hector projetait une ombre dans le tronçon de tunnel qu'aurait dû éclairer, à mes yeux, l'ampoule située en arrière.

Au bout d'une éternité, mes narines perçurent enfin la fraîcheur de cette journée de pluie et j'affleurai, à l'air libre, au bord de ce qui ressemblait effectivement à un fossé. Hector apparut juste derrière moi. Les rebords intérieurs du fossé nous dissimulaient par rapport aux surveillants postés dans les tours qui jalonnaient l'enceinte. Ces saillies en surplomb nous abritaient aussi du crachin.

Duke camoufla la sortie du tunnel en l'obturant de broussailles.

— Qui sait, dit-il, si un jour on ne devra pas repasser par là ?

Lorsque Big Duke en eut terminé avec le camouflage, Hector et moi lui emboîtâmes le pas en pataugeant dans le lit boueux du fossé. Quand nous finîmes par atteindre le havre sylvestre sur lequel nous avions mis le cap, la bruine s'était muée en une pluie diluvienne qu'un vent assez fort chassait en rafales.

Duke courut s'abriter sous un pin géant et déficela son paquet.

— Pourvu qu'on y ait ajouté un imper, souhaita-t-il à voix haute.

— Bien sûr qu'il y en a un dedans. J'ai tout prévu, dis-je.

En moins de deux, Duke se métamorphosa en civil.

Il rabattit le bord du chapeau sur ses yeux, releva jusqu'aux oreilles le col de l'imperméable, et s'écria :

— Au poil ! Eh bien, les gars, à partir de maintenant, chacun pour soi. A plus tard ou jamais !

Il nous fit un bref salut de la main et disparut dans la tourmente.

Apparemment, Hector éprouvait quelque difficulté à boutonner la chemise.

— Tu es certain que ces vêtements sont à ma taille, Fred ?

— Evidemment. On avait pris tes mesures, non ?

De sa manche de chemise, mon compagnon transi essuya son visage ruisselant.

— Comme il pleut ! fit-il.

— Eh oui, il pleut. Tu ne m'apprends rien.

— Je veux dire qu'il fait froid.

— D'accord, c'est le déluge et on gèle ! aboyai-je. Mets l'imper et le galurin. Et cesse de pleurnicher comme un môme !

Il obéit à contrecœur.

— Si j'avais su que ça se passerait ainsi...

— Que veux-tu dire par *ainsi* ?

— Dans la pluie et le froid... Et quel vent !

Moi, j'étais fin prêt en civil.

— Allons, viens, Hector. On fonce !

J'avais déjà fait une douzaine de longues foulées lorsque je m'aperçus que je marchais seul. Je me retournai tout d'une pièce.

Hector glandait toujours là où je l'avais laissé. Il avait le chapeau sur la tête mais tenait encore, d'une main crispée, sa casquette de détenu.

— Sacrebleu, Hector ! Lâche ça et viens donc !

Mais il ne bougea pas d'une semelle. Il semblait pétrifié.

Revenu sur mes pas, je voulus m'emparer du couvre-chef pénitentiaire pour le jeter au loin, mais la main du traînard s'y cramponna. Ses yeux écarquillés me parurent vitreux et d'une fixité singulière.

— Hector! hurlai-je. Ben quoi? Qu'est-ce qui te prend?

Enfin ses lèvres remuèrent :

— Là-bas, au réfectoire, les gars auront des patates douces pour dîner ce soir, Fred. J'adore les patates douces, et on en a eu si rarement...

Un brusque coup de vent me fit pivoter pour y faire front. En avant de moi, un épais rideau de pluie formait écran entre nous et le monde que j'avais quitté vingt-deux ans plus tôt...

Avait-il beaucoup changé? Quel serait actuellement son véritable aspect?

J'empoignai Hector par les épaules et le secouai comme un prunier.

— Là où nous allons, il n'y a rien à redouter, mon vieux. Ni requins ni fauves. Rien que des gens, et qu'as-tu à craindre d'eux?

— Tout, répondit-il en plongeant son regard dans le mien. Oui, *tout!*


— Après dîner au réfectoire, nous nous joignîmes au groupe qui sortait du local pour se rendre à la salle de cinéma.

Arrivés là, nous nous carrâmes dans nos fauteuils habituels.

— Crois-tu qu'ils vont découvrir le tunnel? demanda Hector.

— Je n'en sais rien, dis-je. Une chose est certaine : ils ignorent toujours comment Big Duke s'est évadé.

— Et nous deux, nous n'aurons pas d'ennuis, hein?

— Non. Je m'arrangerai pour nous couvrir. Comme tu le sais, j'ai un peu d'influence dans la maison.

— Un peu? Tu es vraiment trop modeste, Fred. N'es-tu pas le secrétaire du directeur, l'homme de confiance numéro un ? Nul doute que tu puisses arranger ça.

J'ébauchai un sourire. Au fond, Hector disait vrai. Ici, j'étais un type considéré, un personnage en quelque sorte. Hors ces murs, je ne serais plus rien.

— Sais-tu ce qui m'a décidé à revenir ? confessa Hector. Eh bien, en vérité, ce mode d'évasion ne me paraissait pas régulier du tout. A mon sens, ce n'était pas bien de s'évader ainsi... En utilisant un tunnel conçu et foré par d'autres, veux-je dire. Vis-à-vis de nous-mêmes, nous aurions plus de mérite à nous en tirer par nos propres moyens.

— Incontestablement, Hector. A moi, ça m'a fait la même impression.

— Je viens de songer à un nouveau projet... Ce sera notre Plan 19.

— L'étiquette est prometteuse, commentai-je sans malice.

— En principe, le projet est tout simple... mais, bien sûr, son étude exigera un bout de temps.

Dans la salle, les lumières s'éteignirent et l'on projeta sur l'écran la bande des actualités.

Je cherchai des yeux une silhouette familière dans la pénombre... et sortis de ma poche la sarbacane qui me servait de joujou. J'y introduisis un haricot sec, et soufflai.

— Tu l'as eu ? s'enquit Hector à voix basse.
— En plein sur le caillou, répondis-je de même.

Je desserrai les lacets de mes chaussures, soupirai d'aise et goûtai une pleine détente. Que c'était bon, la rentrée au bercail !

*Plan 19.*
Traduction de Jean Laustenne.

© 1966 by H.S.D. Publications.

# Bonne leçon pour un pro

par

STEPHEN WASYLYK

J'avais raté mon drive au neuvième trou. Ma balle avait grimpé vers les sombres nuages bas, s'était accrochée dans un rideau d'arbres et était morte en ricochant de tronc en tronc avec un crépitement décourageant. Je poussai un juron. Virgo Fletcher ricana. Les malheurs des autres l'amusaient toujours. Petit, maigre et nerveux, avec le début d'une brioche ballante, il portait une casquette de golf enfoncée sur son visage étroit. Nous passions presque chaque après-midi ensemble sur le parcours, mais le plein air et le soleil n'avaient pas réussi à raffermir ses joues pendantes et ses yeux bouffis. Virgo perdait tout le bénéfice de l'exercice parce qu'il buvait un peu trop et qu'il aimait trop les femmes.

Je ramassai mon tee.

— Voyons si vous pouvez faire mieux, dis-je.

Virgo se planta fermement sur ses jambes, balança son bois et frappa la balle d'un puissant swing. Le résultat fut un drive parfaitement rectiligne qui parcourut le fairway sur plus de deux cents mètres. Il se remit à ricaner, ce qui accrut l'antipathie que je lui portais et qui n'avait fait qu'empirer de semaine en semaine. J'espérais que, bientôt, j'allais pouvoir cesser de jouer avec lui. Virgo aurait fait n'importe quoi pour gagner, même en trichant sur un coup s'il pensait pouvoir s'en tirer sans être pris.

Je me forçai à aller m'installer à côté de lui dans la voiturette et il descendit le long du fairway.

Il était président de la banque locale, et profitait de sa situation pour faire pression sur les jeunes femmes que la banque engageait. C'était un autre aspect de sa personnalité qui me répugnait. Il avait les mains baladeuses et bon nombre de celles que ses attentions ne flattaient pas démissionnaient après quelques jours. Certaines restaient. Allez comprendre les femmes, et surtout celle de Virgo qui était parfaitement au courant de ses frasques mais s'accrochait néanmoins à lui comme s'il était un bien précieux !

Il y avait maintenant des mois que je jouais avec Virgo, non parce que j'apprécie sa compagnie, mais à cause de sa situation. J'étais arrivé dans cette petite ville du Middlewest pour m'y cacher après avoir braqué une banque dans un autre Etat, et je l'avais rencontré au golf. Après avoir appris ce qu'était sa profession, je n'avais pu résister au désir de le couver. L'argent de mon dernier coup n'allait pas durer éternellement et il me semblait qu'en jouant au golf avec Virgo, j'en apprendrais beaucoup sur les opérations de la banque.

Et j'en avais appris, mais pas encore assez. Je cherchais toujours mon angle d'attaque.

Virgo s'éclaircit la gorge :

— Il y en a une nouvelle, à la banque. Elle s'appelle Olivia et elle semble très réceptive. Je crois que je ne m'en tire pas mal avec elle.

— Pourquoi m'en parlez-vous ?

Virgo croyait que j'étais libre de toute attache et que j'étais venu m'installer en ville pour me retaper à la suite d'une opération. Il essayait sans cesse de m'impressionner.

— Parce que j'ai besoin d'un conseil. Ma femme l'a vue et elle me soupçonne de m'y intéresser. Elle n'a pas tort. En fait, j'épouserais volontiers Olivia si j'étais libre. J'ai fini par demander à ma femme de divorcer. Mais elle m'a répondu qu'elle n'accepterait sous aucun prétexte.

Etre libre était un thème constant de la conversation de Virgo.

— Vous semblez sérieusement accroché, dis-je.

— Ah, si je pouvais me débarrasser d'elle ! fit-il en soupirant.

Irrité, je répondis sèchement :

— Il existe bon nombre de moyens.

— Vous voulez dire « la tuer » ?

— Ça se pratique tous les jours.

— J'en serais tout à fait incapable.

— Alors, payez quelqu'un.

Il arrêta la voiturette au milieu du fairway.

— Est-ce possible ?

— Il existe des tas de gens qui en font leur métier.

— Je ne saurais pas où m'adresser.

Une idée jaillit tout au fond de mon cerveau. Je cherchais le moyen de m'emparer de la banque de Virgo. Peut-être était-il en train de me donner la combinaison du coffre.

— Sauriez-vous où trouver quelqu'un ? Vous ne parlez jamais de votre passé, mais j'ai l'impression...

Il baissa la voix.

Je descendis sur le terrain et ramassai une paire de fers.

— Je vais y réfléchir. Pour l'instant, je vais jouer mon second coup.

Je le laissai assis là pendant que je cherchais ma balle. Virgo voulait que sa femme meure, et il était prêt à payer pour ça. J'aurais pu lui donner le nom de plusieurs types, mais qu'y aurais-je gagné ? Il devait y avoir un moyen de transformer son désir en profit pour moi.

Je trouvai ma balle. Je n'avais pas d'autre choix qu'une approche dans le fairway en sacrifiant un coup. Je frappai sans conviction, l'esprit occupé de choses plus importantes.

Virgo, lui non plus, ne songeait plus au golf. Il avait amené la voiturette près de sa balle, et il tournait vers moi son mince visage.

Je pris un fer de cinq et frappai un léger coup. La balle alla se planter dans le green comme si elle avait été enduite de colle. D'un geste de la main, je renvoyai Virgo et la voiturette, puis je partis à pied.

Virgo envoya son coup suivant au-delà du green,

dans un bunker, chose qui ne lui arrivait jamais. Il était clair qu'il était ferré. Tout ce qui me restait à faire, c'était de le ramener au bout de ma ligne. Lorsque j'atteignis le green, j'avais établi mon plan.

Virgo me regarda. Il avait envie de me parler, mais je l'en dissuadai d'un geste de la main.

— Jouez votre coup, dis-je.

Nerveusement, il sortit la balle du bunker pour la remettre sur le green au moment où une pluie légère commençait à tomber. Nous nous arrêtâmes pour diriger la voiturette vers le kiosque à rafraîchissements.

— Deux bières, commandai-je au barman.

Une fois servis, nous nous éloignâmes de lui et des autres joueurs. Avec un léger sourire, je regardai au loin les vertes ondulations des collines. Je voulais savoir jusqu'à quel point Virgo était sérieux, et l'endroit me paraissait idéal pour en discuter. Personne ne pouvait nous entendre ni imaginer la moindre collusion entre deux hommes faisant simplement une partie de golf.

Les autres joueurs se dirigeaient maintenant vers le pavillon du club, nous laissant seuls, en dehors du serveur qui ouvrit un livre de poche et se mit à lire. La pluie se mit à tomber plus fort, crépitant sur le toit de l'abri.

Virgo s'éclaircit la gorge. Je détournai le regard pour éviter l'appel de ses yeux. Je voulais le laisser mijoter encore un peu dans son jus, le laisser demander.

— Nous étions en train de parler, dit-il.

— Nous parlions de tuer votre femme, précisai-je d'un ton brutal.

Il parut se crisper un peu et j'ajoutai :

— Ce n'est pas très agréable quand on en parle aussi crûment.

— Non, admit-il. Pas très agréable, en effet. D'après vous, on trouve des gens pour ce genre de travail ?

— Oui, mais on pourrait remonter la filière de l'argent et vous seriez le principal suspect.

— Alors, que...

— J'ai un plan, dis-je. Je m'occuperai de tout. Il sera impossible de vous soupçonner.

Son visage s'éclaira.

— Vous en êtes sûr ?
— Positivement. Vous voulez connaître le prix ?
— Oui. Combien ?
— Tout l'argent liquide de votre coffre.
Ce fut comme si je venais de le frapper.
— Je ne comprends pas.
— Très bien. Ecoutez-moi bien, dis-je lentement. Nous traiterons cette affaire comme si le but principal de l'opération était de cambrioler la banque, pas de tuer votre femme. Dès lors, personne ne se doutera de la véritable raison. Mais pour que les choses se passent sans que personne ne songe à se poser des questions, je vais véritablement cambrioler la banque. J'utiliserai l'argent pour payer l'homme que je louerai et je garderai le reste comme rémunération. Personnellement, il ne vous en coûtera pas un sou. L'assurance couvrira la perte de la banque. Vous n'aurez strictement rien d'autre à faire que ce que je vous dirai.

Sa voix s'atténua dans un murmure.
— Quel est votre plan ?
— Je vais engager un homme pour faire le vrai boulot. Ne me demandez pas qui c'est ni comment je ferai pour le trouver. Tôt dans la matinée, je viendrai avec lui à votre domicile. Il prendra votre femme en otage pendant que je vous emmènerai à la banque. Vous ouvrirez la banque pour moi, puis le coffre, soi-disant pour protéger votre femme. Je prendrai l'argent, je partirai et j'irai récupérer mon homme. A ce moment-là, votre femme sera morte, et vous ne reverrez plus jamais aucun de nous. Quand vous raconterez votre histoire, cela passera pour un quelconque braquage de banque au cours duquel les choses auront mal tourné. On pourra vous questionner autant qu'on voudra, votre histoire tiendra toujours debout. La seule chose que vous aurez à faire — et je suis sûr que vous le ferez admirablement — ce sera de bien jouer votre rôle, de paraître vraiment choqué, désespéré, après qu'on aura découvert votre femme. Maintenant, vous pouvez encore faire marche arrière, et nous oublierons toute l'affaire. Ou bien, vous me faites un petit signe de tête, et je poursuis. Réfléchissez-y. Mais une fois que

vous vous serez engagé, plus question de revenir en arrière.

D'après ses propos, j'avais appris que Virgo désirait depuis longtemps se rendre libre, mais maintenant, je lui proposais de commettre un meurtre. C'était une chose d'en parler, c'était autre chose de le faire. Je me demandais si Virgo en aurait le courage.

Il baissa le menton, puis le releva lentement.

— Vous êtes d'accord ? demandai-je.

Il hocha la tête avec assurance.

— Ce sera pour quand ?

Je me laissai aller en arrière et terminai ma bière. Maintenant, la pluie tombait dru et la brume masquait le paysage. J'avais le sentiment de devoir agir vite pour épingler Virgo avant qu'il ait le temps de changer d'avis.

Nous étions mardi. J'allais devoir me déplacer un peu et donner quelques coups de téléphone. Il me faudrait aussi un jour ou deux pour faire venir l'homme dont j'avais besoin.

— Vendredi matin, dis-je.

Je le vis se détendre, et je savais pourquoi. En jouant chaque jour avec lui, j'avais appris que ce n'était pas le genre de ville où l'on négocie beaucoup de chèques ni où l'on opère beaucoup de transferts de compte à compte. Une grosse quantité d'argent liquide circulait et finissait immanquablement à la banque. Chaque mardi et jeudi après-midi, une voiture blindée venait retirer les excédents et remplaçait les vieux billets par de nouveaux afin de maintenir les comptes de la banque en équilibre. Cela signifiait que, le vendredi matin, le montant des liquidités du coffre devait être à son niveau le plus bas. Virgo aimait ça. Même en ne perdant rien, il aurait l'impression de perdre moins.

— Combien y aura-t-il dans le coffre ? demandai-je.

Il réfléchit un moment.

— Peut-être cinquante mille.

Cela me paraissait peu, mais il s'agissait d'une petite ville où il ne fallait pas compter avec le paiement de salaires importants le vendredi.

— Veillez à ce que ce ne soit pas moins, dis-je.

49

L'homme m'en demandera probablement dix et je ne vois aucune raison de faire ce boulot pour moins de quarante.

— Il y aura cinquante mille dollars, fit-il en hochant la tête.

— Parfait. Nous n'allons plus jouer au golf ensemble. Vaquez simplement à vos occupations pendant les quelques prochains jours et oubliez cette conversation. N'essayez pas de prendre contact avec moi.

J'observai la pluie, me demandant si j'allais faire un saut jusqu'au pavillon du club.

— Voulez-vous une autre bière ? demandai-je.

— Non, dit-il. Je ne crois pas que je pourrais l'avaler.

Je restai assis à siroter ma bière en me demandant si Virgo allait se dégonfler. C'était une possibilité qu'il fallait prévoir. J'allais me mettre en mouvement immédiatement. S'il n'avait aucun moyen de prendre contact avec moi, il ne pourrait plus me mettre des bâtons dans les roues une fois qu'elles auraient commencé à tourner.

Dès mon retour, je demandai ma note à l'hôtel et je partis en voiture pour un motel qui se trouvait aux confins d'une autre ville, à quelque trente kilomètres. Ce soir-là, la poche pleine de petite monnaie, je commençai à donner des coups de téléphone depuis la cabine située au coin de la rue.

Je localisai Snick Gator à Chicago qui ne se trouvait qu'à un coup d'aile nocturne. Il m'écouta et décida d'en être. Je lui indiquai un motel local et, après avoir raccroché, me remis à composer d'autres numéros.

Virgo croyait que j'avais l'intention d'engager un seul homme parce que c'était le plan que je lui avais exposé, mais je ne lui avais pas tout dit. J'avais besoin d'un spécialiste de plus, et il me fallut un bon bout de temps pour découvrir Pete Matso dans un bar de Saint Louis. Il accepta de venir en voiture et de me retrouver le lendemain midi.

Ce soir-là, j'allai me coucher, satisfait. C'était parti.

Le mercredi matin, sous un faux nom et une fausse adresse, je me procurai d'occasion une incroyable voiture cabossée, mais avec un bon moteur. Si elle tenait le coup pendant deux heures, c'était tout ce qu'il me fallait car j'avais l'intention de l'utiliser seulement pour le braquage. J'allai la cacher dans un coin obscur du parking du motel avant de rejoindre Pete.

Lorsque j'arrivai, il était au bar. C'était un grand type maigre à longs cheveux, avec un visage qui semblait éclairé par un sourire perpétuel, sans doute parce que Pete considérait que la vie n'est qu'une incessante rigolade, surtout lorsqu'il pouvait se trouver au volant d'une voiture rapide et sûre.

Il m'accueillit d'un petit signe de tête.

— Alors, Griff, c'est vrai que tu es sur un gros coup ?

Je me glissai en face de lui dans le box, commandai une bière et attendis que la svelte serveuse fût repartie, suivie par le regard de Pete qui admirait le mouvement de ses hanches.

— Un très gros coup, dis-je.

— Tu veux que je serve de chauffeur ?

— Non, c'est plus compliqué. Le boulot que j'ai pour toi peut être dangereux, et je ne t'en voudrai pas si tu refuses. Si tu l'acceptes, je te donnerai cinq mille dollars, la moitié maintenant, le reste après.

La serveuse déposa la bière et s'éloigna après avoir gratifié Pete d'un grand sourire.

— Explique-moi, camarade, dit-il.

— Je veux que tu provoques une collision avec une voiture blindée.

Son sourire s'élargit.

— Tu veux la braquer ?

— Pas du tout. Je veux seulement qu'elle soit hors d'état de circuler pendant quelques heures.

— Quel intérêt ?

— Elle va ramasser de l'argent dans une banque que j'ai l'intention de cambrioler vendredi matin. Si elle ne peut opérer le ramassage, j'ai des chances d'avoir un peu plus d'argent qui m'attende.

— Tu devrais peut-être me donner un peu plus de cinq mille dollars.

— C'est à prendre ou à laisser, dis-je. Mais je suis

51

d'accord de payer la voiture d'occasion que tu pourrais utiliser.

— Inutile de gaspiller ton argent. J'en ai assez de la cage que je conduis en ce moment. Mon assurance m'en paiera une nouvelle. Je préfère de toute façon utiliser la mienne parce que je la connais. As-tu déjà repéré l'endroit, ou dois-je m'en occuper ?

Je l'emmenai à quelque quinze kilomètres de la ville, au bord d'un tronçon de route rectiligne que la voiture blindée devait emprunter pour se rendre à la banque de Virgo. Je savais qu'elle suivait toujours le même itinéraire et passait par là à la même heure chaque mardi et jeudi après-midi. Je l'avais minutieusement observée pendant des semaines lorsque je cherchais un bon moyen de braquer la banque de Virgo. Une autre route coupait ce tronçon rectiligne en débouchant derrière un rideau d'arbres. D'une voiture garée là, on pouvait voir arriver la camionnette blindée, mais les arbres cacheraient cette bagnole au chauffeur. La voiture déboucherait alors brusquement, si brusquement qu'un accident serait inévitable. La camionnette pouvait essayer de faire un écart, mais elle n'avait pas de place pour se dégager. C'est ce que j'expliquai à Pete.

— On peut essayer, camarade, mais c'est un peu dangereux. On risque d'être sérieusement blessé.

— Je paierai tous les frais d'hôpital, dis-je. Ça fait partie du marché.

Il réfléchit un moment, puis son sourire s'élargit encore.

— Tu as gagné, camarade. Je n'ai pas si souvent l'occasion de démolir une voiture blindée. Je vais l'intercepter pour toi. Mais comment sauras-tu si ça a marché ?

— A quelques kilomètres d'ici, j'irai m'insérer derrière eux sur la route en me tenant assez éloigné pour ne pas avoir d'ennuis.

Je sortis mon rouleau de billets et comptai deux mille cinq cents dollars en grosses coupures. Pete grogna.

— Tu n'as rien de plus petit ?

— Pas avant vendredi, répliquai-je en souriant. Si tu préfères attendre...

Il plia les billets et les glissa dans sa poche.

— Certainement pas, mais si je ne m'en tire pas comme il faut, l'argent ne signifiera pas grand-chose. On se reverra demain.

Je le ramenai en ville et le déposai. Je n'avais plus à le revoir avant l'accident.

Mon autre homme devait arriver dans la nuit, ce qui nous laisserait le temps de passer les choses en revue le lendemain matin. Après le dîner, j'attendis qu'il m'appelle dans ma chambre de motel. Au creux d'un fauteuil confortable, les pieds posés sur l'appareil de conditionnement d'air qui se trouvait sous la fenêtre, j'observais la circulation en songeant à Virgo Fletcher.

Je me méfiais de lui. Il n'avait pas posé assez de questions sur moi et mon passé pour une opération de cette importance. Il avait simplement accepté mon plan. Je me demandais si Virgo avait effectué une petite enquête de son côté, et s'il avait établi ses propres plans.

Si j'étais pris, je serais tout seul à en supporter les conséquences. Personne ne croirait que Virgo était dans le coup.

Le téléphone sonna, et je regardai ma montre. Snick était en ville.

Une demi-heure plus tard, j'étais à son motel, dans sa chambre.

C'était un homme massif, large d'épaules et qui s'épaississait un peu au centre. Son visage cabossé et ses oreilles boursouflées ne laissaient aucun doute sur ses moyens d'existence antérieurs. J'avais connu beaucoup d'anciens boxeurs dont la plupart n'étaient plus dans la course. Pas Snick. Il était froid, vicieux et méchant, toujours alerte et vif. Son principal atout était d'obéir scrupuleusement aux ordres tant qu'on le payait bien.

Il arpentait la petite pièce pendant que je lui expliquais le coup.

— Cela paraît simple, dit-il.

— Nous utiliserons deux voitures, dis-je. Nous nous retrouverons devant la maison. J'emmènerai l'homme à la banque pendant que tu t'occuperas de sa femme. Quand tu en auras fini, tu partiras et tu me retrouveras plus tard. S'ils m'ont pincé et si je ne me montre pas, tu n'auras pas de mal à disparaître. Demain matin, je viendrai te prendre, et nous ferons une répétition générale pour que tu saches exactement ce que tu as à faire. Il ne reste qu'une question : combien veux-tu ?

— Cinq mille, dit-il sans hésiter. Tout d'avance. S'ils te coincent, je ne veux pas être de la revue. Moi, j'aurai fait ma part du boulot.

— C'est honnête, dis-je. Tu aurais pu demander plus. Mais je te paie la moitié maintenant et la moitié vendredi matin.

— Je pourrais y perdre, dit-il.

— Si quelque chose m'arrive, je m'arrangerai pour que tu aies ton argent.

Je comptai une nouvelle fois deux mille cinq cents dollars de mon rouleau de billets.

— En deux jours, même en buvant comme un trou, tu n'arriveras pas à les dépenser. Essaie de ne pas trop te montrer. Tu es le genre de type dont les gens se souviennent.

Je le laissai là. On donnait un film au bas de la rue, près de mon motel. Je me garai et décidai de tuer deux ou trois heures.

Le film ne valait rien. Les cinémas pornos étaient une nouveauté dans cette ville, si bien que la salle était bondée. Je sortis au milieu du film. Si je voulais voir parader une poupée nue, je préférais que ce soit en chair et en os dans ma chambre de motel plutôt qu'en couleurs sur l'écran. Mais dans ma situation actuelle, les nanas étaient exclues. Du moins jusqu'à vendredi.

Le lendemain matin, j'allai prendre Snick et je l'emmenai jusqu'à la maison de Virgo. C'était une sorte de ranch en pierre, entouré d'arbres. Elle se trouvait hors de la ville, si bien qu'il n'y avait pas de voisins susceptibles de se montrer curieux ou d'entendre des bruits bizarres. De là, je l'emmenai vers un petit chemin de terre situé à six ou sept kilomètres, où, le lendemain, je lui remettrais le reste de l'argent.

Lorsque je fus certain qu'il avait saisi le plan et ne se

gourerait pas, je le reconduisis, puis me dirigeai vers le motel de Pete Matso. Je ne craignais guère que Pete ne fasse pas son boulot, mais un homme peut toujours changer d'avis s'il découvre entre-temps quelque chose qui lui paraisse plus important. Dans le cas de Pete, ce pourrait être une femme. Il avait de l'argent en poche, et j'avais remarqué comme il lorgnait la serveuse du bar. Mais ce qui me rendait surtout un peu nerveux, c'est la manière dont elle semblait avoir répondu.

Je n'aurais pas dû m'en faire. Au beau milieu de l'après-midi, il sortit avec la serveuse à son bras. Il lui fit une amicale petite caresse et grimpa dans une voiture d'un jaune éclatant qui était garée devant la porte de sa chambre. Je le suivis quand il démarra.

Il s'était donné un peu de bon temps. Quand je vis qu'il partait dans la bonne direction, je tournai et gagnai directement la ville suivante pour voir si la camionnette blindée était à l'heure. Elle l'était. Je la rattrapai dans les faubourgs et demeurai à une bonne distance pour la suivre. Je ne voulais surtout pas que le chauffeur regarde une fois de trop dans son rétroviseur pour apercevoir la même voiture derrière lui, mais la circulation dense du jeudi après-midi m'aida beaucoup. Des voitures nous dépassaient l'une après l'autre si bien que la configuration des véhicules qui suivaient la camionnette blindée changeait constamment. Lorsque nous approchâmes de la route où Pete attendait, je diminuai un peu la distance.

Nous marchions à environ 70 km/heure lorsque je vis l'éclair d'un jaune éclatant jaillir en hurlant de la route latérale et s'enfoncer dans l'avant de la camionnette blindée. La lourde masse d'acier oscilla et bascula, heurtant presque les voitures qui arrivaient en sens inverse. La voiture jaune tourna sur elle-même dans un long crissement de pneus.

Je m'arrêtai pour rejoindre les autres conducteurs qui sortaient de leurs voitures. Je courus jusqu'à la voiture blindée. Si elle n'était pas désarticulée, Pete avait perdu son temps.

Il avait fait du bon boulot. La roue avant gauche était repliée à un angle incroyable, le pneu plat. Le liquide

55

réfrigérant coulait à flots du radiateur. Je revins vers la voiture de Pete.

Il avait dit qu'il voulait une nouvelle tire. Il allait l'avoir. La voiture jaune était en sinistre total. L'aile gauche était écrabouillée et tout l'avant faisait un angle bizarre avec le reste de la caisse. Plusieurs hommes étaient en train de retirer Pete de la voiture. Il avait une entaille sur le front, il se tenait les côtes et sa jambe gauche était pliée là où il n'aurait pas dû y avoir de pli. On l'étendit sur l'herbe au bord de la route.

Je m'approchai. Il ouvrit les yeux et me vit. En dépit de la douleur, une de ses paupières se referma dans une tentative de clin d'œil.

Pete était un brave type.

Je me retirai avant que quelqu'un ne s'avise que je pouvais faire un bon témoin, et je repartis pour mon motel. Je n'aurais aucun mal à localiser Pete pour lui donner le reste de son argent et une avance pour ses frais médicaux. Il n'y avait qu'un hôpital où on pouvait l'emmener, et j'y passerais le lendemain pour lui rendre visite comme un vieil ami. Tout en conduisant, je ne pus m'empêcher de sourire. Pete aurait en tout cas de la visite, car j'étais certain que la serveuse n'allait pas tarder à se montrer.

Il ne me restait dès lors rien d'autre à faire qu'à attendre le vendredi matin.

Je m'offris un gros steak, emportai une demi-douzaine de bouteilles de bière et passai la soirée devant la TV en regardant un polar que je n'arrivais pas à suivre, et moins encore à comprendre comment le gars résolvait le mystère juste avant l'ultime spot publicitaire. Je me suis endormi pendant le dernier journal dont l'essentiel était constitué par l'accident de la camionnette blindée. Une séquence montrait Pete emmené vers l'hôpital.

Je me réveillai à six heures le vendredi matin. La journée était sombre et couverte, la pluie menaçait. J'adaptai mon silencieux à mon pistolet que je fourrai, avec deux bas nylon et toute une série de rubans adhésifs, dans mon attaché-case.

Je devais retrouver Snick devant la maison de Virgo à

sept heures. Il y était déjà quand j'arrivai. Je lui tendis un bas. Snick était trop facilement reconnaissable pour qu'on prenne des risques. Par contre, mon signalement pouvait s'appliquer à des douzaines de gens. Nous nous sommes dirigés vers la porte d'entrée, et nous avons sonné.

Ce fut la femme de Virgo qui vint ouvrir. Avant qu'elle ait le temps de comprendre ce qui lui arrivait, Snick lui avait collé une main sur la bouche et l'avait repoussée dans la maison. Je les suivis, pistolet au poing. Il était possible que Virgo ait changé de dispositions et que je sois obligé de le neutraliser.

Il était en train de prendre son petit déjeuner. Il leva les yeux avec une étrange expression sur le visage, comme s'il n'arrivait pas à croire que j'étais là, mais il ne fit pas un mouvement.

Je relevai le pistolet vers la tête de M$^{me}$ Fletcher.

— Pas un mot ! dis-je.

Son visage était blanc et ses yeux bleus écarquillés. Elle ne comprenait pas, mais elle obéit. C'était la première fois que je la voyais, et je m'expliquais que Virgo souhaitât s'en débarrasser. C'était une femme d'allure guindée, avec un visage osseux rehaussé par une coiffure très élaborée qui aurait pu faire de l'effet chez quelqu'un de plus jeune. J'étais sûr qu'elle menait la vie dure à Virgo.

Je tendis à Snick un rouleau d'adhésif.

— Les mains et les pieds, et une bande sur la bouche.

J'attendis qu'il ait fini.

— A vous, maintenant, dis-je à Virgo. Allons-y.

Et me tournant vers Snick :

— Tu sais ce que tu as à faire.

Sa bouche se tordit dans ce qui pouvait passer pour un sourire.

Je poussai Virgo vers la porte d'entrée et lui fis prendre le volant de ma voiture.

D'une voix étouffée, il demanda :

— C'est l'homme qui doit... ?

— C'est le seul que j'aie emmené.

— Maintenant que c'est arrivé, j'ai du mal à le croire.

— Croyez-y, dis-je. Nous venons de donner le coup de départ au 18ᵉ trou dans la plus importante partie de votre existence et si vous faites un bogey (1), vous pourriez en mourir. Maintenant, nous devons faire un par (1), ou nous aurions des ennuis. Préparez-vous à jouer votre rôle comme si c'était pour enlever un Oscar. Les gens qui se trouveront à la banque vont servir de témoins...

— Je ne suis pas certain de...

— Ce n'est plus le moment de ne pas être certain de quoi que ce soit.

Je levai le pistolet vers sa tête.

— A partir de maintenant, vous n'avez plus rien à dire. Conduisez, et avec prudence.

La banque avait, près de l'aire de stationnement, une entrée latérale que les employés utilisaient avant l'heure d'ouverture. Pendant que Virgo farfouillait pour trouver sa clé, je passai mon bas par-dessus la tête et je le suivis à l'intérieur. Deux femmes étaient déjà arrivées, et leurs cordes vocales furent entièrement paralysées lorsqu'elles me virent avec mon pistolet. J'obligeai Virgo à leur attacher les chevilles et les poignets avec de l'adhésif et à leur en coller un morceau sur la bouche. Puis je les tirai hors de vue derrière le comptoir.

— Le coffre, dis-je à Virgo.

— La minuterie... commença-t-il.

— Il vaudrait mieux que vous l'ouvriez, dis-je.

— Il faut attendre une minute.

— J'espère pour vous que personne n'entrera avant la fin de cette minute.

Je relevai le poignet, les yeux fixés sur ma montre. Jusqu'ici, tout s'était bien passé, mais je continuais à me méfier de Virgo. Peut-être avait-il réglé la minuterie

---

(1) Au golf : *bogey* = nombre de coups supérieur au score — *par* = nombre de coups égal au score. (N.d.T.)

du coffre de manière qu'il ne s'ouvre pas. Je serais alors coincé là sans aucun moyen d'arriver à l'argent.

Le système d'horlogerie cliqueta agréablement à la fin de la minute.

— Ouvrez, dis-je à Virgo.

Ses mains tremblaient et il y avait un film de transpiration sur son visage bouffi tandis qu'il réglait la combinaison. J'entendis le claquement du mécanisme lorsqu'il forma le dernier chiffre. S'il jouait un rôle à l'intention des deux femmes, il le jouait parfaitement.

— Ouvrez ! répétai-je en agitant le pistolet sous son nez.

Virgo n'était plus pâle. Son visage avait verdi, et il commençait vraiment à m'inquiéter. En ouvrant le coffre, il avait l'air d'un vieillard tremblotant.

J'ouvris la porte toute grande.

La chambre forte était vaste et carrée. Sur un mur, il y avait une rangée de classeurs qui contenaient sans doute les documents importants de la banque. Sur l'autre, c'étaient des étagères. Des étagères vides. Là où l'argent aurait dû se trouver, il n'y avait rien.

Virgo n'avait pas besoin de m'expliquer ce qui était arrivé. Maintenant, je savais pourquoi il était vert, pourquoi il avait tellement peur. *C'était lui-même qui avait raflé le fric !*

Un joli coup. L'argent parti, j'étais le seul qu'on accuserait de l'avoir pris. Sans quoi, pourquoi serais-je venu à la banque et aurais-je obligé Virgo à ouvrir le coffre ? Personne n'allait le soupçonner, lui. Non seulement, sa femme serait morte, mais il aurait tout cet argent à dépenser avec Olivia.

Il n'avait absolument pas joué la comédie. Virgo avait eu vraiment peur, et maintenant je savais pourquoi.

Il avait retiré l'argent du coffre avant que je n'arrive. Je n'avais pas le temps de le chercher, pas le temps de l'obliger à me dire où il l'avait mis. Tout ce que j'aurais encore pu faire à ce stade, c'était de le tuer.

Je l'empoignai par le col et je le poussai dans la chambre forte. Je le collai contre les étagères et lui enfonçai le canon du pistolet sous le menton.

— Où est-il ?

— Parti, haleta-t-il. Là où vous ne pourrez pas le trouver.

Je sentais les gouttes de sueur me couler dans le cou. Il fallait que je fasse quelque chose. Les autres employés allaient arriver et la banque ouvrirait bientôt.

Je songeai à Pete qui avait démoli la voiture blindée et fini à l'hôpital. J'avais été fier de cette idée, mais le seul résultat avait été de procurer davantage d'argent à Virgo. Il m'avait devancé, son cerveau ayant travaillé plus vite que le mien.

Je reculai d'un pas et levai mon arme. Virgo se mit à trembler, certain que j'allais le tuer, mais je dus reconnaître que le petit bonhomme avait du cran. Je savais qu'il ne s'agissait pas seulement de l'argent, ni de se débarrasser de sa femme à bon compte. C'était tout simplement que Virgo *voulait* gagner. Il fallait qu'il me batte. En jouant au golf avec lui, j'aurais dû m'en rendre compte.

Il fallait pourtant que je lui réserve quelque chose qui l'obligerait à se souvenir de moi.

J'appuyai sur la détente, et le silencieux fit plus de bruit que d'habitude à l'intérieur du coffre. Virgo tourna sur lui-même et s'effondra, balbutiant d'étonnement en constatant qu'il était toujours en vie.

Je lui avais logé une balle dans la cuisse. Il lui faudrait quelque temps avant de pouvoir rejouer au golf. Après cela, je me précipitai et franchis la porte tout en arrachant mon masque. Je sautai dans ma voiture et fonçai hors de la ville.

Snick m'attendait. Il tendit la main. Je lui remis l'argent.

— Tu as fait ce que je t'ai dit ?

— Pas de problème. Elle sera tout à fait en forme quand on lui arrachera l'adhésif.

Je souris. Un point pour moi. Virgo serait très étonné de retrouver sa femme en vie. Dès le début, je n'avais pas eu la moindre intention de la tuer. Pourquoi lui aurais-je fait une fleur ?

— Tu as vidé la banque ? demanda Snick.

— Il n'y a plus un dollar dans le coffre, dis-je, ce qui était la stricte vérité.

— La prochaine fois que tu auras besoin d'aide, tu peux m'appeler.

— Promis.

Ses roues lancèrent un jet de gravier quand il démarra. J'abandonnai la voiture d'occasion à peu de distance de mon motel et j'allai reprendre la mienne. Il fallait encore que je paie Pete.

A l'hôpital, personne ne m'arrêta bien que ce ne fût pas encore l'heure des visites. J'entrai dans la chambre de Pete.

Il avait un bandage autour de la tête, et sa jambe était dans le plâtre.

— Je savais que tu viendrais, Griff. Comment t'en es-tu tiré ?

— Aucun problème, dis-je, préférant mentir.

Je comptai ce que je lui devais et j'ajoutai cinq cents dollars.

— Voici ton fric.

— Ecoute, dit-il, je crois que tu m'as fait une fleur...

— En te faisant écrabouiller ? Tu es dans un piteux état.

— C'est bien de ça qu'il s'agit. Un avocat est venu me voir ce matin. Il dit que je peux attaquer cette société de camions blindés, et toucher le gros paquet.

— Combien ?

— Il parlait de cent mille dollars.

— Il va t'en prendre la moitié.

— Et alors ? fit Pete avec un clin d'œil. Il m'en restera cinquante mille. Si jamais tu as encore un coup de ce genre-là, appelle-moi.

— Je penserai à toi en tout premier lieu, dis-je.

Je sortis de l'hôpital en songeant que Pete allait retirer de cette affaire plus que n'importe qui.

Je payai ma note au motel et balançai mes bagages dans mon coffre. Après avoir quitté la ville, je m'arrêtai à une station-service.

— Le plein ! dis-je au pompiste tout en regardant la femme qui venait de sortir du restaurant.

Elle était grande et bien faite. Elle était habillée pour

le voyage d'un pantalon rose à taille basse, d'un pull de jersey bleu clair, une écharpe blanche nouée autour de sa tête. Elle n'était pas précisément belle, mais elle avait un joli corps svelte, une bouche large et des yeux avec de longs cils.

Je savais que Virgo aimait ce type de femme. C'est pourquoi je l'avais fait venir pour m'aider à trouver le moyen de braquer la banque. Mais je n'avais pas cru qu'il allait vouloir l'épouser.

— Salut, Olivia ! dis-je.

— Pas de problème ? demanda-t-elle en me tendant sa valise.

— Des tas, dis-je avec un soupir. J'ai découvert que Virgo était un sale petit sournois.

Je rangeai sa valise avec les miennes.

— Je m'en suis aperçue dès qu'il a commencé à me faire des propositions, dit-elle. Que s'est-il passé ?

Je lui racontai tout pendant que nous roulions. Il avait commencé à pleuvoir, et mes essuie-glaces faisaient un bruit monotone.

Ce n'est qu'après quelques kilomètres qu'elle se mit à rire.

— Qu'est-ce qui t'amuse ? demandai-je.

— Toi et Virgo, dit-elle, chacun essayant de doubler l'autre. Je crois qu'il t'a battu d'une courte tête.

*Lesson for a pro.*
Traduction de Paul Kinnet.

© 1973 by H.S.D. Publications.

# Vol à crédit

par

James Michael Ullman

Phil s'éloignait de la caisse du bar-restaurant d'un hôtel situé à la limite du centre de Chicago lorsque quelque chose le freina.

Un homme en costume strict, le visage barré de lunettes à monture de corne, venait d'accrocher son chapeau et son pardessus dans un vestiaire qu'aucun employé ne surveillait. Comme il sortait un mouchoir de sa poche-revolver, son portefeuille glissa par terre, juste à ses pieds, sans qu'il s'en aperçût. Apparemment absorbé dans ses pensées, il essuya ses lunettes avec le mouchoir, puis rejoignit une jeune femme dans le hall. Ensemble, ils se dirigèrent vers le bar.

Le portefeuille gisait là, bourré d'on ne savait quels trésors.

Phil y riva ses yeux, fasciné. Il promena ensuite son regard autour de lui — personne ne paraissait avoir remarqué la scène. Phil pourrait-il s'emparer de l'objet avant que quelqu'un le vît? Mais après tout, qui ne risquait rien n'avait rien...

A côté, se dressait l'appareil distributeur de journaux. Phil acheta un exemplaire d'un quotidien, quitta le restaurant en direction du vestiaire. Une fois sur place, il laissa choir son journal sur le sol. Après s'être baissé pour ramasser du même coup journal et portefeuille, il se releva en regardant autour de lui.

Autant qu'il pût en juger, personne ne lui prêtait attention. Dans la salle de restaurant, la caissière bavardait avec une serveuse. Installée au comptoir, une femme allumait une cigarette. Et dans un box, un gros bonhomme examinait son bulletin de jeu pour une prochaine course de chevaux.

L'air nonchalant, Phil quitta la salle et, dans la rue, pressa le pas pour parvenir au petit hôtel miteux dans lequel Doris et lui résidaient. Un de ces établissements où il n'était pas question de se faire servir à boire ou à manger.

Phil qui avait la trentaine était un grand garçon blond, mince et élancé. Le vent frisquet du lac Michigan s'insinuait sous le costume élimé qui couvrait sa carcasse efflanquée, mais le cœur de Phil battait déjà plus vite devant la perspective qui s'offrait à lui.

Il venait d'arriver à Chicago, débarquant d'Indianapolis où la société d'équipement mobilier qui l'employait avait récemment fermé ses portes — il y vendait des stores hors de prix. Doris et lui étaient en train de dépenser leurs trente derniers dollars. Si le portefeuille contenait quelque chose de valeur, il tomberait à point pour donner au couple le temps de souffler.

Seul dans l'ascenseur qui le montait à l'étage de sa chambre, Phil se décida à tirer le portefeuille d'entre les pages du journal pour en inspecter le contenu.

Il n'y avait pas d'argent — son propriétaire devait transporter ses billets de banque serrés dans une pince. Mais il y avait mieux que des espèces, quelque vingt-quatre cartes de crédit, un permis de conduire, plusieurs cartes professionnelles et une attestation délivrée par la Sécurité Sociale. Le tout au nom de Félix K. Moore, lequel, semblait-il, dirigeait une affaire immobilière à Saint Louis.

— Des cartes de crédit, marmonna Doris manifestement déçue.

C'était une blonde, aux hanches un peu fortes et aux épaules étroites. Lorsque Phil avait fait sa connaissance, elle était secrétaire dans les bureaux de sa société. Il y avait maintenant deux mois qu'ils vivaient ensemble.

— Que pourrait-on en faire ? enchaîna Doris. Nous serons repérés et bouclés en prison dès que nous tenterons de les utiliser.

Phil esquissa un sourire contraint. Doris était pour certaines choses d'une ignorance stupide. Il lui faudrait apprendre quelques astuces si elle espérait partager le mode d'existence de son compagnon.

— Non, ils ne pourront rien contre nous si nous agissons avec célérité, affirma-t-il. Il s'écoule un délai avant que soient comptabilisées les dépenses réglées avec ces cartes. Même si le propriétaire du portefeuille fait immédiatement une déclaration de perte, il nous restera au moins une semaine de répit. Ce qu'il faut éviter, ce sont les grosses dépenses dans un seul magasin. Pour moi, la première tâche est de m'efforcer d'imiter au mieux la signature du gars. Il me suffira de quelques minutes pour y réussir. Enfin, Doris, tu ne vois donc pas ce que cela représente ?

— Franchement, non.

— Eh bien, cela signifie que nous n'aurons pas à nous échiner pour trouver tout de suite un boulot.

— Quoi, ces cartes ont tant de valeur que ça ?

— Tu peux le dire ! Avec elles, on peut pratiquement faire tout ce qui nous plaît. Louer des voitures, effectuer des achats, dîner dans les meilleurs restaurants, descendre dans les hôtels les plus luxueux. Nous pouvons même emprunter de l'argent dans une banque. Tu t'offriras ce qui te chantera — robes, déshabillés, manteaux, tout le tralala.

— Tu parles sérieusement ?

— Bien sûr. Prends ton sac, nous allons filer vers le centre ville et rendre visite à quelques boutiques.

— Oh, Phil, je ne sais pas... Et si...

— Ecoute-moi et ne te tracasse pas. Le type peut très bien ne pas s'apercevoir de la disparition de son portefeuille avant des heures. La dernière fois que je l'ai vu, il se dirigeait vers le bar où il paiera vraisemblablement l'addition avec des espèces. Et s'il se comporte comme la majorité des gens, quand il constatera la perte de son portefeuille, il ne se souviendra pas de toutes les cartes de crédit qui s'y trouvaient. Si par hasard il a pris la peine d'en relever la liste, celle-ci doit traîner quelque part dans un de ses tiroirs à Saint Louis.

— Oh tu as raison ! s'exclama Doris, gagnée par

l'enthousiasme de son ami, et l'œil allumé. J'ai toujours rêvé d'entrer dans un de ces grands magasins et...

On frappa à la porte.

Le couple échangea un regard.

On cogna à nouveau sur le battant.

— Qui est là ? questionna finalement Phil.

— Ouvrez ! ordonna une voix masculine. Je veux vous parler de ce que vous avez ramassé dans le vestiaire. Et si vous refusez, j'irai directement en discuter avec celui qui justement a perdu l'objet.

Phil ouvrit la porte avec précaution.

Dans le couloir se tenait le gros homme qu'il avait remarqué dans le box du restaurant-bar, celui dont la poche de poitrine laissait à présent dépasser un ticket de courses.

Pendant que Phil refermait derrière lui, l'inconnu s'avança dans la chambre, promena son regard sur l'ensemble de la pièce et sur la voluptueuse Doris.

— Bon, vous êtes M. et M$^{me}$ Philip Brown. C'est du moins l'identité que m'a donnée le réceptionniste quand je lui ai expliqué que, étant détective privé, j'enquêtais dans une affaire de divorce. D'où venez-vous tous les deux, Phil ?

— Et vous, à quoi voulez-vous en venir ? riposta Phil, le regard étréci entre les paupières. Que voulez-vous ?

L'homme qui le dominait de sa masse se rapprocha.

— Je veux ma part du contenu du portefeuille que vous avez ramassé. On va y jeter un coup d'œil... Hé, vous allez bien me le montrer, non ? enchaîna-t-il après une pause. Vous préférez que je vous l'arrache ? Je ne voudrais pas être brutal, mais...

La menace était claire. L'homme pesait certainement cinquante kilos de plus que Phil, dont il risquait manifestement de ne faire qu'une bouchée.

Doris se mordit la lèvre inférieure et dit :

— Ne t'énerve pas, Phil, ça n'en vaut pas la peine. Donne-le-lui !

La mine sombre, Phil s'exécuta. Carré dans un fauteuil, l'homme se mit à inspecter le portefeuille.

— Il n'y avait pas d'espèces, expliqua Phil. Simplement...

— Des cartes de crédit, ouais, je vois. Bon sang, il possédait toutes les cartes importantes, hein ? Ainsi que plusieurs pour l'essence, d'autres permettant le crédit dans des chaînes de magasins. Et un permis de conduire par-dessus le marché ! Joli butin !

Refermant le portefeuille, il le fourra dans sa poche.

— Dites donc, vous... protesta Phil en s'élançant vers le type.

— Ne vous inquiétez pas, je ne serai pas méchant avec vous. Sinon, vous seriez capable de vous précipiter vers le gars qui se pavane au bar pour me dénoncer. Or, nous avons tout intérêt à ce qu'il découvre la perte de son portefeuille le plus tard possible.

— D'accord, soupira Phil.

Vu la tournure prise par l'affaire, cinquante pour cent de quelque chose valaient mieux que cent pour cent de rien.

— Faisons un marché. Nous avons tous les deux vu tomber ce portefeuille dont vous vous seriez emparé si je ne vous avais pas devancé. Nous sommes donc à égalité. Mais si nous devons exploiter ces cartes ensemble, commençons tout de suite.

— Ce serait trop dangereux. Evidemment, il y a quatre-vingt-dix-neuf chances sur cent pour que nous ne soyons pas pincés, mais franchement je ne peux pas me permettre ce risque pourtant infime. Les flics seraient contents de m'épingler sous un prétexte quelconque afin de pouvoir m'expédier ailleurs.

— Eh bien, c'est moi qui me servirai des cartes.

— Hum ! Et je perdrais un temps fou à vous cavaler après. Non, j'ai une idée, je vais vendre ces cartes pour un prix forfaitaire à des gars que je connais. Ils sont organisés et ils en tireront des trucs que vous n'imaginez même pas. Ils disposent d'un réseau de messagers-avion qui couvre le pays entier. Dès ce soir, des types utiliseront ces cartes à New York, Miami, Los Angeles, Las Vegas et Dieu sait où encore !

Il se leva.

— Ces gaillards ne traitent pas avec n'importe qui,

uniquement avec des gens qu'ils connaissent. Vous, ils ignorent qui vous êtes, mais moi, je suis en relation avec eux. Le plus simple, au fond, serait que je vous achète ces cartes et que j'aille ensuite les leur revendre.

— Quel prix suggérez-vous ? s'enquit Phil avec méfiance.

— Cent tickets.

— Cent ! s'exclama Phil, incrédule. Mais enfin, c'est...

— C'est correct, à mon avis, trancha l'autre, tirant de sa poche une liasse de billets.

— Absolument pas ! rétorqua Phil, furieux. Au marché noir, ces cartes valent au moins cent dollars chacune.

— En effet, mais trouvez-le, ce marché noir ! Et encore faudrait-il qu'on accepte d'y faire affaire avec vous. Considérez la situation telle qu'elle est. A en juger par cette chambre d'hôtel, vous n'avez pas la classe nécessaire pour parcourir la ville avec ce genre de cartes plein les poches — et de plus, vous risquez d'être pincé. Avec ma méthode, vous encaissez cent dollars sans danger et sans effort. Il y a un quart d'heure que vous avez ramassé le portefeuille. Avouez que cent dollars pour quinze minutes de votre temps, autrement dit quatre cents dollars de l'heure ou encore trois mille deux cents pour une journée de huit heures, ce n'est pas si mal !

— Moi, ça ne me fait pas rire.

— Moi non plus ! Je cherche à vous démontrer que mon offre est honnête. Voici vos cent dollars.

Phil vrilla son regard sur les billets.

L'homme fixa son adversaire, puis, haussant les épaules, jeta les billets sur la table.

— Réfléchissez et vous verrez que j'ai raison, dit-il. Je vous laisse le fric. Ah, un mot encore — ne soufflez mot à personne de l'organisation dont je vous ai parlé. Faute de quoi, vous avez des chances de vous retrouver bras et jambes fracassés, avec peut-être en plus un trou dans la tête.

Il se détourna pour sortir. Phil était fou de rage. C'était tellement injuste ! Avec Doris, ils auraient pu faire tant de choses en se servant de ces cartes... Les cent dollars, eux, seraient dilapidés en quelques jours et après...

— Non, objecta Phil en agrippant l'homme par le bras. Ce n'est pas suffisant. Vous ne pouvez pas...

— Lâchez-moi.

Sans peine, il repoussa Phil contre le mur et se dirigea vers la porte.

Sur la table traînait un lourd cendrier de bronze. Ivre de fureur, Phil s'en empara à deux mains, se rua derrière l'homme et le lui assena de toutes ses forces sur la nuque.

L'autre s'effondra. Phil continua à le frapper, encore et encore — jusqu'à ce que, soudain, il s'aperçût que cela ne servait plus à rien.

Sa colère s'envola, le cédant à la réalisation croissante de l'énormité à laquelle il venait de se livrer. Il se figea tandis que Doris se penchait sur la forme inerte.

— Il est mort, bredouilla-t-elle en relevant la tête.

— Je n'avais pas l'intention de...

— C'est possible, mais tu l'as tué. Ah! toi et ton sale caractère!...

Elle se redressa en se tordant les mains.

— Comment me sortir de cette histoire? Phil, mon ange, je ne tiens pas à ce que tu aies des ennuis, mais tu sais bien que je n'ai joué aucun rôle là-dedans. C'est toi qui as ramassé le portefeuille, qui l'a apporté ici, et c'est avec toi que ce gros homme s'est disputé. Moi, je me suis contenté d'observer les événements. Pour me couvrir, je me vois dans l'obligation d'appeler la police. Sinon, on m'accusera de complicité, ou tout au moins de non-assistance à personne en danger. Tu me comprends, n'est-ce pas?

— Bien sûr, mais...

— D'ailleurs, ce n'est pas comme si tu l'avais tué avec préméditation. C'est ce que l'on pourrait appeler un meurtre commis sous l'impulsion de la colère. Après tout, il était beaucoup plus costaud que toi, sans négliger que ce devait être une sorte de gangster. Oh tu n'auras pas une lourde peine. Deux ans, peut-être.

Tout de même... il aurait mieux valu que tu ne le frappes pas à plusieurs reprises.

Elle s'apprêtait à décrocher le combiné du téléphone lorsque Phil la retint par le poignet.

— Ecoute, fit-il avec intensité, en réfléchissant rapidement à la meilleure façon de reprendre la situation en main. Ne cède pas à la panique. La police n'a pas besoin de nous inculper l'un ou l'autre.

— Ne sois pas stupide, Phil. Nous...

— Mais écoute-moi ! Nous ne sommes dans cette ville que depuis deux jours et personne ne nous y connaît. A la réception, ils n'ont noté qu'un nom très banal, Philip Brown. Les policiers ne sauront même pas où me chercher. As-tu un casier judiciaire ? Tes empreintes digitales sont-elles enregistrées ?

— Non.

— Les miennes non plus.

— Mais le personnel de l'hôtel peut nous décrire. Et il y a un cadavre dans cette chambre.

— On ne l'y découvrira pas avant demain matin, quand la femme de chambre viendra faire le ménage. Evidemment, si nous restions à Chicago jusqu'à demain, la police pourrait repérer nos traces, mais nous aurons déguerpi. Et je ne serai plus Phil Brown.

— Que veux-tu dire ?

— Nous serons à des kilomètres d'ici et je serai devenu Félix K. Moore. Première étape de notre trajet, la banque située au bas de la rue. Nous tirerons une cinquantaine de dollars avec l'une des cartes de crédit de Moore, de l'argent de poche pour faire quelques courses, quoi. De là, nous nous ferons conduire en taxi à l'aéroport où nous achèterons des billets pour Los Angeles. Et une fois en Californie, nous n'existerons plus.

— Mais nous disposerons encore des cartes de crédit ?

— Naturellement. Nous n'allons pas courir la ville pour acheter des vêtements. Non, nous allons plutôt essayer de nous procurer des billets d'avion pour tous les pays du monde. Ils valent autant que des espèces, à condition que nous acceptions de les céder ensuite au-dessous de leur valeur. Nous les vendrons donc à des gens que je connais là-bas. Après quoi, je choisirai un autre nom et nous pourrons filer avec quatre ou cinq mille dollars au moins. Assez en tout cas pour vivre quelque temps au Mexique où le change nous sera plus favorable. Ensuite, on avisera.

— Je ne sais pas si...

— Ça ne te plairait pas ? s'obstina-t-il. Rester sur la plage à longueur de journée au lieu de se taper tout l'hiver ici, à Chicago, sans un sou en poche ? Tu préférerais t'échiner dans un sale boulot en attendant le moment de venir témoigner à mon procès ?

— Tu penses réellement qu'on peut s'en sortir ? demanda-t-elle à haute voix, songeuse.

— Je *sais* qu'on le peut. Nous partirons d'ici sans bagages, sans rien sur les bras. Emporte seulement tes papiers et tout ce qui pourrait permettre de t'identifier.

— D'accord, fit-elle, pensant brusquement aux quatre ou cinq mille dollars.

Une fois parvenue en Californie, elle réussirait bien à se faire ristourner une partie de la somme et puis, elle larguerait Phil.

Dans le café-restaurant, l'homme aux lunettes à monture de corne et sa compagne s'approchèrent de la caissière pour s'enquérir :

— Excusez-moi, mais personne ne vous a remis un portefeuille qui a été égaré ici il y a environ un quart d'heure ?

— Non, déclara l'employée. A tout hasard, adressez-vous à la réception, dans le hall.

— C'est déjà fait.

— Oh je suis sincèrement navrée, monsieur, mais...

— Il n'y a pas de mal... Je suis à peu près certain d'avoir laissé mon portefeuille dans un autre costume, mais je vous posais la question pour m'assurer que je ne l'avais pas perdu.

Le couple gagna la sortie.

— Ça a marché, se réjouit l'homme. Le portefeuille n'est plus dans le vestiaire où je l'avais laissé choir et personne ne s'est présenté pour le restituer. Autrement dit, celui qui a mis la main dessus compte utiliser les cartes de crédit.

— Entre nous, c'était un méchant tour, remarqua la femme avec amusement. Nous avons déjà personnellement tiré quelque quinze mille dollars de ces cartes et celui qui s'en servira maintenant risque de se faire aussitôt piéger.

— Exactement ! Il sera arrêté à l'instant où il tentera de payer avec une de ces cartes. Et durant quelque temps, la police et les compagnies des cartes de crédit seront persuadées qu'il est responsable de tous les achats et dépenses effectués avec ces cartes. De quoi éloigner momentanément de nous tout soupçon. Et dès que nous n'aurons plus d'argent, nous raflerons un autre lot de cartes sur un ivrogne quelconque dans un bar, comme nous avons procédé à Saint Louis, et nous referons un tour de manège !

*Lost and found.*
Traduction de Simonne Huinh.

© 1973 by H.S.D. Publications.

# Le jardinier du clair de lune

par

Robert L. Fish

— Et leurs disputes ! Ah ! ces disputes. Je pourrais vous en raconter ! fit M^me Williams d'un air entendu.

Ses petits yeux pâles tout entiers absorbés à tenter de déceler une réaction quelconque sur le visage indéchiffrable du jeune brigadier, elle manqua faire chavirer son chapeau fleuri en se penchant encore un peu plus vers le policier.

— Horrible... c'était *horrible* !

S'attendant à une réaction, elle marqua une pause.

— En particulier la scène qu'ils ont eue avant-hier soir... oui, c'est ça, c'était mercredi soir...

S'arrêtant à nouveau, comme si elle avait du mal à reprendre son souffle, elle finit par lâcher d'un ton significatif :

— Le soir où elle a disparu.

« Disparu. » Le brigadier commença d'écrire le mot sur le bloc-notes posé devant lui mais, s'arrêtant à mi-chemin, il le termina par un gribouillis tortueux qu'il conclut rageusement, d'un point sur le i. Il pensait — et ce n'était certes pas la première fois — qu'il aurait peut-être mieux fait d'engager sa vie et sa carrière dans une direction toute différente. Il avait le sentiment de savoir exactement ce qui allait suivre.

— J'ai dit « disparu », répéta sèchement M^me Williams. Personne ne l'a revue depuis... Il s'agit bien d'une disparition, non ?

Un soupçon de dédain mal dissimulé altérait sa voix.

— Et *cet homme,* quand je suis allée emprunter une tasse de sucre en poudre, essayant de me faire croire...

— Vous n'aviez plus de sucre, murmura doucement le brigadier pendant qu'il inscrivait SUCRE en lettres majuscules sur la feuille placée devant lui.

Il n'avait jamais pu supporter les gens qui se mêlent de ce qui ne les regarde pas, mais il détestait par-dessus tout les femmes comme celle-ci. Et pas seulement parce qu'elles étaient souvent la cause de beaucoup de travail qui, en général, ne servait à rien. Il se prit à rêver au temps béni où habiter à portée de voix de ses voisins n'existait pas encore.

Les mains soignées de M$^{me}$ Williams se serrèrent encore plus étroitement sur son sac : même au commissariat de police de son quartier, tout était à craindre en ce monde de prédateurs...

Inexorablement, tel un engin destructeur dont il est impossible de freiner l'avance, elle continua :

— *Cet homme* voulait me donner à croire qu'elle était partie faire ses courses. Il n'était même pas huit heures... et les magasins n'ouvrent pas avant neuf heures !

Le policier dessina une série de petits 9 pour border le DISPARU mutilé et le SUCRE encore intact.

— Je sais pertinemment qu'elle n'est pas rentrée de la journée, car je la guettais, poursuivit M$^{me}$ Williams. Alors ce matin, inquiète, j'y suis retournée une nouvelle fois. Et là, il me raconte que, hier soir, sa femme a été prise de l'envie soudaine d'aller rendre visite à sa sœur ! Ce qui paraît encore plus étrange quand on sait qu'elle n'a pas de sœur...

Le jeune brigadier s'appliqua à écrire PAS DE SŒUR en gros caractères puis enferma joliment ses mots dans un parallélépipède bien net dont il fit disparaître le fond dans un grisé artistique. Il évitait de regarder le visage somme toute assez fin de la femme assise en face de lui car en cet instant, elle ne lui était pas particulièrement sympathique.

— Et comment aurait-elle pu partir, en plein milieu de la nuit, sans que je m'en aperçoive... je veux dire sans que je l'entende ? Ma maison est la seule à proximité de la leur et je suis sûre que si M. Jenkins était venu la chercher en taxi — que ce soit pour l'emmener à la gare où à la station d'autocars — je l'aurais entendu !

— J'en suis tout à fait certain, fit le brigadier, en pensant *in petto* « que ce soit à n'importe quelle heure du jour ou de la nuit. »

Il entreprit d'agrémenter le pourtour de la figure géométrique dessinée sur son calepin par une série de petites boucles. Leurs entrelacs, avec les courbes des 9, étaient du plus bel effet.

Après avoir scruté le visage de marbre qui lui faisait face, les yeux bleus de M$^{me}$ Williams s'abaissèrent sur la calligraphie artistique du bloc-notes. Ses maxillaires se serrèrent dangereusement mais elle parvint à contrôler sa voix lorsqu'elle démasqua enfin son artillerie lourde :

— Et puis, hier soir... il était plus de deux heures du matin, le voilà qui se met à déterrer un des petits pêchers du jardin et un quart d'heure plus tard — une demi-heure peut-être, mais pas plus — j'ai entendu qu'il le replantait. Et elle n'est plus là ! Elle a disparu depuis plus de vingt-quatre heures !

Le ton qu'elle employait et toute son attitude défiaient le policier de minimiser l'importance de son témoignage.

— Alors, jeune homme, quelle explication pouvez-vous donner à cela ? Estimez-vous normal qu'un homme déterre un arbre au beau milieu de la nuit pour le replanter une demi-heure plus tard ? Hein ? Répondez-moi !

Comme à contrecœur, le brigadier posa son crayon et, pour la première fois, se mit à étudier réellement le visage de la femme assise en face de lui.

L'expression malveillante qui déformait ce visage oblitérait ce qui aurait pu être considéré, en des circonstances différentes, comme une certaine beauté, et il fut écœuré par le sourire caustique amorcé par les lèvres minces. Néanmoins, il ne pouvait nier la valeur de ses arguments.

— Non, fut-il obligé d'admettre. Non, ce n'est pas normal.

— Quand même ! Très heureuse de vous l'entendre dire, jeune homme ! Et tout l'argent lui appartient, ajouta-t-elle après coup, comme si elle avait failli oublier de mentionner la chose.

Elle était parfaitement consciente que ce détail ravalait l'affaire à un niveau des plus ordinaires, mais elle tenait à ce qu'il fût inclus dans sa déposition.

— Quel argent ?

— Celui qu'elle garde dans un coffre, avec ses bijoux. Celui avec lequel elle a acheté la maison, bien que celle-ci soit à leurs deux noms. Mais attendez et vous verrez ! Dans moins d'une semaine, je suis sûre que la maison sera en vente. Il n'a jamais travaillé depuis qu'ils sont mariés... à supposer qu'il l'ait fait auparavant, ce dont je doute fort !

Suivit un silence qui se prolongea. Le jeune brigadier fut le premier à faire un mouvement. Déployant sa puissante stature, il se mit debout et attendit pendant qu'elle redressait son mètre cinquante-cinq en levant vers lui un regard plein de défi.

— Je vais en parler au commissaire, madame.

— Mais j'y compte bien, jeune homme, répliqua-t-elle froidement.

Puis, marchant d'un pas décidé, elle sortit du commissariat.

— Je suppose qu'il nous faudra vérifier tout ça, déclara le commissaire d'un air las. Etant donné que je passe la plus grande partie de mon temps au chef-lieu de canton, je ne connais pas grand monde dans cette ville mais il se trouve que, justement, je connais Charley Crompton. Imaginer qu'il ait eu l'idée de se débarrasser de sa harpie est tout simplement ridicule. S'il a vraiment du caractère, je peux dire que je ne m'en suis jamais aperçu... Il ne ferait pas de mal à une mouche. Le contraire, oui, j'aurais pu le croire... Mais Charley ? Impossible ! De toute façon il ne s'agit jusqu'à présent que d'une vague rumeur colportée par cette voisine qui lui veut du bien...

Il regarda le subordonné :

— Vous n'avez pas encore eu le temps de vérifier quoi que ce soit à ce sujet, j'imagine ?

— Si, tout de même. Le vieux Sol Jenkins — c'est lui qui fait le taxi ici — dit n'avoir transporté M<sup>me</sup> Crompton ni hier soir ni à aucun moment. Il a bien ri d'ailleurs et a même ajouté qu'il ne pensait pas qu'elle ait jamais pris un taxi de sa vie. Et à supposer même que Charley l'ait conduite, ou qu'elle ait marché à travers champs jusqu'à la gare, personne n'est monté dans le train de huit heures ni celui de minuit qui est le dernier. Et aussi bien là qu'à la gare routière, les guichetiers ne se souviennent pas de l'avoir vue, que ce soit l'après-midi ou le soir.

— Et que dit le mari de M<sup>me</sup> Williams ? Il confirme ou non ?

— Elle n'a plus de mari. (Le ton du jeune policier semblait rendre hommage au bon sens de feu M. Williams qui avait préféré quitter à jamais une telle épouse.) Elle est veuve depuis plus de quatre ans. Elle n'en a que quarante, mais elle me donne l'impression d'avoir eu cet âge toute sa vie. Elle passe ses journées à ne rien faire, si ce n'est bavarder des heures au téléphone ou écrire des lettres aux journaux. C'est une ardente féministe. J'ai même cru comprendre qu'elle avait réussi à convaincre M<sup>me</sup> Crompton de participer à sa croisade...

— Et avec votre femme, où en est-elle ? demanda le commissaire en souriant.

— Jusqu'à présent, à zéro ! rétorqua le brigadier, lui rendant son sourire.

— D'autres voisins ?

Le commissaire était redevenu sérieux.

— Les plus proches sont presque à huit cents mètres. Ces deux maisons sont les seules à l'extrémité de la route et une courbe du chemin les cache aux autres habitations. Finalement, elles sont assez isolées.

— Je vois.

Le commissaire pianota sur la surface polie du bureau.

— Et cette histoire d'argent ? Qu'en est-il ?

Le brigadier fit la moue :

— L'argent appartenait à M$^{me}$ Crompton. Enfin, je veux dire, lui *appartient*. Tout le monde en ville le sait mais si tous ceux qui se marient peu ou prou pour de l'argent se débarrassaient ensuite de leur femme, nous aurions vraiment fort à faire. En ce qui concerne Charley Crompton racontant à son enquiquineuse de voisine que sa femme est partie en course, ou bien rendre visite à une sœur qui n'existe pas, je ne vois vraiment pas pourquoi il serait obligé de la tenir informée. S'il s'était agi de moi, je lui aurais dit que ma femme était partie à Tombouctou et elle se serait débrouillée avec ça !

— Et c'est exactement ce qu'elle a fait. Mais vraiment, un homme qui replante un arbre en pleine nuit, c'est tout de même un peu... enfin...

— Oui, je sais, fit le brigadier en soupirant. Il va falloir approfondir la question...

Avec ses cheveux châtains peu fournis plaqués sur son crâne et ses grands yeux bruns semblant flotter derrière des verres épais, l'homme qui ouvrit la porte de la grande maison démodée était assez quelconque, tout comme son pantalon et son chandail. D'une main dont un doigt arborait un gros pansement, il tenait une hachette, et afin de pouvoir ouvrir la porte, il avait glissé la pierre à aiguiser sous son aisselle. Lorsqu'il l'eut reprise, les deux objets semblèrent peser au bout de ses bras maigres.

— Bonjour, brigadier, qu'est-ce que je peux faire pour vous ?

— Bonjour, Charley. En fait, c'est votre femme que je voudrais voir.

— Impossible, dit-il comme en s'excusant. Elle n'est pas ici. Elle est partie.

— Ah bon ! Chez sa sœur ?

L'homme détourna la tête et posa un regard plein de reproche sur la maison située un peu en contrebas de la sienne, de l'autre côté de la rue. Puis il leva de nouveau les yeux vers son visiteur.

— Chez son frère. Elle n'a pas de sœur.

— Vous pouvez me donner son nom et son adresse ?
Le brigadier avait sorti papier et crayon.
— Brown. John Brown. (Aucun muscle ne bougea sur le visage mince de Crompton et sa voix hésitante ne révéla rien. On aurait dit qu'il récitait quelque chose appris par cœur :) Je n'ai ni son adresse exacte ni son numéro de téléphone. Il habite Chicago, c'est tout ce que je sais.
— John Brown, Chicago, répéta le policier sans sourciller et ne semblant pas le moins du monde perturbé tandis qu'il inscrivait les renseignements sur son calepin.
Puis il revint à Charley :
— Dites-moi, Charley, ça vous ennuierait beaucoup si nous rentrions à l'intérieur pour parler. Parce que, ici, sur le pas de la porte...
— Vous avez un mandat de perquisition ?
La question surprit le jeune brigadier mais il réussit à donner l'impression qu'elle l'avait seulement blessé :
— Un mandat ? Pour rendre visite quelques minutes à un vieil ami ? Si vous y tenez, oui, je pourrai sans doute m'en procurer un, mais ça semble quand même un peu ridicule...
Crompton serra encore un peu plus ses lèvres minces puis, après avoir hésité un moment, haussa les épaules, et fit signe au policier de le suivre à l'intérieur. Au passage, il déposa la hachette et la pierre à aiguiser sur une étagère se trouvant dans l'entrée et continua en direction de la salle de séjour. Se saisissant de la hachette, le policier suivit. Une fois assis, il tâta le tranchant de la lame avec précaution.
— Bien affûtée, commenta-t-il.
— J'aime que mes outils soient parfaitement entretenus, l'informa Crompton d'un ton égal.
— Vraiment ? Dommage qu'il y ait toutes ces marques. Là, sur la partie qui n'a pas été aiguisée... ces taches sombres...
— C'est du sang, si vous voulez savoir, dit sèchement Crompton. Hier, je me suis coupé le doigt en l'affûtant.
— Les doigts saignent toujours comme c'est pas

possible, admit le policier après avoir déposé la hachette par terre à côté de sa chaise.

Il parcourut du regard la pièce ensoleillée :

— Vous avez là une bien belle demeure, Charley. Je vous envie. Justement, l'autre jour, ma femme et moi parlions de notre maison qui devient vraiment trop petite. Vous pensez : deux enfants et un troisième en route... Mais trouver un logement de taille raisonnable et pas trop loin du commissariat n'est pas facile — J'entends ! quelque chose que nous pourrions acheter.

Puis, comme si la pensée lui en venait soudain à l'esprit :

— Peut-être que... Vous n'auriez pas l'intention de vendre, par hasard ?

Il y eut un silence qui s'éternisa. Charley Crompton semblait jauger l'homme assis en face de lui. Le tic-tac bruyant d'une pendule placée sur le manteau de la cheminée était le seul bruit qu'on perçût dans la pièce.

— Si. Peut-être, finit par lâcher Charley Crompton.
— Votre femme n'y verrait pas d'objection ?
— Non.

Trouvant sans doute que la discussion lui avait fait perdre suffisamment de temps, Crompton se mit debout :

— Ecoutez, brigadier, je suis assez occupé et si vous en avez terminé...

Sans regimber, le policier se leva à son tour et sourit :

— S'il y a une chance que la maison soit mise en vente très bientôt, vous voudrez bien, je pense, m'y laisser jeter un coup d'œil ? Elle nous intéresse vraiment, vous savez !

Ayant fait demi-tour, Crompton sur ses talons, il pénétra dans la cuisine.

— Eh bien, quelle belle pièce ! Et pour ma femme, la cuisine est ce à quoi elle attache le plus d'importance. Moi, c'est plutôt la cave et le jardin... les endroits où je passe beaucoup de mon temps libre.

Il ouvrit une porte, vit des balais, la referma, ouvrit une autre porte.

— Ah ! L'escalier de la cave... Je peux y aller ?

Sans attendre la réponse, il manœuvra l'interrupteur

et, Crompton pratiquement collé à lui, il s'engagea dans l'escalier. S'arrêtant sur la dernière marche, il secoua la tête d'un air désolé :

— Oh ! qu'est-il donc arrivé à votre beau sol cimenté ?

— C'est une canalisation en dessous qui a craqué, expliqua Crompton d'une petite voix.

Il s'éclaircit la gorge.

— C'est l'évacuation principale et il a fallu que je casse tout pour remplacer un coude.

— C'est vraiment pas de chance, compatit le brigadier. Les entrepreneurs d'autrefois n'étaient guère meilleurs qu'ils ne le sont aujourd'hui... Mais ceci mis à part, la cave n'est pas mal du tout... et elle m'a l'air bien sèche... Ah ! Je vois que vous avez le chauffage au gaz. Dites-moi, pendant que j'y suis et si ça ne vous dérange pas trop, je pourrais peut-être aussi jeter un coup d'œil au jardin ?

Ils remontèrent l'escalier et traversèrent la cuisine qui ouvrait sur un porche menant au jardin situé derrière la maison. Effectivement, un des pêchers était un peu de guingois et la terre fraîchement tassée à son pied manquait d'herbe. Mais c'était là une chose à laquelle le policier s'attendait. Ce qui le surprit, en revanche, ce fut de voir un deuxième pêcher les racines enveloppées de toile, couché sur le sol à côté d'une profonde excavation, et un troisième prêt à être transplanté lui aussi comme l'attestait une bêche plantée à proximité d'un trou tout juste commencé. Le policier regarda Charley :

— Des ennuis avec vos pêchers ?

— Les racines ont besoin d'air.

Sa voix n'était pas très naturelle, lui aussi semblait avoir besoin d'air.

— Enfin... il s'agit d'une idée à moi. Mais elle est très valable, alors je déterre et replante mes arbres assez fréquemment. Je...

S'arrêtant un instant de parler, il regarda son interlocuteur, comme le suppliant de le croire.

— C'est la vérité ! Les racines ont besoin d'air frais... Ce sont des êtres vivants et, sans air, elles ne peuvent survivre. Je sais que les branches et le feuillage en bénéficient au mieux, mais ce n'est pas suffisant !

Il secouait la tête et, derrière les verres épais, on ne pouvait interpréter l'expression de ses yeux.

— Non, l'important, ce sont les racines. Il faut me croire quand je dis qu'elles ont besoin d'air !

Semblant avoir peine à reprendre son souffle, mal à l'aise, il gardait les yeux fixés sur la sombre excavation à côté du pêcher déraciné.

— Encore quelques heures, fit-il se parlant à lui-même, et les racines seront juste comme il faut... prêtes à être de nouveau enterrées.

Le jeune brigadier poussa un soupir et se dirigea vers le portail donnant sur la rue où était garée sa voiture.

— Je reviendrai, dit-il d'un ton badin. Vous n'y voyez pas d'inconvénient, j'imagine ?... Cette maison m'intéresse vraiment beaucoup...

— Voulez-vous me donner à entendre que Charley Crompton est cinglé ? demanda le commissaire.

— Il n'est pas plus cinglé que vous ou moi ! Il se paie notre tête, oui ! Comment, voilà un homme chez qui un policier se présente en demandant à voir sa femme et il n'exprime même pas le désir de savoir pourquoi... Et ce bazar dans la cave, son histoire avec la hachette ! Il se coupe en l'affûtant le jour précédent et, le lendemain, il se balade encore avec la pierre à aiguiser !

— C'était vraiment du sang, alors ? Pas de la peinture ou du ketchup ?

— Bien sûr, c'était du sang, du même groupe que le sien, d'ailleurs. On ne connaît pas celui de sa femme : en voilà une qui n'a jamais rien donné, pas même son sang !

Le visage soucieux, les mains nouées derrière son dos, le jeune homme se mit à faire les cent pas. Il s'arrêta et fit face au commissaire :

— Ce qui est sûr c'est qu'il *avait* une vilaine blessure sous son pansement... mais justement, il me semble que j'aurais cru plus facilement son histoire si cette entaille n'avait pas existé.

Les sourcils froncés, il hochait la tête :

— Dix jours et nous voici revenus à la case départ... Pire même ! Moi je vous dis qu'il se fiche de nous !

Le commissaire se mordillait un ongle :

— Vous l'avez eu, votre mandat de perquisition, non ? J'ai parlé à...

— Oh ! Sûr, on l'a eu, répondit sombrement le brigadier. Alors on a retourné toute la cave... et pour trouver quoi ? Un coude !

— Un *coude* ! s'exclama le commissaire, se redressant sur son siège.

— Oui ! Pour une canalisation ! Exactement ce qu'il nous avait dit : tout neuf ! Néanmoins, on a encore creusé jusqu'à presque un mètre de profondeur... nous avons atteint la roche ! Une chose est certaine, sa femme n'est pas enterrée là...

— Est-il possible qu'*elle y ait été* ?

— Ça, je l'ignore. Il y a dans cette cave beaucoup plus de place qu'il n'en aurait fallu pour cela, mais nous n'avons découvert aucune trace. La seule chose dont je sois sûr, c'est que, en ce moment, elle n'y est pas.

— Pas plus qu'au pied de l'un des pêchers, je suppose ?

— Ni là ni à aucun autre endroit sur toute la surface de ce foutu jardin et je vous prie de croire que nous avons donné drôlement de l'air aux racines de ses arbres ! Bon sang ! Dix jours maintenant, et toujours rien !

Le jeune policier marqua un temps avant d'ajouter en regardant son supérieur :

— Et depuis ce matin, la maison est en vente. J'ai parlé à Jimmy Glass à la banque : le jour de leur mariage Crompton et sa femme ont signé les papiers pour se donner réciproquement une procuration générale... Donc, pas de problème.

Le commissaire se renfrogna :

— Et comment justifie-t-il la disparition de sa femme ?

— Il a fini par craquer et lâcher le morceau, répondit le jeune homme, un tant soit peu caustique. A la grande honte de Charley qui ne voulait pas l'avouer, ils auraient eu une querelle plus grave que d'ordinaire, à la suite de quoi sa femme l'aurait tout simplement planté là. Comme ça ! Naturellement, sa fierté lui interdisait de raconter ça à n'importe qui — c'est-à-dire nous !... Ils se sont disputés, elle s'est levée, elle est sortie et n'est pas revenue... tout simplement !

— Et elle a disparu dans la nature ?

— Son idée — ou tout au moins ce qu'il dit être son idée — est qu'elle a probablement marché jusqu'à la nationale, où quelqu'un l'aura prise en stop. A vrai dire, ça, c'est la *seconde* hypothèse qu'il a émise. La première était qu'elle avait dû prendre un car... ceci jusqu'à ce que je lui dise que non, que nous nous en étions assurés en enquêtant à la gare routière. Il affirme n'avoir aucune idée de l'endroit où elle a pu se rendre et pense qu'elle ne reviendra pas car elle est très têtue. Il croit possible qu'elle soit allée chez son frère, dont il sait seulement qu'il s'appelle John Brown et habite Chicago.

Le jeune brigadier émit un rire sans joie :

— Quand on a appelé les flics de là-bas avec ça pour tous renseignements, ils nous ont envoyé paître... Ce que je comprends d'ailleurs très bien !

Du bout des doigts, le commissaire martelait le dessus du bureau :

— Bref, qu'est-ce que vous en pensez ?

Le brigadier s'apprêtait à répondre lorsque la sonnerie du téléphone retentit à côté de lui :

— Allô, oui ?

Couvrant de sa main libre le micro du combiné il regarda le commissaire d'un air lugubre et murmura :

— Notre envoyée spéciale sur les lieux...

Et lorsqu'il eut ôté sa main :

— Non, madame Williams... Non, madame Williams... Oui, madame Williams... Certainement, madame Williams... Nous faisons de notre mieux, madame... Oui, madame Williams... Entendu, madame Williams.

Ayant reposé le combiné, il exhala un long soupir et leva les yeux au ciel :

— C'était M$^{me}$ Williams... Quelle bonne femme ! L'autre jour, tout excitée, elle nous a appelés :

Charley Crompton, pensant qu'elle n'était pas chez elle, serait venu sonner à sa porte et elle-même étant restée silencieuse, il aurait essayé de voir à travers les fenêtres. Comme elle n'avait pas manifesté sa présence, il serait alors retourné chez lui et en serait ressorti peu après avec quelque chose de très volumineux qu'il aurait fourré dans le coffre de sa voiture avant de partir. Elle nous avait appelés aussitôt. Quand nous sommes arrivés là-bas, Charley était déjà revenu mais les pneus de sa voiture étaient couverts d'une sorte d'argile rouge comme celle de Wiley Creek. Nous avons fouillé le coffre sans y découvrir aucun indice.

— Alors, qu'est-ce que vous en pensez ?
— Je pense, commença doucement le brigadier, les yeux rivés sans la voir sur la pin-up du calendrier accroché au mur, que Charley Crompton a réussi à commettre impunément un meurtre. Je pense que sa femme est ensevelie quelque part dans les bois et que si jamais on la retrouve ce sera vraiment un coup de chance. Sans cadavre on ne peut rien faire, rien prouver et rien retenir contre lui. Je pense que tout son cirque d'arbres déracinés et de démolition d'un sous-sol impeccable n'avait qu'un seul but : nous laisser confondus devant un crime parfait.

— Ou détourner notre attention pendant qu'il se débarrassait du corps quelque part ailleurs. Mais je ne peux toujours pas croire qu'un type insignifiant comme Charley Crompton aurait eu assez de nerf pour réussir un coup pareil.

— Eh bien, si, croyez-le ! trancha le brigadier.
— Que fait-on, alors ?

Pivotant sur son siège, le jeune policier se tourna vers la fenêtre et se perdit dans la contemplation de la petite place en face du commissariat.

— On attend, répondit-il d'un ton las. On attend jusqu'à ce que des scouts en balade, ou une bande de copains en pique-nique, ou des mômes cherchant un coin tranquille pour se bécoter, ou encore un chien curieux, fassent ce que les journaux appellent une « macabre découverte ». Car une chose est sûre : qu'elle ait été ensevelie dans la maison ou dans le jardin à un moment ou à un autre, la femme de Charley Crompton ne s'y trouve plus maintenant. Et c'est bien la seule certitude que nous ayons.

Le commissaire émit un soupir, tout en faisant pivoter son fauteuil d'un côté à l'autre.

Amplifiée par le silence de la nuit, dominant les stridulations des grillons, portée au-delà du garage à travers le jardin, l'horrible voix geignarde parvenait jusque dans la maison. Elle donnait l'impression de parler ainsi depuis longtemps déjà et de pouvoir continuer indéfiniment, à moins que quelque chose ne la fît taire.

— ... ridicule de venir me chercher à Joliet, trois gares avant la nôtre alors que le train s'arrêtait ici. Aussi ridicule que d'avoir tenu aussi à me conduire là-bas quand je suis partie, comme si l'essence ne coûtait rien. Mais, bien entendu, tu ne te soucies pas de tels détails puisque rien ne sort jamais de ta poche ! Et d'où t'est venue cette idée de m'envoyer passer quelques jours chez ta mère ? Je me le demande encore ! Elle se porte comme un charme, ne manque absolument de rien, et parle sans cesse de toi... Mon Charley par-ci, mon Charley par-là... Charley qui aurait pu avoir toutes les filles qu'il voulait... Ce qui prouve qu'elle ne connaît pas le cher trésor aussi bien que moi ! Je te prie de croire que trois semaines avec elle dans cette affreuse maison n'a pas été une partie de plaisir, sans journaux, sans radio, sans télévision ! Mais tu te moques bien de ce qu'il me faut subir, du moment que tu arrives à tes fins. Alors, dis-toi bien que je ne recommencerai jamais plus ça et si je découvre que tu en as profité pour t'amuser avec des filles, je te garantis que tu vas le sentir passer... Et là où ça te fait le plus souffrir : dans ton portefeuille.

La porte du garage donnant sur le jardin fut ouverte, puis refermée.

— ... Qu'est-ce que tu fabriques avec ce pêcher déraciné et une lampe allumée ? J'espère que tu réalises que la quincaillerie Chaber ne donne pas le pétrole gratuitement et si tu as envie de changer un arbre de place, tu pourrais au moins avoir le bon sens de faire ça pendant la journée. D'ailleurs je me demande bien à quoi ça rime ; aussi loin que je me souvienne, les pêchers ont toujours poussé sans aucun problème. Quoi qu'il en soit, replante-le dès demain matin, tu m'entends ? Je n'ai pas envie que ça reste plusieurs jours comme ça, pour que tu me ramènes des saletés dans ma maison toute propre...

La porte de la cuisine fut ouverte puis refermée ; implacable, la voix continua, vrillant le tympan de Charley :

— ... laisser toute la maison allumée pendant que tu venais me chercher à Joliet, au prix où est l'électricité ! Mais, bien sûr, ce n'est pas toi qui payes, alors ! Et cette horrible hachette sur une étagère de ma cuisine ! Je t'ai pourtant répété je ne sais combien de fois que la place de tes outils est dans la cave ! Enfin, je vois que tu as tout de même eu la décence de préparer deux tasses à café... J'espère seulement que tu n'as pas mis le percolateur en route avant de sortir, tout comme tu as laissé allumé...

Un brusque silence, et puis :

— Charley ! Ces tasses sont sales ! Elles ont servi ! Si jamais tu as reçu quelqu'un ici pendant mon absence... Cette M$^{me}$ Williams, par exemple... Je ne suis pas aveugle, tu sais ! Je vois bien comment vous vous regardez tous les deux. Oh !... Attends, Charley ! Charley, qui est là, dans l'ombre... ? Charley, tu m'entends ? Charley...

— Bonsoir, chère amie, vous êtes la bienvenue, dit posément M$^{me}$ Williams en tendant la main vers l'étagère où se trouvait la hachette.

*Moonlight gardener.*
D'après la traduction de Christiane Aubert.

© 1971 by Robert L. Fish.

# Brûlante vengeance

par

Stanley Cohen

Le premier dimanche où Harry Warner découvrit sa boîte aux lettres gisant à terre, il ne s'en alarma guère. Le courrier s'y trouvait encore. Sachant qu'il avait fixé la boîte de façon plutôt rudimentaire sur son support, un poteau en cèdre mal dégrossi, il supposa que, heurtée un peu trop fort, elle s'en était détachée à la suite d'un faux mouvement du facteur. Il la remit en place et, pour la renforcer, l'encadra de menues planchettes.

Quelques dimanches plus tard, il retrouva la boîte sur le sol ; les planchettes avaient volé en éclats. Mais cette fois-ci, le facteur n'y était manifestement pour rien ; Warner avait déjà retiré son courrier le samedi. Il téléphona donc à la police.

— Nous connaissons le problème, déclara le policier au bout du fil. On a reçu pas mal d'appels ; mais on n'a jamais pu les prendre en flagrant délit.

— Il faut qu'on les attrape et qu'on les boucle, ces petits voyous, glapit Warner. Dans une ville comme la nôtre, ça ne devrait pas se produire, ce genre de choses.

— Nous faisons tout notre possible, dit le policier d'un ton placide. Si on parvient à les épingler, on vous contactera.

— Ils ne savent donc pas, ces jeunes, que mettre à mal une boîte aux lettres, c'est un délit fédéral ?

— Je ne saurais vous dire, repartit le policier.

Peu satisfait de ces réponses, Warner appela le lendemain, de son bureau, les autorités postales fédérales.

— Vous avez parfaitement raison, monsieur Warner. C'est un délit fédéral. Mais dans ce cas précis, nous ne nous chargeons guère des enquêtes, sinon nous n'en finirions pas. Nous laissons plutôt ce soin aux autorités locales. Avez-vous alerté la police de votre ville ?

Ce même jour, en se rendant au chantier de la scierie, Warner constata que bon nombre d'autres boîtes aux lettres gisaient à terre. Il nota également que les boîtes encore en place étaient solidement arrimées à leurs supports. La sienne n'aurait bientôt plus rien à leur envier. Il acheta d'épaisses pièces de bois et de fortes vis ; puis il se mit au travail. Une fois sa tâche terminée, il fut convaincu qu'on ne pourrait plus jamais arracher la boîte du poteau de cèdre.

Son appréhension d'une quelconque récidive se dissipa entièrement au bout de deux ou trois semaines. Sa nouvelle installation l'enchantait. Non seulement elle était robuste, mais aussi d'un fort bel effet ; un ensemble aux lignes nettes, harmonieuses, d'où se dégageait en même temps une impression de puissance. Parmi les autres, dans cette tranquille rue banlieusarde, la boîte se détachait nettement, saillant avec une sorte d'insolence, semblant défier les vandales du samedi soir d'oser tenter quoi que ce fût pour la jeter à bas de son perchoir.

Deux mois plus tard, alors qu'il descendait l'allée de sa maison pour aller prendre son *Sunday Times*, quelque chose, dans l'aspect de la boîte aux lettres, lui parut insolite. Parvenu à sa hauteur, il s'aperçut qu'on l'avait endommagée avec une grosse pierre, laissée par terre en évidence près du poteau. Un côté de la boîte métallique était complètement enfoncé. Il demeura plusieurs minutes à la contempler, serrant les poings et plongé dans le désarroi. Puis son regard se porta sur la pierre et, l'espace d'une seconde, il s'imagina en train de l'abattre sur le crâne de la sale petite vermine qui le persécutait.

Il se demandait quel homme, dans ce quartier plaisant, prospère et policé, avait pu si mal élever son fils, dans un climat de si totale permissivité, que le garnement, dénué de tout scrupule, en arrivait à prendre plaisir à ce comportement destructeur. Il fallait qu'on l'attrape, ce petit tordu ! Il méritait qu'on lui flanque des claques à tour de bras jusqu'à ce qu'il comprenne définitivement que la propriété d'autrui, c'est sacré.

Reprenant peu à peu son calme, Warner passa une demi-heure à marteler le côté défoncé pour le redresser et permettre à la porte de se fermer. Bien qu'en assez piteux état, la boîte pourrait quand même fonctionner. Tandis qu'il s'ingéniait à réparer les dégâts, il se disait, en voyant défiler les autos, que dans l'une d'elles, peut-être, venait le lorgner le jeune vandale qui s'acharnait contre lui. Son travail accompli, il décida de ne pas s'exposer à un nouveau sabotage sans réagir. Puisqu'on ne pouvait compter sur les autorités fédérales et locales, il se chargerait lui-même de mettre la main au collet du coupable.

Au grand désagrément de son épouse, il entreprit de monter la garde chaque samedi, de minuit à l'aube. Le programme des relations sociales de fin de semaine fut modifié en conséquence. Il demeurait assis dans le noir, à proximité de l'entrée, dans un réduit d'où il pouvait surveiller par une petite lucarne la boîte aux lettres, là-bas, au bout de l'allée, près de la route. A l'aube, il allait se coucher et dormait jusqu'à midi.

L'occasion se présenta plus tôt qu'il ne l'escomptait, le sixième samedi de veille. Il somnolait lorsqu'il entendit le va-et-vient rythmé d'une scie à main. Il était presque trois heures du matin. Une auto à la carrosserie luisante et luxueuse stationnait près de la boîte. Warner quitta son poste sur la pointe des pieds, saisit un long tuyau d'acier qu'il avait placé près de la porte, puis, le tenant à bout de bras, se mit à courir en direction de la rue.

Un garçon s'appliquait gaillardement à scier le poteau de cèdre tandis qu'un autre le regardait opérer. Warner s'apprêtait à leur tomber dessus quand ils l'entendirent. Levant enfin les yeux et le voyant foncer sur eux, ils bondirent dans la voiture, mais avant qu'ils n'aient pu démarrer, il abattit le tuyau de toute sa force sur le capot.

— Qu'est-ce que vous foutez, bon Dieu, qu'est-ce qui vous prend ? hurla le garçon au volant, celui qui avait manié la scie; l'autre, très effrayé, semblait pétrifié.

— Quand vous serez rentré, hurla Warner en retour, dites bien à vos parents que le capot de leur belle bagnole toute neuve a été esquinté par l'homme dont vous alliez flanquer la boîte aux lettres par terre avec votre satanée scie. Dites-leur de ne pas se gêner pour m'appeler.

— Espèce de salaud! brailla le garçon. J'ai bien envie de vous écrabouiller!

Warner brandit le tuyau.

— Tu veux ça dans ton pare-brise?

Le garçon secoua un poing menaçant; puis il embraya et partit en trombe, faisant rugir le moteur et crisser les pneus. Warner regagna sans se presser la maison, téléphona à la police et signala le numéro d'immatriculation de la voiture.

L'appel que Warner reçut le lendemain de la police le combla d'aise. Mais oui, certainement, très volontiers, il viendrait au poste procéder à l'identification nécessaire et signer les papiers requis pour engager des poursuites.

La confrontation se déroula dans le calme. Le garçon s'appelait Ronnie Gerardo et avait juste dix-huit ans. Le père était présent. Warner fut frappé de sa ressemblance avec son fils; un air de famille très prononcé. Le garçon portait des vêtements voyants, tape-à-l'œil. A sa façon de fixer Warner, on aurait pu penser qu'il était la victime d'un injuste sort. Mais il ne pouvait y avoir erreur sur la personne; la voiture au capot défoncé stationnait devant le poste de police. Le père semblait presque ignorer Warner et accueillir sa plainte avec indifférence. De toute évidence, il entendait protéger son fils. Les Gerardo habitaient un autre quartier, également prospère, éloigné d'un ou deux kilomètres.

Le complice du garçon n'avait pas été identifié, mais, vu son comportement réticent et timoré de la nuit précédente, Warner ne s'en souciait guère.

Le sergent de police exposa les différents aspects légaux de l'affaire, y compris l'incidence fédérale. Sans que cela fût dit ouvertement, on pouvait comprendre que toute action intentée contre le garçon reposerait à peu près intégralement sur le témoignage de Warner, rien d'autre ne pouvant être retenu contre lui par la police. Gerardo père demanda à Warner s'il consentirait à retirer sa plainte en recevant en contrepartie l'assurance que la boîte aux lettres serait remplacée, remise en place à son entière satisfaction, et que pareil incident ne se reproduirait jamais plus.

Warner regarda le jeune Gerardo.

— Etes-vous prêt à faire des excuses ? Comprenez-vous la gravité de ce que vous avez fait ?

Voyant que le garçon ne semblait manifestement pas disposé à faire amende honorable, Warner s'adressa au père :

— Je crois que vous feriez bien de réfléchir et de vous demander pourquoi votre fils se permet de vadrouiller ainsi la nuit à bord de votre voiture pour se livrer à ce genre d'exploit.

Père et fils, muets, se renfrognèrent, lorgnant Warner d'un œil mauvais.

Le sergent déclara alors que le garçon resterait en détention jusqu'à ce que la caution fût payée, une fois son montant fixé. Après un moment de silence où les regards se croisèrent, le sergent fit signe au jeune Gerardo de le suivre ; celui-ci s'exécuta et fut emmené dans une cellule impeccable, car rarement utilisée. Warner et Gerardo, demeurés assis, entendirent au loin la porte de la cellule se refermer.

Quand le sergent les eut rejoints, Warner se leva, comme mû par une inspiration soudaine, et demanda :

— Sergent, pourrais-je parler à Ronnie un instant seul à seul ?

Le sergent se tourna vers Gerardo, lequel parut légèrement surpris ; mais, après quelques secondes d'hésitation, il se contenta de hausser les épaules. Le sergent conduisit alors Warner à la cellule du jeune Gerardo et l'y laissa, en s'abstenant de donner un tour de clé. L'adolescent était assis sur le bord du lit de camp.

— J'aurais pu envisager d'accepter l'offre de votre père, dit Warner, dès que le sergent se fut retiré, mais j'ai l'impression que vous ne regrettez même pas ce que vous avez fait. Le regrettez-vous ?

L'adolescent garda le silence.

— Non, fit Warner, vous ne regrettez rien ; c'est évident. Qu'est-ce qui vous pousse à aller détruire la propriété d'autrui ? Vous pourriez m'expliquer quel plaisir vous en retirez ? Ou à quel besoin ça correspond ?

Le garçon le dévisageait avec intensité mais ne répondait toujours pas. Il ne semblait guère prêter attention à ses questions.

— Alors ? insista Warner. Vous ne voulez pas répondre ? Voyons, écoutez-moi. Si, pour une fois, vous essayiez un peu de vous mettre dans la peau des autres ? Imaginez la situation inverse. Ça ne vous ferait rien qu'on vienne détruire ce qui vous appartient ? Quelque chose à laquelle vous tiendriez beaucoup ?

Le garçon continuait de le fixer en silence, avec acuité.

— Savez-vous bien qu'en vous livrant à des actes de ce genre, vous agissez comme un malade mental ? Car c'est ça, le vandalisme gratuit ; c'est maladif. Ce n'est pas le besoin qui vous amène à avoir un comportement anormal, quasi criminel. Parce que vous n'avez besoin de rien. Ou plutôt, ce dont vous avez besoin, c'est d'être soigné. Vous le savez, ça ?

Une lueur de haine aviva les yeux de l'adolescent.

— Alors ? jeta Warner, commençant à s'échauffer.

— Allez-vous retirer votre plainte comme le veut mon père ou pas ? demanda Gerardo junior. (Ni son ton ni son expression ne trahissaient la moindre émotion.)

— Il faut vous faire comprendre que vous agissez mal, répliqua Warner.

— Parce que, si vous ne la retirez pas, enchaîna le garçon, moi, je flanquerai le feu à votre baraque. (Puis il ajouta :) Et je ne me ferai pas prendre.

Envahi d'appréhension, Warner eut soudain les jambes en coton. Pareil forfait était relativement facile et souvent impuni. Les cas d'incendies volontaires non résolus abondent ; les statistiques le prouvent. Il pensait à cette maison si bien entretenue qu'il partageait avec son épouse depuis tant d'années, abritant les fruits d'innombrables heures de labeur assidu. Il la voyait ravagée par les flammes. Il se voyait lui-même assistant au désastre, impuissant, assailli par la chaleur du brasier.

Il chassa cette funeste vision pour concentrer son attention sur les yeux profondément enfoncés du garçon qui braquaient toujours sur lui un regard acéré, perforant pour ainsi dire. Warner avait peur, terriblement peur que ce jeune détraqué ne fût capable de mettre sa menace à exécution. Mais il ne pouvait le lui laisser voir. Par ailleurs, l'histoire du monde pullulait d'exemples venant démontrer que la compromission par faiblesse ne payait jamais. Jamais. Il lui fallait répondre à la menace par la menace. Il devait tenter d'effrayer ce garçon, ou tout au moins de le dissuader.

— Vous rendez-vous compte de l'extrême gravité de ce que vous venez de dire ? lâcha-t-il finalement.

— J'espère seulement que vous m'avez bien compris, répliqua le jeune Gerardo.

— Alors, laissez-moi vous poser encore une question. (Warner bandait toute sa volonté pour se maîtriser, afin d'apparaître aussi froid et déterminé que le garçon semblait l'être.) Eprouvez-vous un sentiment quelconque pour vos parents ?

Les yeux du garçon se voilèrent vaguement, révélant un léger trouble.

— Qu'est-ce que ça vient faire là ?

— Ecoutez bien, dit Warner, chuchotant presque. Si quelque chose de ce genre arrive à ma maison, je saurai que vous êtes responsable. Compris ? Et alors, moi, je tuerai vos parents, tous les deux. Et moi non plus, je ne serai pas pris. Réfléchissez donc à ça avant de vous mettre à jouer avec des allumettes.

Les yeux de l'adolescent s'agrandirent un peu, mais il ne souffla mot.

Warner lui tourna le dos et quitta la cellule. En s'éloignant, pensant à ce qu'il avait dit, il se mit à trembler. Il avait voulu asséner un coup suffisamment fort pour neutraliser le petit voyou, espérant, par une violente contre-attaque en un point sensible, lui ôter toute velléité d'incendier sa maison. Il n'en demeurait pas moins que lui, Warner, avait menacé de s'en prendre à la vie d'autrui. Il l'avait fait en termes précis avec une apparence de sérieux. Jusqu'à cet instant imprévu, il ne se serait jamais cru capable de dire une chose pareille, même à la légère. En atteignant la pièce où le sergent et M. Gerardo l'attendaient, il tremblait encore.

— Savez-vous ce que votre fils vient de me dire ? lança-t-il à Gerardo. Devinez un peu ! Votre fils m'a menacé de mettre le feu à ma maison si je ne retirais pas ma plainte. (Puis, se tournant vers le sergent :) Vous avez entendu ça ? J'aimerais que vous en preniez note. Dès maintenant, en présence de son père. Consignez-le. A toutes fins utiles.

— Que lui avez-vous dit ? demanda le sergent.

— Je lui ai dit qu'il avait le cerveau malade et qu'il avait besoin d'être soigné.

Warner décida de ne point parler à sa femme de la menace du garçon. Il savait quelle serait sa réaction. Prompte à s'affoler, elle voudrait probablement partir s'installer ailleurs, loin de cette agglomération. Il appela le lendemain le sergent, lequel l'informa que le jeune Gerardo avait été relâché, moyennant une caution fort modique, et confié à la garde de ses parents. Warner eut du mal à s'endormir cette nuit-là.

Le jour suivant, il appela son agent d'assurance et insista pour obtenir une réévaluation complète de sa demeure et de son contenu, avec ajustement de la prime en conséquence. Il désirait être couvert au maximum en cas d'incendie.

— Entendu, Harry, puisque vous insistez, déclara l'agent. (Puis sur un ton badin :) Vous êtes bien sûr que vous n'avez pas l'intention d'y mettre le feu vous-même ?

— Vous ne devriez pas dire ça, même en plaisantant, répliqua Warner.

Warner passa plusieurs semaines dans l'inquiétude. Celle-ci commençait à s'atténuer et il avait presque réussi à chasser l'incident de son esprit, lorsqu'il tomba sur un court article dans le journal local ; un compte rendu de quelques jugements récents. On y signalait que Ronnie Gerardo, reconnu coupable de vandalisme, s'était vu infliger une légère peine avec sursis assortie d'une courte période de mise à l'épreuve sous la garde de ses parents.

Warner relut l'article plusieurs fois. En tout et pour tout, le garçon avait passé une nuit au poste. Certains auraient pu estimer qu'une nuit au bloc, pour une boîte aux lettres endommagée, c'était assez cher payé. Seulement, la faible ampleur du délit masquait le fond de l'affaire, bien plus alarmant. Le jeune Gerardo était un détraqué ; il avait besoin d'être enfermé et soumis à un traitement approprié.

Peu de temps après, Warner se trouva brusquement face à face avec Gerardo junior dans un supermarché. Momentanément abasourdi, Warner se ressaisit, parvint à ébaucher un sourire et dit :

— Salut, Ronnie, comment va ?

Le jeune Gerardo le considéra quelques secondes, puis déclara :

— Elle marche bien votre chaudière ? Ça chauffe à bloc ?

Interloqué, assailli par une bouffée d'angoisse, Warner demeura d'abord sans réaction, incapable de répondre. Le garçon avança, braquant toujours sur lui son regard, le dépassa et poursuivit paisiblement son chemin. Warner fit pivoter son chariot et le rattrapa.

— Vous avez bien esquinté notre boîte aux lettres, n'est-ce pas ? D'accord ? Et Dieu sait combien d'autres. Alors, je vous en conjure, Ronnie, tâchez de réfléchir et de vous rendre compte que vous avez mal agi, très mal.

Autant parler dans le vide ; totalement sourd à ce discours, le garçon s'éloigna sans daigner répondre.

Rentré chez lui, Warner s'empressa d'appeler le poste de police. Il désirait rapporter au sergent l'incident du supermarché. Mais le sergent Rubano, de service le dimanche où le jeune Gerardo s'était présenté, ne faisait plus partie de la police municipale. Il se trouvait à présent en Pennsylvanie, appelé à quelque autre tâche.

Warner entreprit de retracer les grandes lignes de l'affaire au nouveau responsable. Il s'attarda sur l'épisode précédent et souligna le caractère alarmant, en conséquence, de l'incident du supermarché. Le policier se montra fort poli, mais Warner sentit qu'il n'était guère impressionné et n'accordait qu'un crédit très modéré à ses propos.

— Consultez donc le dossier de l'affaire, les procès-verbaux, insista Warner. Jetez-y seulement un coup d'œil et vous verrez, j'en suis sûr, que le sergent Rubano a pris note de tout ce que je vous rapporte.

— Nous vérifierons, monsieur Warner.

— Je puis vous assurer que je n'invente rien.

— Non, bien sûr que non, monsieur Warner. Nous ouvrirons l'œil et suivrons les choses de près.

Warner raccrocha. Manifestement, plus il s'efforçait de développer ses arguments pour convaincre le nouveau sergent, moins celui-ci semblait disposé à le croire.

Voyant approcher la date de son séjour annuel d'une semaine en Floride aux frais de la compagnie, Warner se trouva devant un douloureux dilemme. Dormir *dans* sa maison lui causait quelque inquiétude, mais il craignait plus encore de la laisser inoccupée. Le moment de la décision venu, il choisit quand même de partir. Les derniers mois avaient beaucoup éprouvé son épouse et elle avait besoin de vacances. Il signala leur départ à la police, comme il l'avait d'ailleurs toujours fait, par principe, chaque fois qu'ils comptaient s'absenter, et demanda par la même occasion que l'on surveillât particulièrement sa maison.

Ils partirent par charter le samedi et reçurent l'appel à leur hôtel le dimanche matin de bonne heure... Un incendie d'origine inconnue... Une enquête était en cours... Ils refirent leurs valises et prirent le premier avion en partance. Le vol de retour leur parut interminable, le plus long qu'ils eussent jamais connu.

Tandis que sa femme, secouée de sanglots, demeurait immobile, figée, Warner, le visage sillonné de larmes, arpentait fiévreusement en tous sens la pelouse, devant les restes à la fois calcinés et trempés de sa demeure. Un voisin, les ayant aperçus, vint les rejoindre. D'après lui, les pompiers étaient intervenus promptement, mais la maison était devenue la proie des flammes avec une telle rapidité que les pompiers, ne parvenant pas à maîtriser l'incendie, avaient dû se contenter de le circonscrire pour préserver les maisons avoisinantes.

Warner se rendit au siège de la police et demanda à voir le chef de toute urgence.

— Vous savez qui est le coupable, n'est-ce pas ? lança-t-il, dès que celui-ci eut fait son apparition.

Non, répliqua le chef, à la police, on ne le savait pas, pas plus qu'on ne savait, d'ailleurs, s'il y avait vraiment eu malveillance, bien que certains indices plutôt probants parussent indiquer qu'il pouvait s'agir d'un incendie volontaire. L'enquête se poursuivait.

— C'est Ronnie Gerardo qui a mis le feu à notre maison, explosa Warner. Il m'a dit lui-même qu'il comptait le faire.

Le chef scruta Warner un instant, puis déclara qu'une telle accusation de sa part était fort grave. Il lui demanda sur quoi il la fondait.

Warner reprit suffisamment son calme pour relater en détail l'incident de la boîte aux lettres et rapporter l'essentiel de la conversation qu'il avait eue ultérieurement avec le garçon.

— Consultez donc le dossier de l'affaire. Je suis sûr que c'est dedans, tout ça.

Le chef pria le nouveau sergent de sortir le dossier. Ils le parcoururent ensemble attentivement mais n'y trouvèrent nulle mention de la menace proférée par le garçon.

— Alors contactez le sergent qui était en fonction à ce moment-là. Il vous le confirmera. Je ne comprends pas pourquoi il n'a pas consigné ça par écrit. Je lui avais demandé de le faire. (Le ton de Warner était non seulement plus calme, à présent, mais aussi presque plaintif.)

Le chef demanda au sergent de chercher à joindre Rubano en Pennsylvanie le plus rapidement possible.

Dès qu'il eut Rubano au bout du fil, le chef brancha un haut-parleur rattaché à la ligne, qui permettait à toutes les personnes présentes d'entendre la communication. Il informa Rubano de l'incendie et lui réclama des précisions sur ce qui s'était dit et passé en sa présence.

— Je m'en souviens parfaitement, répondit Rubano. Warner a déposé sa plainte et a demandé ensuite à s'entretenir seul à seul avec le jeune Gerardo. Il a expressément déclaré, après cette entrevue, que le garçon l'avait menacé d'incendier sa maison.

— Vous pourriez donc confirmer qu'il a mis sa menace à exécution, non ? cria Warner en direction du combiné.

— Je ne puis que répéter ce que j'ai entendu, je crains de ne pouvoir aller au-delà, répliqua Rubano.

Le chef mit un terme à la communication et se tourna vers Warner.

— Nous ne manquerons pas d'interroger le jeune Gerardo dans le cadre de l'enquête, lui dit-il.

Warner et sa femme s'installèrent dans un motel. La couverture de l'assurance, fort étendue, comprenait les frais de subsistance pendant la période d'urgence.

Leurs deux voitures ayant été détruites dans l'incendie (elles se trouvaient dans le garage), ils allèrent en acheter deux nouvelles le lendemain. Warner prit ensuite contact avec des entrepreneurs locaux et discuta des modalités concernant la reconstruction de sa maison. Sa femme, qui souhaitait ardemment fuir ces lieux de malheur et élire domicile dans une autre ville, le pressait de vendre le terrain, mais Warner refusa catégoriquement d'envisager la chose.

Ce soir-là, Warner reçut deux appels téléphoniques. Le premier émanait du chef de la police. Il avait envoyé la veille deux inspecteurs interroger Ronnie Gerardo, lequel niait absolument avoir jamais menacé d'incendier la maison de Warner. D'autre part, il affirmait que, la nuit du samedi, au moment de l'incendie, il se trouvait ailleurs en compagnie de trois copains. Ceux-ci, interrogés à leur tour, confirmaient tous les trois les déclarations du jeune Gerardo.

— Trois copains ! clama Warner, indigné. Vous allez vous en tenir là ?

— Désolé, monsieur Warner, mais nous ne pouvons guère aller plus loin tant que nous n'avons pas quelque chose d'un peu consistant. Nous poursuivons l'enquête.

Le second appel provenait de son agent d'assurances.

— Si je vous appelle, Harry, dit celui-ci, c'est pour vous informer que la compagnie qui détient votre police immobilière se pose des questions ; ainsi, ils se demandent pourquoi vous avez voulu que votre couverture soit accrue dans de telles proportions quelques semaines seulement avant l'incendie.

— Et alors, vous ne le leur avez pas dit ?

— Le jeune Gerardo et sa menace, c'est ça ?

— Evidemment.

— Ma foi, si, si, Harry, je le leur ai signalé. Et puis ils m'ont rappelé pour dire qu'ils s'étaient renseignés auprès de la police et qu'apparemment le garçon niait formellement avoir proféré cette menace.

— Où voulez-vous en venir ? Qu'est-ce que vous essayez de dire à mots couverts ? gronda Warner. Qu'ils s'imaginent que j'ai flanqué le feu moi-même ? Bien sûr qu'il nie, ce petit salaud ! Pardi ! A quoi vous attendiez-vous de sa part ? Ecoutez, je me trouvais en Floride quand...

— Allons, ne vous emballez pas, Harry. Tout se passera très bien. J'ai simplement jugé bon de vous dire qu'ils se posaient quelques questions. C'est tout. (Il marqua une pause.) Tenez, ceci, par exemple : pourquoi avez-vous acheté *deux* voitures neuves dès le premier jour ? Ça s'imposait ?

— Mais oui, nous avons besoin de deux voitures, ma femme et moi.

Après avoir reçu de nouveaux apaisements, lui laissant entendre que la compagnie n'avait aucune raison valable pour ne pas respecter le contrat, Warner raccrocha.

Sa femme, qui avait écouté la fin de ces deux conversations, revint à la charge :

— Pourquoi ne pas partir d'ici ? Je t'en prie, allons

nous installer dans une autre ville de la région... Ça ne changera rien pour ton travail.

— Non, trancha Warner. Pas question.

Harry Warner passa les deux derniers jours de sa semaine de vacances sur son terrain, à contempler les ouvriers en train de déblayer les décombres calcinés de ce qui avait été sa demeure, où il avait accumulé tant de choses qui lui étaient chères. De temps à autre, les ouvriers tombaient sur quelque objet relativement épargné : un presse-papier en verre, des choses dérisoires de ce genre. On dirait des artefacts, songeait-il amèrement, tels qu'on en trouve parfois parmi les ruines.

Sourd aux protestations persistantes de son épouse, il avait conclu un marché avec un entrepreneur, lequel s'était engagé à construire une maison strictement identique à l'ancienne, et ce dans le plus court délai possible. Afin de lui occuper l'esprit, il avait envoyé sa femme courir les magasins pour se reconstituer une garde-robe. Pendant ce temps-là, ses collègues, eux, se prélassaient en Floride.

Un peu plus tôt dans la semaine, il avait vu des officiers de police (deux en uniforme et deux en civil) inspecter les lieux du sinistre pour la troisième ou quatrième fois, prenant des photos, furetant un peu partout à la recherche d'un indice. Ils n'avaient rien pu trouver. On avait fait venir de la ville voisine un flic spécialisé dans les incendies criminels ; il déclarait que l'incendie semblait bien avoir été volontaire, adroitement déclenché avec de l'essence, mais qu'il ne pouvait l'affirmer en toute certitude. On avait interrogé tous les gens du voisinage, mais le feu s'était déclaré très tard dans la nuit du samedi. On avait questionné les Gerardo et les parents des « copains » qui confirmaient l'alibi du jeune Gerardo. A les entendre, celui-ci, lors du sinistre, se trouvait avec eux, dans une de leurs salles de loisirs en sous-sol, en train de jouer au billard.

Warner alla de nouveau voir le chef de la police.

— Il faut que vous trouviez un moyen de le coincer, ce petit saligaud, l'adjura-t-il. Vous savez aussi bien que moi que c'est lui qui a fait le coup.

— Monsieur Warner, tout au long de la semaine, mes hommes se sont occupés à peu près uniquement de cette affaire. Mais jusqu'à présent, je l'avoue, nous n'avons pas récolté grand-chose.

— Ce petit tordu est un danger public ! s'emporta Warner, élevant la voix. Il faut le boucler, l'empêcher de courir les rues. Dieu sait ce qu'il ira inventer la prochaine fois. En ville, tout le monde sait à quoi s'en tenir sur son compte.

— Nous faisons tout ce que nous pouvons, monsieur Warner. Mais nous ne pouvons procéder à une arrestation sans avoir de quoi l'étayer, sans un commencement de preuve.

Plusieurs semaines passèrent. La nouvelle maison prit forme ; la charpente fut achevée et la toiture posée. Warner fit sa visite hebdomadaire au siège de la police.

— Désolé, monsieur Warner, mais une fois encore nous n'avons rien de neuf à vous signaler. Nous ne considérons pas cette affaire comme close et nous continuons d'enquêter dans l'espoir de découvrir quelque élément nouveau ; mais tant que nous ne l'aurons pas obtenu, nous ne pourrons guère prendre des mesures propres à vous satisfaire.

— En effet, tout ça n'est pas pour me satisfaire, riposta impulsivement Warner.

Le chef leva les yeux.

— Que voulez-vous dire ?

— Rien. Rien du tout, lâcha Warner, et il coupa court à l'entretien.

Dès qu'il eut quitté le siège de la police, il se rendit non loin de là dans un magasin d'articles divers pour le tir et la chasse, où il demanda à voir des pistolets.

— Je voudrais quelque chose qui me permette de m'exercer au tir à la cible à mes moments de loisir, mais qui n'exige pas de permis, précisa-t-il.

Le marchand lui proposa un vingt-deux semi-automatique, puis, à la requête de Warner, lui expliqua la manière de le charger et de s'en servir. Il était patent que Warner ignorait tout des armes à feu. Quand, pour régler son acquisition, il présenta une carte de crédit, le marchand, au vu du nom inscrit, leva la tête, un peu perplexe. Leurs regards se croisèrent. S'abstenant de tout commentaire, le marchand vérifia par téléphone la solvabilité de son client et acheva les formalités de vente. Warner emporta le pistolet, regagna sa chambre au motel et cacha l'arme dans un tiroir.

Le soir même, Warner reçut un coup de fil du chef de la police.

— Je crois savoir que vous avez acheté un pistolet.

— C'est seulement un pistolet d'exercice. Je compte m'inscrire au club de tir de l'usine.

— Ils ne fournissent donc pas de pistolets ?

— Je préfère en avoir un à moi.

— Monsieur Warner, je dois vous dire que ceci me préoccupe beaucoup.

— Chef, ce pistolet ne nécessitant aucun permis, je ne suis vraiment pas disposé à subir un interrogatoire à son sujet.

Le lendemain soir, Warner reçut un autre appel, provenant cette fois du père du jeune Gerardo.

— J'espère que vous n'avez pas l'intention de vous livrer à quelque imbécillité, attaqua-t-il.

— Je ne vois pas de quoi vous parlez.

— Ecoutez, mon fils m'a répété ce que vous lui avez dit ce jour-là.

— Monsieur Gerardo, s'il vous a répété ce que je lui ai dit, alors il a dû vous faire part aussi de ce qu'il avait dit, lui, et qui m'a poussé à lui répondre ça. D'accord ?

— Ce n'est qu'un gamin. Il vous a sorti, sans réfléchir, la première chose qui lui est passée par l'esprit. Ecoutez, c'est déjà assez moche qu'il ait passé une nuit au bloc et récolté un casier judiciaire à cause de vous, tout ça pour une incartade de rien du tout, une boîte aux lettres déglinguée. Vous n'auriez pas dû aller jusque-là. Je vous ai offert de la remplacer et de veiller à ce que cela ne se reproduise jamais plus. Je déplore que vous ayez été victime d'un incendie, mais cessez de vouloir en rejeter la responsabilité sur mon fils. La police a déjà établi qu'il n'avait rien à voir là-dedans.

— Monsieur Gerardo, je ne crois pas un seul instant que vous pensiez que votre fils n'a rien à voir là-dedans.

Ce garçon a le cerveau dérangé. Vous ne vous en rendez pas compte ?

— Je vous le répète encore une fois, monsieur Warner : j'espère que vous ne comptez pas vous lancer dans une entreprise aussi stupide qu'insensée.

— Ne vous inquiétez donc pas, monsieur Gerardo. Ce n'est pas mon genre. Je ne suis pas fou.

Dès que Warner eut raccroché, sa femme, qui se trouvait à l'autre bout de la pièce, lui demanda instamment, sur un ton quelque peu alarmé, des éclaircissements sur cet appel.

— C'était le père du garçon, dit Warner.

— Ça, je l'avais compris.

— Ce type est un imbécile, énonça sèchement Warner, et il refusa de s'expliquer plus avant.

Le lendemain, quand Warner revint de son travail, il trouva sa femme occupée à rassembler ses affaires pour quitter les lieux. Elle avait découvert le pistolet.

— Je compte m'inscrire au club de tir de l'usine.

Elle le fixa, effarée.

— Voilà du nouveau.

— C'est pourtant vrai.

— Tu as toujours dit que tu te méfiais des armes à feu et qu'on ne devrait jamais en avoir chez soi. Tu ne vas pas prétendre le contraire ?

— Les temps ont changé, fit-il.

— Tu aurais dû accepter ce que te proposait le père du garçon pour la boîte aux lettres, déclara-t-elle en continuant de remplir sa valise. Je vais aller pour quelque temps chez ma sœur Ruth.

— Mais enfin, c'est ridicule !

— Nous pourrons nous joindre par téléphone, conclut-elle d'un ton définitif.

L'existence de Warner devint routinière. Il menait au motel une vie de célibataire et se rendait chaque matin, ponctuellement, à son travail. Souvent, durant la pause du déjeuner, il allait jeter un coup d'œil aux travaux de reconstruction ; la maison s'édifiait sur un rythme rapide. Il prenait ses repas en solitaire et passait ses soirées dans sa chambre à regarder la télévision, s'accordant toutefois une sortie de temps à autre pour voir un film. Et tous les mardis et jeudis, en sortant de son travail, il se rendait au pavillon de loisirs de la compagnie, au stand de tir, pour s'exercer avec son pistolet, devenant à chaque fois plus adroit et plus précis.

Il appelait fréquemment sa femme, la pressant de revenir. A quoi elle répondait qu'elle ne consentirait à revenir que s'il se débarrassait du pistolet et renonçait à réemménager dans la maison une fois celle-ci achevée. De son côté, il s'obstinait à opposer un refus formel à ces deux exigences.

Un samedi soir, vers minuit, Warner quitta sa chambre du motel et traversa la ville à bord de son auto. En approchant de la destination qu'il s'était fixée, il coupa les phares, longeant le dernier pâté de maisons dans l'obscurité. Il se rangea sur le bord opposé de la rue, face à la demeure des Gerardo, et resta tranquillement assis, tous feux éteints, surveillant les lieux. De temps à autre, une voiture passait et il se baissait vivement pour ne pas être vu.

Plusieurs heures s'écoulèrent. Une voiture surgit enfin à toute allure, dépassant de loin la vitesse permise, freina, vira en catastrophe et s'engouffra à fond de train dans l'allée de la propriété. Elle stoppa net, ébranlant la carrosserie, à quelques centimètres du mur dressé à l'arrière d'un auvent spacieux pouvant abriter deux véhicules.

Warner vit le jeune Gerardo s'apprêter à rentrer, puis marquer un temps d'hésitation. Du haut de l'allée, l'adolescent, tournant la tête, lançait un regard intrigué en direction de la voiture de Warner. Il descendit l'allée et traversa la rue, s'approchant d'une démarche incertaine, circonspecte.

Tombant face à face avec Warner, il eut un haut-le-corps, se jeta à terre, se redressa à moitié pour bondir vers l'arrière de la voiture, franchit la chaussée, courant en zigzag, courbé en deux, et plongea dans un massif de bordure. Il progressa alors fiévreusement à quatre pattes, dissimulé par les arbustes, jusqu'au moment où, arrivé à proximité de la demeure, il fonça s'abriter derrière les voitures garées là. Quelques secondes plus tard, il se faufilait dans la maison.

Warner, toujours à son poste d'observation, sourit en voyant de la lumière apparaître derrière des fenêtres aux rideaux tirés.

Quelques minutes plus tard, une voiture radio de la police, gyrophare en pleine action, stoppa derrière Warner. Deux flics en descendirent. Ils restèrent un instant, revolver dégainé, derrière leurs portières ouvertes, puis avancèrent lentement, surveillant Warner, pris dans les faisceaux des phares avant.

Quand l'un d'eux fut parvenu à sa hauteur, Warner, vitre abaissée, lui lança :

— Qu'est-ce que ça signifie ; qu'est-ce que vous comptez faire ?

— Il me semble que c'est à nous de vous demander ça, répliqua le policier. Sortez de cette voiture.

— En la circonstance, il n'y a pas de loi qui m'oblige à vous obéir. Je n'en ferai donc rien.

Le flic lança un coup d'œil à son collègue par-dessus le toit de la voiture, puis reporta son regard sur Warner.

— Puis-je voir votre permis ? Il y a une loi qui vous oblige à me le montrer.

— Volontiers, fit Warner, enjoué. (Il sortit son portefeuille et tendit son permis.)

Le flic rengaina son revolver et examina le permis avec sa torche.

— Monsieur Warner, ça ne vous ferait rien de descendre de cette voiture pour qu'on la fouille ?

— Vous avez un mandat ?

— En la circonstance, on n'a pas besoin de mandat.

— Quelle circonstance ?

Le flic semblait hésiter.

— Présomption de port d'arme dangereuse.

— Vous ne trouverez pas de flingue. Je ne l'ai pas apporté. Ne vous fatiguez pas.

— Monsieur Warner, ça ne vous ferait rien de nous dire ce que vous fabriquez ici ?

— Je m'y trouve bien.

— Vous ne pouvez pas rester là. Allez, circulez !

— Il n'y a pas de loi qui m'interdise de me garer ici et d'y rester assis dans ma voiture. Pour l'instant, je n'ai pas l'intention de bouger.

Le flic interrogea du regard son collègue, lequel lui fit un signe. Ils exécutèrent un demi-tour, se rejoignirent derrière la voiture de Warner, échangèrent quelques paroles, puis réintégrèrent leur véhicule. Ils laissèrent fonctionner le gyrophare.

Pendant un petit quart d'heure, Warner les observa dans son rétroviseur, assez incommodé par les flots de lumière qui, par intermittence, venaient inonder l'intérieur de sa voiture. Il se décida finalement à mettre son moteur en marche et démarra. Ils le suivirent jusqu'à son motel ; en montant les marches menant à sa chambre, il les vit se garer dans le parking, couper le moteur et éteindre leurs différents feux.

Le lendemain matin, Warner reçut un nouveau coup de fil du chef de la police.

— Auriez-vous l'obligeance de me dire ce que vous maniganciez la nuit dernière ? s'enquit le chef.

— J'accomplissais une mission de surveillance. (Warner marqua une légère pause, puis ajouta :) Je voulais voir à quelle heure ce jeune voyou regagnait ses pénates.

— Vous n'avez pas à vous occuper de ça. Les professionnels n'ont pas besoin du concours des amateurs ; laissez la police faire son travail.

— Ce petit salaud a incendié ma maison. Et à quoi a-t-il abouti, le travail des professionnels, voulez-vous me le dire ?

— Nous n'allons pas revenir là-dessus, Warner. Nous ne pouvons appréhender ni incriminer personne sans preuve. En attendant, vous allez quand même avoir une maison toute neuve. Va-t-il falloir que nous chargions un de nos hommes de vous prendre en filature ?

Peu après cet appel, il en reçut un autre, de son épouse. Elle allait passer une semaine ou deux en Floride avec Ruth et son mari.

— Quand te décideras-tu à venir me rejoindre ? demanda-t-il, vaguement éploré.

— Je crois avoir déjà répondu à cette question.

Il hésita sur la formule à employer.

— Je te souhaite un bon séjour, finit-il par dire d'une voix douce.

Vers le milieu de la semaine suivante, un court entrefilet dans la rubrique mondaine du journal local accrocha son regard. M. et M<sup>me</sup> Gerardo s'apprêtaient à partir en croisière avec plusieurs autres couples. Le fils allait donc se retrouver seul. Il y avait là une occasion à saisir. Il lui fallait trouver le moyen d'en profiter. Il prit un bloc-notes, s'installa dans le grand fauteuil en cuir de sa chambre et se mit à jeter des idées sur le papier, écrivant avec fièvre, biffant, modifiant, arrachant des pages, repartant de zéro. Au bout d'une bonne heure, son visage s'éclaira d'un sourire ; ça prenait tournure. Il entreprit d'établir sur une page vierge une liste détaillée.

Le samedi suivant, il quitta le motel dans la matinée, son pistolet en poche, et prit un car qui le mena au centre de la ville voisine ; il avait laissé sa voiture neuve personnelle garée à sa place habituelle près de l'entrée du motel. Il gagna alors à pied la maison de sa belle-sœur, et là, utilisant les clés qu'il avait en double, il prit place dans la voiture de son épouse et démarra. Il se rendit à un magasin de demi-gros très achalandé, où il acheta un grand bidon destiné à recevoir de l'essence, un marteau, une poignée de clous longs et forts, ainsi qu'une honnête longueur de tuyau en plastique. Avant de retourner dans sa ville, il se servit du tuyau pour siphonner le réservoir et remplir le bidon.

Le restant de la journée lui parut fastidieux. Il n'avait rien d'autre à faire avant tard dans la nuit et il estimait trop risqué de revenir au motel.

Bien après minuit, il se rendit au voisinage de la demeure en construction. Veillant à ne pas être aperçu de ses voisins, il gara la voiture de sa femme dans un coin discret, abrité, se saisit du bidon, du marteau et des clous, puis marcha jusqu'à la maison. Le ciel nocturne était suffisamment clair ; pas besoin de lumière supplémentaire.

Il trouva une planche robuste et y enfonça un clou de forte taille qui la traversa de part en part, la pointe ressortant très largement. Il plaça la planche en bordure de l'allée, au point exact où il pourrait l'utiliser promptement le moment venu. Il dévissa le bouchon et fit le tour de la maison en aspergeant d'essence les larges bandeaux de bois non peint, très en saillie, qui ceinturaient la maison à la base. Il déposa le bidon vide près de la planche munie de son clou et alla ranger les autres clous avec le marteau dans le garage. Puis il partit d'un bon pas pour gagner à pied la résidence Gerardo ; afin d'éviter d'être vu, il s'écartait dans une zone d'ombre chaque fois qu'une auto apparaissait.

Le jeune Gerardo ne s'engagea enfin dans l'allée à bord de sa voiture que peu avant l'aube. Dès que le garçon eut mis pied à terre, Warner, dissimulé sous l'auvent, jaillit de l'ombre.

— Salut, Ronnie.

Le garçon s'immobilisa, pétrifié, en voyant le pistolet.

— Qu'est-ce que vous faites ici ?

— Ça te dirait de faire flamber ma maison encore une fois ?

— Qu'est-ce que vous racontez ?

— Viens donc. On va y aller dans ta bagnole. Allez, monte.

— Que voulez-vous, qu'allez-vous faire ?

— Contente-toi de monter, Ronnie.

Pressant le canon du pistolet en permanence contre son flanc, Warner obligea l'adolescent à le ramener à faible allure jusqu'à la maison en construction. Ils s'engagèrent dans l'allée et stoppèrent. Le pistolet toujours braqué sur lui, Warner lui ordonna de descendre. Puis il lui tendit des allumettes.

— Tiens, Ronnie. Vas-y. Allume le feu de joie. Paie-toi encore un peu de bon temps.

— Qu'est-ce qui vous prend ? Vous êtes malade ou quoi ? Une fois, ça ne suffit pas ?

— Je pensais que ça te plairait de recommencer. Mais si ça ne te dit rien, tu sais, tu n'es pas obligé. Rentre chez toi. Je voulais simplement te jouer un petit tour de ma façon.

— Si vous n'êtes pas complètement idiot, vous me laisserez partir, oui, je vous le conseille, fit le garçon.

— Tu peux partir, je te l'ai dit.

Sans s'attarder à répliquer, le jeune Gerardo remonta dans sa voiture et mit le moteur en marche. Warner empoigna la planche au clou et l'abattit, pointe en avant, sur un pneu arrière. Quand le garçon fit marche arrière pour sortir de l'allée, un fort sifflement s'échappa du pneu, qui se dégonfla en un rien de temps, contraignant la voiture à stopper. Gerardo junior bondit à terre pour voir ce qui s'était passé.

— Tu es venu la faire flamber encore une fois et tu as roulé sur un clou, lâcha Warner. C'est pas de chance.

— Qu'est-ce que vous racontez ?

— Regarde.

Warner craqua une allumette et l'approcha du bois imprégné d'essence, jusqu'à le toucher. Le feu prit rapidement et commença de progresser le long de la base.

— Vous devez être totalement cinglé ! Je m'en vais le leur dire, aux flics, que c'est vous qui avez fait ça ! Je vais leur raconter toute votre sale manigance !

— Tu penses qu'ils te croiront ?

D'une brusque et furieuse détente, le garçon se jeta sur Warner, le renversa d'une violente bourrade, puis fonça vers la route et détala à toutes jambes en direction de sa demeure.

Warner se releva et alla déposer le bidon vide à l'arrière de la voiture du jeune Gerardo, sur le plancher. Puis il se hâta de rejoindre l'autre voiture et démarra aussitôt, tandis que les flammes continuaient leur inexorable progression autour de la maison.

L'aube commençait juste à poindre quand il arriva au motel. Il gara la voiture dans un coin du parking ; aucun signe de vie, nulle part. Il gagna sa chambre sur la pointe des pieds et y pénétra prudemment, sans un bruit. Il ne restait plus qu'à attendre que le téléphone se mette à sonner.

*The Battered Mailbox.*
Traduction de Philippe Kellerson.

© 1983 by Stanley Cohen.

# Chaque soir il pressait la détente

par

ROBERT EDMUND ALTER

C'est vers le milieu du siège de Diên Biên Phu que le capitaine Ortega estima que nous étions « fichus ». Nous vivions dans des casemates et l'officier espagnol occupait la même chambre que moi. Ce jour-là, comme d'habitude, il revint de son service en début de soirée ; il m'adressa un bref signe de tête et entreprit d'ôter sa tenue de combat.

Gardant son revolver, il s'assit devant notre table encombrée et tendit la main vers la bouteille de vin.

— Tu te rends certainement compte que nous sommes perdus, *compadre*, déclara-t-il sans préambule.

Je me hissai sur un coude et le regardai d'un air surpris.

— Tu penses vraiment que la situation est désespérée ?

Il fit un ample geste des mains et des épaules.

— C'est une évidence, *amigo*. Oh, nous tiendrons peut-être encore quelques semaines, mais nous finirons par nous rendre.

— Ce ne sera pas pour autant la fin, Juan. C'est simplement la fortune des armes... Je doute qu'ils nous exécutent.

Il fixa sur moi le regard de ses yeux sombres, hantés par le passé.

— Tu ne comprends pas, dit-il. Tu es anglais, et les Anglais ont l'étrange faculté de considérer leurs défaites avec la même fierté que leurs victoires. Pour ma part, il ne saurait y avoir de reddition. J'en ai fait le serment voici presque dix-huit ans.

Sans doute faisait-il allusion à un incident datant de la guerre civile espagnole. Ortega s'était battu aux côtés des Républicains et avait fui sa terre natale en 1937 pour s'engager dans la Légion. Je m'abstins de tout commentaire, ne voyant pas l'intérêt de discuter avec un homme de sa conception de l'honneur.

Il sortit son revolver de l'étui et l'ouvrit. Il contempla quelques instants les six petites douilles en cuivre logées dans le barillet. Puis...

— As-tu déjà joué à la roulette russe ? me demanda-t-il d'un ton parfaitement naturel.

— Pas pour de bon, répondis-je en souriant.

Il parut agacé.

— Si on ne le fait pas sérieusement, c'est une perte de temps. De l'enfantillage.

Il vida le barillet sur la table, tripota de l'index les six cartouches et en choisit finalement une, qu'il remit dans l'une des chambres. D'un coup sec, il referma le revolver, fit tourner le barillet et appliqua le canon sur sa tempe droite.

Sans me regarder, il pressa la détente.

Le déclic inoffensif résonna dans la pièce comme un coup de tonnerre. Je bondis sur mes pieds.

— Qu'est-ce qui te prend ? hoquetai-je. *Tu es fou ?*

Avec un soupir d'impatience, il entreprit de recharger son arme.

— Une fois par jour, c'est suffisant pour ce genre d'exercice, dit-il. Cela requiert une certaine... euh... préparation psychologique.

Il me parlait comme un instructeur affable expliquant une manœuvre militaire dépourvue d'intérêt.

Il remit le revolver dans son étui et poursuivit :

— J'ai connu autrefois un Russe blanc qui a tenu quarante et un jours à ce jeu. Remarquable, n'est-ce pas ?

Je m'approchai et lui saisis la main.

— Promets-moi de ne jamais recommencer, Juan.

Je ne saurais dire s'il prit ombrage de mon geste ou de ma requête. L'air courroucé, il dégagea sa main.

— Ne dis pas de bêtises. Cette affaire ne regarde que moi.

Soudain, il se détendit. Il m'adressa un sourire et ajouta d'un ton rassurant :

— En outre, *compadre,* les conditions sont extrêmement favorables pour moi : cinq chances contre une. Que pourrait demander de plus un joueur raisonnable ?

Ce soir-là, je ne fis aucune allusion à l'incident devant nos camarades officiers. J'étais encore trop secoué par la scène dont j'avais été témoin pour pouvoir en parler de façon sensée. Par contre, je fis un rêve épouvantable : Ortega était assis à table, en face de moi, et bavardait de choses et d'autres ; soudain, il portait le revolver à sa tempe pour se livrer à une autre séance de roulette russe. Lorsqu'il appuya sur la détente, le coup partit et la balle lui traversa le crâne ; un flot de sang cramoisi gicla dans toute la pièce et m'aspergea de la tête aux pieds. Et moi, j'étais incapable de bouger ou de parler ; je pouvais simplement rester allongé sur mon lit à regarder.

Le lendemain soir, en rentrant de son service, Ortega se débarrassa de son matériel — y compris de son arme — et s'assit pour prendre un verre de vin. Je l'observai attentivement.

— L'un de mes hommes a tué un Viet aujourd'hui, dit-il sur le ton de la conversation. Un tir superbe, à cinq cents mètres de distance. Je l'ai vu grâce à mes jumelles.

— Nous sommes en retard, dis-je. Les autres vont nous attendre au mess.

Il acquiesça et se leva. Après avoir fait notre toilette, nous endossâmes nos plus belles vareuses. A l'instant où je me tournais vers la porte, il claqua des doigts comme s'il se rappelait brusquement quelque chose. Il alla chercher son revolver et entreprit d'enlever les cartouches.

— Juan, pose cette arme, dis-je calmement.

Ses lèvres charnues se pincèrent et il me lança un regard sévère.

— *Amigo,* je n'apprécie pas du tout cette attitude inconvenante que tu as adoptée envers moi. Nous sommes d'excellents amis depuis cinq ans, mais cela ne t'autorise pas à me materner. Je refuse d'être traité comme un enfant demeuré.

Il fit le geste de lever le revolver.

Je bondis sur lui.

Ortega pivota adroitement d'un côté et, d'un revers du bras, me projeta à moitié sur mon lit. Lorsque je me redressai, il se tenait le dos à la porte, le canon de l'arme contre sa tempe. Ses yeux luisaient de fureur contrôlée.

— Je n'en tolérerai pas davantage, Peter ! dit-il avec emportement. Je te prie de ne pas oublier que je suis un officier et un gentleman.

— Juan, pour l'amour du ciel...

Il secoua la tête d'un geste coléreux.

— *Non !* Plus d'interventions de ce genre, tu m'entends ? *Por Dios, hombre,* tu vas trop loin !

Il appuya sur la détente.

Nous descendîmes ensemble au mess, sans échanger un seul mot. Et nous ne nous adressâmes plus la parole ce soir-là.

Mais le lendemain matin, j'allai trouver notre colonel, un corpulent gentleman sanglé dans une vareuse trop serrée. Assis derrière un étroit bureau, il m'écouta d'un air songeur, sans cesser de nouer et de dénouer ses mains jointes devant ses lèvres pincées.

Lorsque j'eus terminé, le colonel entrelaça ses doigts, formant un gros poing charnu qu'il posa sur ses genoux. Puis il émit un soupir.

— Malheureusement, *mon enfant,* dit-il non sans bienveillance, je ne puis rien y faire... *aucun* d'entre nous ne peut rien y faire. Il est difficile pour vous, un Anglo-Saxon, d'apprécier à sa juste valeur une question aussi délicate. Le capitaine Ortega est un officier et un gentleman espagnol. S'il a décidé de jouer à la roulette russe parce qu'il considère la reddition comme inévitable, c'est un point d'honneur qui ne regarde strictement que lui. Nous n'avons pas à nous en mêler.

— *Mais c'est du suicide,* mon colonel ! Ne tenterez-vous même pas de le raisonner ?

Le colonel brandit une main devant moi pour interrompre mes protestations.

— Ce n'est *pas* du suicide ! déclara-t-il avec force. Le suicide est un acte déshonorant.

Apitoyé par mon manque de savoir-vivre, il sourit avant de poursuivre :

— Je déplore grandement, *mon ami,* que le sang qui coule dans vos veines ne vous permette pas de comprendre une affaire aussi simple. Mais puisque tel est le cas, je vais vous présenter le problème sous un aspect que, en votre qualité de soldat, vous saisirez immédiatement. A partir de cet instant, je vous *ordonne* de ne plus vous mêler du sort du capitaine Ortega.

Je quittai l'étroit bureau avec le sentiment très net que le colonel considérait tous les Anglo-Saxons comme d'irrécupérables barbares.

Je fus stupéfait — choqué, plus exactement — de constater que les officiers de notre mess (des Latins, pour la plupart) approuvaient l'attitude d'Ortega et du colonel. En l'absence d'Ortega, ils se réunissaient par petits groupes discrets pour évoquer la situation à voix basse. Le menton entre le pouce et l'index, ils hochaient la tête avec gravité, chacun exposant dans sa langue — ou dans le français de la Légion — sa façon d'appréhender cette délicate affaire.

Seul le lieutenant Ludwig Breyer — naguère colonel sous Rommel — observa une attitude distante.

— Qu'est-ce que des gens civilisés peuvent espérer d'autre d'un Latin ? me dit-il avec dédain. Ils devraient tous être acteurs de théâtre !

En revanche, Vassili Feoklitych, notre unique officier russe, se montra ouvertement enthousiaste. Chaque fois que nous nous rencontrions, il agitait ses grandes mains en un geste d'extase et s'écriait avec emphase :

— Ahhh, Peter ! N'est-ce pas beau ? N'est-ce pas émouvant ? J'en ai le cœur qui éclate, pas toi ?

Excédé, je finis par lui lancer :

— Espèce d'imbécile ! C'est son crâne qui va éclater !

Vassili me considéra avec une stupéfaction teintée de commisération. L'expression de son visage indiquait clairement ce qu'il pensait : *Que tu es donc stupide, Peter !*

D'une voix tonitruante, il répliqua :

— Mais naturellement ! *C'est le but du jeu !*

Les séances de roulette d'Ortega n'avaient pas lieu tous les jours à heure fixe. Tantôt il s'y mettait dès son retour dans notre chambre, tantôt il faisait sa toilette d'abord ; parfois, il passait à l'acte après le dîner ou juste avant de se coucher. Une seule chose était certaine : entre le moment où il quittait son service et le moment où il se mettait au lit, il faisait un bras de fer avec la Mort.

Généralement, j'étais son seul témoin. Mais bien entendu, la nouvelle s'était répandue et, le soir, notre mess recevait la visite d'officiers d'autres casemates qui n'avaient apparemment rien de mieux à faire que de rester là à attendre, dans l'espoir d'être à proximité lorsque la chance tournerait et que le capitaine Ortega se ferait sauter la cervelle.

Par ailleurs, on murmurait que certains pariaient sur le jour exact où le coup finirait par partir. Naturellement, dans notre casemate, personne ne voulut se prêter à un divertissement aussi indigne. Après tout, Ortega était notre ami. J'étais néanmoins suffisamment curieux pour tenter une petite expérience personnelle.

Seul dans ma chambre, je déchargeai mon revolver et plaçai une cartouche vide dans le barillet, que je fis tourner. Puis je tentai ma chance. Lors de la première série d'essais, je gagnai douze fois avant de tomber sur la cartouche. Lors de la deuxième série, la cartouche apparut au cinquième coup. Lors de la troisième série, je ne perdis qu'au dix-huitième coup. Enfin, il y eut une très intéressante série au cours de laquelle la chance me sourit jusqu'au trente-huitième coup ; mais cette expérience ne fut pas concluante, car je dus m'interrompre à ce moment-là pour aller prendre mon service.

Une semaine s'écoula, interminable. Sept fois, Ortega échappa à la cartouche fatale. Même chose les huitième, neuvième, dixième et onzième fois. Puis, le douzième soir, Ortega flancha.

J'étais allongé sur mon lit, les muscles aussi tendus que les mailles du sommier métallique qui me soutenait, moi et mon matelas. J'observais Ortega. Nous avions regagné notre chambre depuis quelques minutes et il finissait de préparer son revolver pour le jeu. Il porta le canon à sa tempe... et hésita. Je vis sa main trembler.

Il abaissa l'arme et, de sa main libre, s'essuya la bouche.

— J'ai l'impression que l'issue est très proche, *amigo,* dit-il simplement.

— Jette donc un coup d'œil sur le barillet, suggérai-je.

Son hésitation dressa entre nous une oppressante barrière de silence. Je m'aperçus que j'étais en proie à un mélange d'émotions contradictoires. Certes, je n'avais aucune envie que mon ami se brûle la cervelle ; mais d'un autre côté, c'était pénible de voir faiblir le courage qui lui avait permis de tenir jusque-là. C'était presque gênant.

Mais finalement, il se ressaisit. Il secoua la tête d'un geste bref et leva le revolver.

— Impossible, dit-il. Ce serait de la triche.

Pour la douzième fois, il pressa la détente.

Je me laissai aller sur mon lit et me préparai à dormir avec la peur aux tripes.

Le treizième jour, on nous largua un commando de parachutistes. Ce renfort ne changeait rien à notre situation ; il ne faisait que différer de quelques jours l'inévitable défaite.

L'un des nouveaux officiers, un certain capitaine Contreras, fut affecté à notre mess. Personne d'autre n'étant disponible, je l'aidai à s'installer dans ses quartiers. C'était un Espagnol de quarante ans, un gentleman très compassé qui me fit un peu penser à Ortega. Lorsque je lui annonçai que je partageais ma chambre avec un de ses compatriotes, il daigna me demander comment s'appelait l'homme en question.

— Le capitaine Ortega, répondis-je.

Contreras se tourna vers moi, l'air intrigué.
— Le capitaine *Alonso* Ortega ?
— Non. Juan Ortega.

Me souvenant que les Espagnols ont généralement quatre ou cinq prénoms devant leur nom de famille, je rectifiai :

— Du moins, c'est tout ce qu'il y a d'inscrit sur son dossier.

— Et... savez-vous s'il a combattu en Espagne, ce fameux Ortega ?

Je lui répondis par l'affirmative.

Contreras inclina lentement la tête et se remit à ranger ses affaires.

— Ma foi, murmura-t-il, attendons d'avoir rencontré ce gentleman. Il est possible que ce ne soit pas le même *hombre*.

Ce soir-là, Ortega fut le dernier à arriver au mess. Lorsqu'il entra, nous étions assis à table et occupés à faire passer le vin. Le capitaine Contreras le dévisagea, posa son verre et se leva.

— *Señor,* dit-il avec raideur en s'adressant au colonel, je ne puis manger à la même table que le capitaine Ortega.

Se tournant vers Ortega, qui s'était arrêté net près de sa chaise, il reprit :

— J'accuse le capitaine Alonso Ortega de lâcheté. J'accuse le capitaine Alonso Ortega de désertion face à l'ennemi. J'accuse le capitaine Alonso Ortega d'avoir capitulé devant la racaille fasciste dans le seul but de sauver sa peau.

Le lieutenant Ludwig Breyer se racla bruyamment la gorge. Le colonel lui adressa un sourire en coin et déclara :

— A mon avis, capitaine, la Légion est un endroit mal choisi pour dire du mal des partis politiques. D'autre part, je n'ai pas très bien saisi *de quelle guerre* vous parliez. Il y en a eu tellement, *mon ami...* Et d'abord, qui est le capitaine *Alonso* Ortega ?

En soldat bien élevé, Contreras traita les problèmes dans l'ordre. Il commença par s'incliner devant Breyer, en disant :

119

— Mes humbles excuses, *señor*.

Puis il se tourna de nouveau vers le colonel :

— Je veux parler de la guerre civile espagnole, *señor*. Le capitaine Ortega et moi-même étions dans la même brigade. Le 19 juin 1937, à Bilbao, cet homme a déserté face à l'ennemi. Et ce même jour, il s'est rendu aux rebelles. Je mets cet homme au défi de se défendre !

Incrédules, nous regardâmes Ortega. Son visage avait la couleur du mastic, mais il ne prononça pas un mot. Il inclina le buste avec raideur, pivota sur ses talons et sortit de la pièce à grands pas.

Ces accusations étaient trop absurdes pour qu'Ortega prît seulement la peine de les réfuter. Il laissait ce soin à ceux qui le connaissaient le mieux. Le colonel observa patiemment Contreras en se passant l'index sur les lèvres, tandis que mes camarades et moi-même accablions de protestations l'officier espagnol. Finalement, le colonel tapota sur la table pour réclamer le silence.

— A mon avis, capitaine Contreras, vous avez dû vous tromper. D'ailleurs, comment pouvez-vous vous rappeler le visage d'un homme que vous avez connu au combat il y a dix-huit ans ? Ne confondez-vous pas avec quelqu'un d'autre ?

Contreras eut un haussement d'épaules conciliant.

— C'est possible, *señor,* naturellement. Mais dans ce cas précis, je ne le pense pas.

— *Hombre,* intervint quelqu'un, il n'y a aucun doute que vous faites erreur. Notre Ortega n'a rien d'un lâche. Il combat tous les jours en première ligne, et à aucun moment il n'a donné l'impression de vouloir détaler.

— Ha ha ! répliqua Contreras. Il est en première ligne, oui ! Mais votre Ortega a-t-il affronté les Viets corps à corps ? Je vous pose la question, *amigo* !

— Eh bien... non, mais...

— *Válgame Dios, hombre,* je puis vous assurer que *si* cela lui arrive — s'il voit l'ennemi avancer baïonnette au canon — *il détalera !*

— Vous insinuez donc qu'il a peur de regarder la mort en face ?

— *Peur ?* répéta Contreras d'une voix aiguë. Il préférerait se mutiler lui-même ! Croyez-moi, je le connais !

— Capitaine Contreras, intervins-je, considérez-vous la roulette russe comme un jeu honorable ?

Contreras me regarda en battant des paupières, déconcerté par cette interruption.

— Honorable ? Mais naturellement !

— Considérez-vous que c'est un jeu risqué ?

— Risqué ? *Sangre de Cristo !* C'est le jeu de la mort !

— Par conséquent, vous considérez que l'homme qui s'y adonne est un gentleman qui n'a pas peur de regarder la mort en face ?

Contreras eut une hésitation marquée. Il était certainement conscient d'avoir été entraîné dans un piège. Mais que pouvait-il faire ? Il acquiesça.

Les autres sourirent, détendus.

— Le capitaine Ortega joue à la roulette russe depuis maintenant deux semaines, annonça le colonel à l'officier espagnol.

Contreras fut abasourdi. Il se caressa la mâchoire et regarda les visages souriants qui l'entouraient.

— J'ai peine à y croire, murmura-t-il enfin. J'étais tellement certain... L'homme que j'ai connu serait incapable de pratiquer ce jeu. Incapable. — Il se tourna vers le colonel. — Excusez-moi, *señor,* mais je dois vous avouer que je n'y croirai pas avant d'avoir vu cela de mes yeux.

Je repoussai ma chaise et me levai.

— Restez dans les parages, capitaine. Je suis sûr que le capitaine Ortega vous donnera satisfaction avant la fin de la soirée.

Je ne me trompais pas. Je n'avais parcouru que la moitié du couloir lorsque j'entendis la détonation.

La force de l'impact avait renversé Ortega de sa chaise. Il gisait près de la table, inerte, recroquevillé sur lui-même. Le trou qu'il avait à la tempe droite était tout petit et très net. Je ne retournai pas le corps pour voir les dégâts causés par la balle. Je savais à quoi m'en tenir.

J'eus tout juste le temps de ramasser le revolver, de l'ouvrir et de regarder à l'intérieur. A cet instant, j'entendis dans le couloir les pas précipités des autres qui accouraient.

Lorsqu'ils entrèrent, je me tournai vers le colonel et lui tendis l'arme sans un mot. Il jeta un coup d'œil sur Ortega, puis il contempla le barillet ouvert.

— Cette fois, murmura-t-il, il avait inversé les probabilités. *Une chance contre cinq.*

Il montra le revolver à Contreras.

— Voilà une regrettable façon de prouver un fait, *mon ami*, mais je crois que cela répond à votre question. Un homme qui a peur d'affronter la mort ne joue pas à la roulette russe *avec cinq cartouches dans le barillet.*

Le capitaine Contreras avait le visage défait.

— Je suis navré, dit-il à voix basse. Vraiment navré.

Une fois le corps enlevé et la chambre nettoyée, je fermai la porte et allai chercher dans mon placard ma cartouchière. Je pris dans ma poche la sixième cartouche — celle que j'avais retirée du revolver d'Ortega juste avant l'arrivée du colonel et des autres — et je la rangeai avec les miennes.

Après tout, Ortega avait été un bon soldat — depuis Bilbao, en tout cas — et un bon ami. Je ne voyais aucune raison pour que son dossier fût entaché d'un suicide.

*Each night he pulled the trigger.*
Traduction de Gérard de Chergé.

© 1960 by H.S.D. Publications.

# L'automobiliste

par

William Brittain

L'automobiliste n'aurait su dire ce qui le poussa à prendre en stop l'homme qui se tenait au bord de la route, le pouce levé. Il avait entendu maintes histoires épouvantables concernant des individus — et, parfois, des familles entières — ayant pris des auto-stoppeurs qui s'étaient révélés dangereux. Ceux qui avaient de la chance perdaient simplement leur voiture et leurs affaires personnelles. Les plus malchanceux, eux, se retrouvaient à la morgue, tués d'une balle de revolver ou horriblement mutilés.

Peut-être s'était-il arrêté parce qu'il se sentait seul. Il conduisait depuis cinq heures de l'après-midi, or il était maintenant neuf heures passées. La voiture était presque neuve ; seule une mince couche de poussière ternissait la luisante carrosserie. Malheureusement, la radio ne marchait pas : quand il l'avait allumée, elle s'était contentée d'émettre des craquements et des grésillements, de sorte qu'il n'y avait pas de voix humaine pour le distraire de son ennui. Il n'y avait que le ruban d'asphalte qui apparaissait dans le faisceau des phares avant d'être englouti par les roues, kilomètre après kilomètre, avec une engourdissante monotonie.

Ou alors, peut-être s'était-il arrêté en souvenir de l'époque où, adolescent, il sillonnait lui-même le pays en auto-stop. En ce temps-là, il y avait des moments où il aurait donné sa chemise pour que quelqu'un s'arrête et lui propose de monter ; il se rappelait combien c'était désespérant de n'avoir toujours pas atteint sa destination à la tombée de la nuit.

L'automobiliste venait d'entrer sur l'autoroute au péage de Spring Valley. D'après l'employé du péage, la route était dégagée au moins jusqu'à Albany. On prévoyait un peu de pluie entre Albany et Utica, mais rien de bien terrible. L'automobiliste prit le ticket que lui tendait l'employé, le fourra au-dessus du pare-soleil et s'engagea dans l'obscurité que trouaient les cataphotes des poteaux indicateurs qui bordaient la chaussée. Tous les quarante mètres, ils scintillaient fugitivement sur son passage comme des yeux de chat. A partir de maintenant, il allait pouvoir rouler pendant six cent cinquante kilomètres sans se soucier de croisements, de feux rouges ni de voitures venant en sens inverse. Il n'y avait que les cataphotes, régulièrement espacés tous les quarante mètres.

Au-delà des postes de péage, l'autoroute s'étrécissait. C'est alors que les phares de la voiture éclairèrent l'homme qui se tenait sur le bas-côté. Un sac de toile était posé à ses pieds. Lorsque la voiture passa devant lui, l'homme agita son pouce d'un air implorant.

Impulsivement, l'automobiliste freina et s'arrêta. Sans lui laisser le temps de faire marche arrière, l'homme courut vers la voiture et passa la tête par la vitre ouverte, côté passager.

— Je peux monter, m'sieur ? demanda-t-il.

L'automobiliste alluma le plafonnier et regarda l'homme. Celui-ci portait un veston et une cravate — un bon point — et n'était pas trop hirsute, encore qu'il aurait eu besoin d'aller chez le coiffeur. Rien à voir avec ces jeunes hippies chargés de sacs à dos et de duvets. L'homme eut un sourire timide.

— Montez, dit l'automobiliste.

Ouvrant la portière, l'homme posa son sac par terre et s'installa confortablement sur le siège en poussant un soupir las. L'automobiliste éteignit le plafonnier et s'engagea dans la voie du milieu. L'aiguille du compteur monta rapidement à cent.

— Où allez-vous ? s'enquit l'automobiliste.

— A Albany, répondit l'homme. Enfin... si vous ne

quittez pas l'autoroute avant. Je dois prendre un emploi là-bas, mais il faut que j'arrive avant huit heures du matin.

— Vous y serez. Moi, je vais à Buffalo. Mais je serai obligé de vous déposer à une bretelle de sortie.

— Ce sera parfait. Je trouverai sûrement une voiture pour me conduire en ville.

Pendant plusieurs minutes, ils roulèrent en silence dans la nuit. Finalement, l'automobiliste demanda à son passager :

— Comment vous appelez-vous, jeune homme ?

— Sam. Sam McCullough. Et je ne suis pas si jeune que ça : j'ai presque vingt-cinq ans.

— Pour moi, c'est jeune, dit l'automobiliste. Vous savez, Sam, je suis heureux de vous aider si vous avez un job qui vous attend à Albany, mais vous devriez savoir qu'il est interdit de faire de l'auto-stop sur l'autoroute.

Il entendit McCullough se trémousser sur son siège, mal à l'aise.

— Vous allez me dénoncer à la police ? demanda McCullough d'une petite voix.

— Non. En fait, je ne sais pas pourquoi je vous dis ça. Il m'est arrivé plusieurs fois dans ma vie de faire du stop, moi aussi. Mais à l'époque, la confiance était plus grande qu'aujourd'hui. J'ai rarement eu des difficultés à me faire conduire là où je voulais aller.

— J'attendais depuis la tombée de la nuit à l'endroit où vous m'avez pris, dit McCullough. Je me cachais dans les buissons chaque fois que j'apercevais quelque chose qui ressemblait à une voiture de police. Ce que je veux dire, c'est que je devais absolument continuer ma route ce soir. Je ne pouvais pas courir le risque de me faire pincer pour auto-stop illégal.

Des points lumineux troublèrent l'obscurité, indiquant qu'ils approchaient d'un village.

— Voilà la sortie de Suffern, dit l'automobiliste. Je vous propose quelque chose. Il y a un restaurant juste après la bretelle : nous pourrions nous y arrêter quelques minutes, le temps de nous dégourdir les jambes et de prendre un café.

— Je n'ai pas envie de café, dit McCullough.

— Vous n'êtes pas en fonds, hein ? N'importe, je vous invite. Ça vous va ?

— Pas de café, répéta McCullough. Je ne veux rien du tout.

— Ah... Dans ce cas, j'espère que vous ne verrez pas d'inconvénient à m'attendre. Ça ne sera pas long : j'aime boire mon café bien chaud.

Il y eut un frôlement de tissu, suivi du bruit sec d'une fermeture à glissière. *Peut-être McCullough a-t-il de l'argent dans son sac,* pensa l'automobiliste. *Peut-être...*

— On ne s'arrête pas, m'sieur, articula McCullough d'une voix âpre.

— Ecoutez, je suis dans ma voiture et je ferai ce que je voudrai. De quel droit...

— Je prends le droit, m'sieur.

Le canon d'un pistolet s'enfonça douloureusement dans les côtes de l'automobiliste, qui eut un sursaut involontaire. La voiture fit une embardée vers le terre-plein central.

— Attention, dit McCullough avec un rictus mauvais.

L'automobiliste redressa brusquement et freina par petits coups.

— Ne vous arrêtez pas, ordonna McCullough. Continuez de rouler, ni trop vite ni trop lentement. A une allure normale, quoi. Pigé ?

Ils dépassèrent le restauroute et se retrouvèrent en pleine campagne. Jusqu'à l'échangeur de Harriman, vingt-cinq kilomètres plus loin, aucun des deux hommes ne prononça un mot.

— A partir d'ici, l'autoroute n'a plus que deux voies, murmura enfin l'automobiliste d'une voix sèche.

— Et alors ? Nous n'avons pas vu plus d'une demi-douzaine de bagnoles. Si jamais vous repérez une voiture de police, ne faites pas le mariolle. Pas d'appels de phares ni rien de ce genre. C'est moi qui ai les atouts en main, ne l'oubliez pas.

Il agita le pistolet sous le nez de l'automobiliste, qui bredouilla :

— Jus... jusqu'où voulez-vous aller comme ça ?

126

L'automobiliste sentait la peur lui nouer l'estomac, au point qu'il se demanda s'il allait vomir. D'une main, il lâcha le volant afin de desserrer un peu sa ceinture de sécurité.

— Suffisamment loin. Plus je serai loin, moins je risquerai de me faire repérer par la police. Dommage, ce patelin me plaisait bien. — Il donna un violent coup de crosse sur le tableau de bord. — Satanée vieille !

— Quelle vieille ? Votre mère ? s'enquit l'automobiliste.

— Non. Je veux parler de la vieille guenon qui habitait cette maison, là-bas, près de Spring Valley. Quand j'ai vu le type et sa femme s'en aller avec les gosses, j'ai pensé que la maison serait vide, vous comprenez ? Je n'avais qu'à me servir. En plus, la porte de derrière n'était pas fermée à clé. Comment aurais-je pu deviner qu'ils avaient laissé grand-maman à la maison ? J'ai visité tout le rez-de-chaussée en raflant quantité de choses intéressantes : une télévision portative, une machine à écrire — et même une épaisse liasse de billets de banque... C'est là aussi que j'ai trouvé ce pistolet. Et puis, juste au moment où j'allais partir, je l'ai vue dans l'escalier, vêtue d'une vieille chemise de nuit. Elle avait l'air d'un cadavre momifié, mais elle avait des poumons en excellent état. Elle s'est mise à hurler tellement fort que j'ai cru qu'elle allait réveiller toute la ville.

— Que... qu'avez-vous fait ? demanda l'automobiliste.

De sa main libre, McCullough caressa le pistolet d'un air songeur.

— Disons simplement qu'elle ne s'égosillera plus, répondit-il.

— Bon, vous avez réussi à vous enfuir, dit l'automobiliste. Et maintenant ?

— Ça va dépendre de vous. Si vous êtes raisonnable — comme vous l'avez été jusqu'à présent — vous aurez peut-être la vie sauve. Si vous tentez quoi que ce soit, on retrouvera votre cadavre dans le fossé. Je n'ai rien à perdre.

— Je ne tenterai rien. Je... je ne veux pas mourir.
— Peu de gens en ont envie, m'sieur.

Tandis que la voiture avalait les kilomètres, l'automobiliste essaya sans succès de contrôler le tremblement de son corps. Il tenait à la vie, mais McCullough était exactement dans le même cas : c'était précisément pour cette raison que le jeune homme braquait un pistolet sur lui.

A l'échangeur de Newburgh, un semi-remorque déboucha brusquement de la bretelle d'accès, juste devant eux. L'automobiliste appuya à fond sur la pédale de frein ; McCullough, lui, retint sa respiration et raidit son pied contre le plancher, comme s'il pensait pouvoir arrêter la voiture par la seule force de sa volonté.

— Imbécile ! glapit McCullough.

Le camion, qui roulait à au moins cent trente, disparut en ferraillant dans l'obscurité tandis que la voiture, un instant déportée, se stabilisait.

Au lieu de répliquer, l'automobiliste se contenta de scruter d'un air pensif le dessin que les phares formaient sur la route. Soudain, il tourna un bouton qui actionna l'éclairage du tableau de bord. Lançant un rapide coup d'œil vers son passager, il le vit tendre la main vers la ceinture de sécurité qui était fixée au plafond de la voiture, entre les deux portières.

— Ne touchez pas à ça ! gronda-t-il.

Surpris par le ton autoritaire de l'automobiliste, McCullough retira sa main. Puis ses lèvres ébauchèrent un sourire.

— Vous ne semblez pas avoir pigé, m'sieur, dit-il d'une voix douce. C'est moi qui donne les ordres, pas vous.

— Ecoutez-moi et ouvrez grand vos oreilles, sinon nous n'aurons plus à nous soucier de savoir qui donne les ordres... pour la bonne raison qu'une patrouille de police récupérera nos restes contre un arbre.

— Continuez de parler, m'sieur. Ça aide à passer le temps.

— Pour commencer, ne touchez pas à la ceinture de sécurité. N'essayez pas de la boucler.

McCullough haussa les épaules.

— Je m'en suis bien passé jusqu'ici, dit-il.

— Bon. Maintenant, posez vos mains à plat sur le tableau de bord. Si vous n'obéissez pas, je jette la voiture contre le premier obstacle qui se présente.

— Vous ne m'intimidez pas beaucoup, dit McCullough. Après tout, si vous faites ça, vous mourrez aussi. Votre ceinture de sécurité ne vous servira pas à grand-chose en cas de collision à cent dix à l'heure.

— C'est justement là que réside la différence entre votre situation et la mienne. Moi, je mourrai de toute façon. Pas vrai, McCullough ?

— Ecoutez, je vous ai dit que je vous laisserais partir si vous ne faisiez pas d'entourloupe. Tout ce que je veux, c'est la voiture.

L'automobiliste secoua lentement la tête.

— Je ne vous crois pas. Vous avez déjà commis un meurtre. Votre unique chance de vous en tirer est de vous planquer dans un endroit où la police ne pourra pas vous retrouver. Si vous me relâchiez, je risquerais de fournir aux flics suffisamment de renseignements pour leur permettre de retrouver votre piste. Vous n'en êtes plus à un meurtre près.

— Ralentissez, bon Dieu ! On roule presque à cent trente !

— Voilà mon arme, McCullough : la vitesse. A cent trente kilomètres à l'heure, vous n'oserez pas tirer.

L'automobiliste écrasa le champignon et la voiture bondit en avant comme un bolide.

— Faites gaffe ! Si vous dérapez sur les gravillons du bas-côté, nous risquons de nous retourner !

— Ne vous en faites pas pour ma façon de conduire. Vous arrive-t-il de lire les pages sportives des journaux, McCullough ? La rubrique des courses d'automobiles ?

— Non, ça m'intéresse pas.

— Dommage. Mon nom vous serait peut-être familier. Vous voyagez en ce moment avec « Lucky » Algood, deux fois vainqueur des vingt-quatre heures du Mans et du Grand Prix de Watkins Glen. Je n'ai jamais

129

eu d'accident sur un circuit, et je n'ai pas l'intention de commencer maintenant.

— Qu'est-ce que vous al... Attention ! Vous avez failli accrocher cette voiture en la doublant.

— Le pistolet, McCullough.

— Eh bien quoi, le pistolet ?

— Jetez-le par la portière. Je ne ralentirai qu'à cette condition.

McCullough émit un petit gloussement.

— Vous me prenez pour un dingue ? Si je balance cet automatique, vous me livrerez aux flics et je serai jugé pour meurtre. Par contre, si vous provoquez un accident, j'aurai peut-être une chance de m'en sortir. Donc, je garde le pistolet.

— Je ne suis pas simplement pilote de courses, dit le conducteur. Je suis également conseiller technique d'une compagnie d'automobiles pour les questions de sécurité. Je parie que vous ne le saviez pas, ça non plus.

— Et alors ?

— Alors, essayez donc de calculer vos chances de sortir vivant d'une collision frontale à cent trente à l'heure. Si vous voulez, je peux vous aider. Nous avons fait des expériences, à l'usine, sur le circuit réservé aux essais. Naturellement, pour ces tests, nos voitures roulaient au maximum à quatre-vingts à l'heure ; cela vous donnera néanmoins une idée de ce qui va vous arriver.

» Dans le dixième de seconde qui suit la collision, les ailes avant, la calandre et le radiateur sont broyés en un tas de ferraille. Pendant le deuxième dixième de seconde, le capot se plie en accordéon et se dresse devant le pare-brise, tandis que les roues arrière se soulèvent du sol. Car voyez-vous, bien que l'avant de la voiture ait été arrêté net par le choc, l'arrière continue sur sa lancée. Instinctivement, vous vous raidissez — exactement comme vous l'avez fait tout à l'heure, quand ce camion a surgi devant nous — et vous avez les jambes brisées net au niveau des genoux.

— Fermez-la, Algood !

— Ça ne vous intéresse donc pas de savoir comment vous allez mourir... ? Durant le troisième dixième de seconde, vous êtes violemment projeté en avant et vos genoux sont broyés par le tableau de bord. Pendant les quatrième et cinquième dixièmes de seconde, la vitesse du véhicule est encore d'environ cinquante-cinq kilomètres à l'heure. Votre tête heurte le dessus du tableau de bord.

» Au sixième dixième de seconde, la carrosserie se ratatine. Entre-temps, le tableau de bord vous a défoncé le crâne. Vos pieds écrabouillés passent à travers la cloison avec une telle force que vous en perdez vos chaussures.

L'automobiliste prit un temps avant de conclure :

— C'est à peu près tout. Les portières s'ouvrent à la volée et les charnières lâchent. Le siège avant, arraché à son support, vous écrase par-derrière. Mais vous n'avez pas à vous tracasser pour ça. Parce qu'à ce moment-là, vous êtes déjà mort.

— Vous... vous avez vraiment vu comment ça se passait ? demanda McCullough.

L'automobiliste acquiesça.

— En visionnant au ralenti des films tournés avec des mannequins de cire sur la piste d'essai. Et naturellement, en tant que pilote de course, j'ai été témoin de quelques accidents graves. Le résultat n'est pas beau à voir, McCullough.

Les lèvres sèches, McCullough esquissa un sourire forcé.

— Vous savez, Algood, vous m'avez fait marcher un moment. Mais vous n'allez pas provoquer un accident si vous pouvez l'éviter. Le temps joue en ma faveur : il y a bien un moment où vous tomberez en panne d'essence.

— J'ai un avantage sur vous : n'oubliez pas que je suis pilote de course... Ces bolides représentent mon gagne-pain. Pourquoi pensez-vous que je vous aie empêché de boucler votre ceinture de sécurité ?

— Où voulez-vous en venir ?

— A une certaine vitesse — pas très élevée, en fait — je peux heurter un obstacle et m'en sortir indemne

131

grâce à ma ceinture de sécurité. Oh ! bien sûr, la sangle me meurtrira la poitrine, mais je serai maintenu sur mon siège. Vous, au contraire, vous serez éjecté. Et là, il y a beaucoup d'hypothèses intéressantes. Peut-être vous assommerez-vous simplement contre le tableau de bord. Mais il se peut aussi que vous passiez à travers le pare-brise : dans ce cas, vous vous ferez une fracture du crâne ou vous aurez la gorge tranchée par les morceaux de verre. Quoi qu'il en soit, je serai vivant, tandis que vous... Ne touchez pas à cette ceinture de sécurité, je vous prie.

La voiture fit une impressionnante embardée. McCullough posa de nouveau ses mains bien en vue sur le tableau de bord.

— Et maintenant, McCullough, jetez le pistolet.

Les doigts de McCullough se crispèrent sur la crosse de l'automatique.

— Je vais...

Il pointa l'arme sur l'automobiliste. Aucun des deux hommes ne parla ; on n'entendait que le crissement des pneus sur la chaussée et le sifflement de l'air contre les vitres. L'automobiliste sentait McCullough soupeser mentalement les deux perspectives qui s'offraient à lui. S'il était capturé, il serait jugé pour meurtre et passerait le restant de sa vie dans une petite cellule : des années gâchées à cause des cris d'une vieille femme. Il y eut un déclic lorsque McCullough enleva le cran de sûreté. Les mains moites de l'automobiliste se crispèrent sur le volant.

D'un autre côté, si McCullough tirait, il risquait de provoquer une collision à presque cent soixante à l'heure, avec le terrifiant carnage que cela entraînerait : le cri aigu de la tôle déchiquetée s'enfonçant dans la chair et les os, la mutilation des corps comprimés par le choc, transformés en une masse informe et sanglante.

Avec un juron, McCullough baissa la vitre et jeta le pistolet par la fenêtre. Un vent piquant fouetta le visage de l'automobiliste et une gerbe d'étincelles apparut dans le rétroviseur lorsque l'arme heurta l'asphalte.

L'automobiliste ralentit et se cantonna au cent à l'heure, vitesse autorisée par la loi.

Arrivé à un toboggan de l'autoroute, au-delà de Kingston, il avisa une voiture de police, portière ouverte et gyrophare en marche. Il s'arrêta à côté de l'auto grise, suffisamment près pour que McCullough ne puisse pas ouvrir sa portière et s'enfuir.

— Lucky Algood ! maugréa McCullough avec dépit tandis que le flic de patrouille lui passait les menottes. Il a fallu que je tombe sur un pilote de courses, alors qu'il y a je ne sais combien de gens qui prennent cette autoroute ! En plus, vous n'avez même pas l'air d'un coureur automobile. Vous êtes trop petit. Trop maigrichon.

— Ce qui compte, McCullough, ce n'est pas la force physique mais la rapidité des réflexes.

— Si vous n'étiez pas un pilote professionnel au courant de tous ces trucs concernant les accidents de voiture, j'aurais réussi à m'en tirer, grogna McCullough. Les flics ne m'auraient jamais retrouvé — et vous non plus.

Sans ménagements excessifs, le policier entraîna McCullough vers la voiture grise et le fit monter devant. Après quoi, il retourna auprès de l'automobiliste.

— McCullough a parlé de Lucky Algood, dit-il. J'ai vu Algood plusieurs fois à la télévision, m'sieur, et je suis sûr d'une chose : ce n'est pas vous.

— Non, répondit l'autre d'une voix douce. Je m'appelle Entwhistle — Ernest Entwhistle — et je tiens une petite librairie à Philadelphie. Tel que vous me voyez, je vais à Buffalo rendre visite à ma fille et à sa famille. En fait, j'ai un cadeau à apporter à mon petit-fils. Un livre. Je l'ai trouvé passionnant à lire. Mais je vais peut-être le laisser à M. McCullough ; je pense que ça l'intéressera. Je pourrai toujours m'en procurer un autre exemplaire.

L'automobiliste sortit de sa poche un mince volume cartonné. Le policier le prit et jeta un coup d'œil sur le titre : *Sécurité sur quatre roues,* de Charles W. « Lucky » Algood.

Sur la couverture, il vit la photographie d'un séduisant jeune homme en train d'ajuster sur ses yeux de grosses lunettes de pilote automobile.

*The Driver.*
Traduction de Gérard de Chergé.

© 1971 by H.S.D. Publications.

# Le chasseur traqué

## par
### Borden Deal

Je m'arrange ordinairement pour ne pas me trouver dans la forêt lors de l'ouverture de la chasse au chevreuil. Ce jour-là, tous les distillateurs clandestins cachent leur alambic et se chauffent les pieds au coin du feu. D'ailleurs, il y a souvent des gars qui en veulent au shérif, et c'est pour eux une excellente occasion de régler leurs comptes à coups de fusil. On peut toujours déclarer que c'était un accident. J'avais donc de bonnes raisons pour me garder de faire ce qui m'occupait justement en ce moment. Mais j'étais là, à l'aube, vêtu d'un blouson rouge et gravissant sans faire de bruit le flanc broussailleux d'une colline, car j'avais sur les bras la tâche la plus lourde qui puisse incomber à un shérif : je m'efforçais de prévenir l'exécution d'un meurtre.

Qui plus est, mon but était aussi d'empêcher un honnête homme de devenir un criminel. Il se trouvait à une certaine distance devant moi, et je savais que ce n'était pas la chasse au chevreuil qui l'intéressait. Parvenu à la crête de la colline, je regardai vers l'autre versant et j'aperçus, en bas, Webb qui traversait une clairière. Il était jeune, proche de la trentaine et capable de se servir habilement du fusil qu'il portait. Je l'avais vu tuer son premier chevreuil alors qu'il n'avait que treize ans et je me souvenais de son sourire de triomphe. En y repensant, j'avais la triste certitude que j'allais avoir beaucoup de mal à me mettre en travers de son projet. Quand l'envie de tuer s'insinue dans l'esprit d'un brave homme, tous ses bons instincts sont pervertis par le but criminel qu'il s'est fixé.

Dépassant le faîte de la colline, je commençai à descendre en me frayant un chemin à travers les broussailles. Je pressentais que Charley Woodring, l'homme que Webb traquait, devait se diriger vers les fonds. Je ne me sentais donc pas très inquiet, sachant que le moment d'agir n'était pas encore venu. Il me fallait intervenir à l'instant décisif, car j'avais naguère essayé de raisonner Webb, mais sans aucun succès.

L'affaire avait commencé à cause de l'épouse de Webb, qui était très jeune et un peu tête folle. Je ne sais pourquoi les femmes ont un faible pour Charley Woodring. Toujours est-il qu'il peut se vanter de nombreux succès, surtout auprès des femmes mariées.

Pour certains hommes, la méchanceté est une seconde nature. Charley Woodring était bon tireur; il avait de l'audace et du cran. Je l'avais engagé comme adjoint, mais au bout de six mois, j'avais dû le révoquer pour m'avoir amené à plusieurs reprises des individus arrêtés qui portaient les traces de sa brutalité.

Charley prenait plaisir à cogner avec la crosse de son revolver. Je lui avais donc retiré son arme et son insigne, car je ne tolère pas qu'un de mes adjoints maltraite un prisonnier, par jeu ou pour tout autre motif.

Je continuais à avancer, apercevant Webb par instants. Charley était le dernier des salauds, soit, mais je devais à tout prix empêcher Webb de le tuer. On ne peut appliquer la loi en se laissant influencer par ses sympathies ou ses antipathies personnelles.

Le terrain s'infléchissait maintenant en pente douce jusqu'à la rivière. Charley était un chasseur plein d'expérience, et je prévoyais qu'il s'offrirait un chevreuil au cours de la journée, à condition de ne pas se faire descendre auparavant par Webb. J'aurais pu mettre celui-ci en prison durant le jour d'ouverture, mais le problème aurait été simplement remis à plus tard. A tout moment, Webb et Charley risquaient de se trouver face à face, l'un et l'autre animés par une volonté de meurtre. Pour moi, c'était aujourd'hui l'occasion ou jamais d'être là, afin de les sauver tous les deux.

Je me rappelais ce qui s'était récemment passé dans la salle de billard. Alors que Charley faisait une partie, Webb était entré. J'étais debout dans le fond, en train de boire un Coca-Cola, et je le vis s'avancer vers Charley et lui mettre la main sur le bras. Webb, quoique musclé et bien bâti, est d'assez petite taille, et il dut lever la tête pour dévisager Charley.

— Charley, dit-il calmement, je veux que tu laisses ma femme tranquille.

Ces paroles s'entendirent dans toute la salle, les conversations cessèrent et les têtes se tournèrent vers les deux hommes.

J'avais déjà quitté à la hâte le fond de la salle, mais tout se passa si vite que je n'eus pas le temps de rejoindre les adversaires.

Charley repoussa la main de Webb en lui disant avec un vilain sourire :

— Si un type n'est pas assez malin pour garder sa femme chez lui, ce n'est pas à moi de me faire du mouron.

Webb lui porta un coup de poing à la bouche. Sous le choc, il recula d'un pas, et je remarquai ses dents qui se teintaient de sang. Saisissant la queue de billard, il se mit à en frapper Webb et le fit tomber. Puis, il s'acharna à lui marteler le visage avec le gros bout. Le malheureux se roulait par terre en essayant d'éviter les coups. La bagarre fut soudaine, impitoyable et affreusement cruelle. Charley, avantagé par la taille, aurait probablement réussi à rosser Webb de ses seules mains. Mais il l'avait attaqué avec une queue de billard.

J'empoignai Charley par l'épaule et lui lançai :

— Ça suffit !

Je n'eus même pas à élever la voix, car il me connaissait. Il s'arrêta et regarda Webb, qui se remettait lentement debout. Je fixai les yeux sur lui. Je peux pressentir un meurtre quand j'ai devant moi un homme dominé par la rage de tuer. Et c'était le cas de Webb. Tout en ne quittant pas celui-ci des yeux, j'ordonnai à Charley :

— Fiche le camp ! Et tout de suite !

Il eut assez de bon sens pour s'en aller sans se presser, en traînant les pieds. Enfin, il était parti.

Je regardai Webb et lui dit :

— Viens avec moi, je vais te nettoyer.

Il m'observa un moment et demanda :

— Est-ce que vous allez me boucler ?

— Non, répondis-je d'un ton conciliant. Allons, viens, tu as une sale blessure à la tête.

Il m'accompagna. Après avoir quitté la salle de billard, nous suivîmes la rue qui menait au tribunal. Je ne prononçai pas un mot avant d'arriver à mon bureau.

— Charley a raison, dis-je : « Si un homme ne peut pas garder sa femme... »

Webb me regarda et je vis dans ses yeux combien il souffrait.

— Qu'est-ce qu'un homme peut faire ? dit-il. Que puis-je faire ? Elsie est jeune, elle aime aller danser.

Je soupirai et m'assis à mon bureau.

— Je voudrais pouvoir te le dire, mon gars. En tout cas, se bagarrer et tuer n'est pas la bonne réponse.

Webb resta un moment silencieux, se tourna vers moi et reprit :

— Vous savez bien que je vais le descendre.

Ma voix et mon regard se durcirent :

— Pas si je peux t'en empêcher.

— Je sais, poursuivit-il, que vous détestez autant que moi Charley Woodring. En le voyant mort, toute la ville s'en ficherait, vous pouvez m'en croire.

Il se tut un instant, les yeux toujours fixés sur moi.

J'acquiesçai d'un signe de tête. Je me sentais déprimé, conscient de ce que mon métier avait parfois d'inefficace.

— Webb, dis-je, Charley Woodring est un homme. Tuer un être humain est un assassinat, et ce n'est pas tolérable. Il existe toujours un autre moyen, un meilleur moyen. Tu devrais le comprendre.

Webb fit dévier notre entretien, en disant sur un ton presque enjoué :

— A propos, c'est demain l'ouverture de la chasse au chevreuil. Est-ce que vous irez ?

— Je ne vais jamais dans les bois le premier jour, répondis-je sur le même ton. Des accidents peuvent arriver.

Sa voix demeurait plaisante, mais l'expression meurtrière avait reparu dans ses yeux. Tout en me rendant compte des pensées qui l'agitaient, j'étais incapable de l'influencer et de le faire changer d'avis. Il était réfractaire à tout raisonnement.

— Je crois que j'irai, dit-il, j'aurai peut-être la chance de rapporter un chevreuil.

Il tourna les talons et sortit du bureau.

Au souvenir de cette conversation, je poussai un profond soupir. Je marchais maintenant plus aisément, car les broussailles se faisaient moins denses. J'avais espéré montrer à Webb à quel point il serait stupide de gâcher sa vie en tuant Charley. J'avais échoué et il ne me restait qu'une seule chose à faire : l'arrêter au moment où il mettrait en joue Charley Woodring. J'avais le devoir de l'en empêcher, même au risque de le supprimer.

Je me retournai pour prêter l'oreille à un tapage provenant des hauteurs. C'était un groupe de jeunes de la ville, qui essayaient de débucher le gibier. J'espérais qu'ils ne viendraient pas de mon côté, car cela risquerait de gêner mes mouvements. Je me hâtai, tâchant de me rapprocher de Webb. A une certaine distance devant moi se trouvait une ancienne cabane de trappeur, inhabitée et tombant en ruine. Je savais que Charley avait tué plus d'un chevreuil à cet endroit, en attendant pour tirer qu'une bande de chasseurs eût rabattu le gibier vers les bas-fonds. Après avoir escaladé une petite butte, j'aperçus la clairière, déserte à ce moment.

Je me dirigeai vers l'est, afin de repérer Webb et pouvoir intervenir avant qu'il ne fasse feu. En regardant entre les broussailles, je vis Charley assis sur l'escalier délabré de la cabane, son fusil sur les genoux, et allumant une cigarette. Je jetai les yeux alentour pour découvrir Webb, mais je ne vis personne. Je résolus de circuler dans les parages, en espérant qu'il n'abattrait pas son ennemi sur-le-champ. Mais, à la réflexion, il me semblait avoir combiné un plan qu'il estimait plus astucieux.

J'étais en train de contourner la clairière quand Webb m'apparut, marchant d'un pas léger parmi les arbres. Je sursautai, craignant qu'il ne m'aperçût, mais après s'être arrêté un instant à une courte distance de moi, il avança vers la clairière. Ne le perdant pas des yeux, je le vis faire halte et se dissimuler derrière un arbre. J'étais sûr qu'il avait repéré Charley.

Webb ne portait pas un blouson et une casquette de couleur rouge. Ses vêtements étaient d'une teinte marron, comme celle des feuilles mortes, et il n'était donc guère visible, sauf quand il se déplaçait. Il connaissait à fond la forêt, et je le savais bon tireur. Depuis le temps où il avait tué son premier chevreuil, je l'avais vu se perfectionner dans l'art de la chasse.

Charley restait assis sur les marches de la cabane, son fusil entre les mains. Il jetait par instants des coups d'œil autour de la clairière. L'attente se prolongeait et le soleil adoucissait peu à peu la fraîcheur de l'air. Je me tenais immobile, jugeant que le moment n'était pas encore venu de désarmer Webb. Il fallait que j'intervienne sans le blesser... et aussi sans dommage pour Charley. Je regardais celui-ci en me disant : « On devrait bien te régler ton compte, espèce de salopard ! Quelqu'un s'en chargera un de ces jours. » Je maîtrisai peu à peu ma colère, en pensant que ce ne serait pas Webb, tout au moins si j'étais capable de le retenir.

J'entendis quelque chose bouger derrière moi dans les broussailles. Sur mes gardes, je me retournai très lentement. C'était un chevreuil de grande taille, et je n'avais jamais vu une bête aussi belle. Il levait fièrement ses bois en marchant sur le sol couvert de feuilles mortes, comme s'il était porté par un nuage. D'où je me trouvais, j'aurais pu l'abattre d'un coup de revolver.

Je l'observais, conscient d'avoir devant les yeux un animal magnifique, que les autres chasseurs n'auraient pas la chance de voir. Il ne m'était pas permis de le tuer ; d'ailleurs, je ne l'aurais pas fait, même si j'en avais eu le droit. Il avait vu passer bien des saisons de chasse, et les jours d'ouverture étaient en quelque sorte gravés dans sa mémoire. Il cherchait un couvert pour s'y abriter, s'éloignant sans peur des hommes armés de fusils.

Je le regardai s'enfoncer dans les sous-bois. Ce

spectacle m'avait ému, mais ce n'était pas le moment de rêver à un chevreuil, fût-il superbe.

Je tournai la tête vers Webb pour m'assurer de sa position. Il observait Charley si intensément qu'il n'avait même pas remarqué la bête.

Soudain, je vis Charley se redresser et lever son fusil. Mes yeux firent le tour de la clairière jusqu'à l'endroit qui avait provoqué son geste, et je vis une biche debout dans les broussailles. Espèce d'imbécile, me dis-je, tu ne vois donc pas que c'est une femelle ? Il se tourna un peu de côté puis, d'un seul mouvement, la mit en joue et tira. On entendit quelques instants la pauvre bête se débattre dans les affres de la mort. Après le claquement du coup de feu, Charley resta immobile pendant une longue minute, tendant l'oreille au cas où le bruit aurait attiré un chasseur. « Il savait que c'était une biche », pensai-je, « et il a tout de même tiré ».

Il se mit debout et marcha rapidement vers la biche, sur laquelle il se pencha. Un couteau luisait dans sa main, et je compris qu'il la saignait. Quant à Webb, il n'avait pas bougé, comme figé, le visage dur, implacable, les yeux toujours braqués sur Charley. Je sentais comme une odeur de meurtre se répandre et polluer l'air pur du matin.

Charley se redressa, jetant autour de lui des regards méfiants. Il allait sans doute emporter la bête vers la route et la cacher dans les bois. Il reviendrait de nuit pour charger dans sa voiture la biche, dont la chasse est prohibée en toutes saisons. Il se pencha de nouveau et souleva le cadavre, qu'il jeta sur son épaule, comme un paquet flasque, de couleur fauve. Je devinai tout de suite son intention. On ne distinguait pas la moindre tache rouge sur ses vêtements, recouverts qu'ils étaient par la dépouille de l'animal, si bien que l'homme se confondait avec les teintes de la forêt d'automne.

Je regardai Webb. Il avait épaulé son fusil et je remarquai son visage crispé. Il allait tuer, j'en étais sûr. Ce serait, bien que prémédité, un accident. Il espérait faire admettre cette explication, quoique s'étant battu avec Charley, parce que ce dernier n'était sympathique à personne. Quand on découvrirait le corps de Charley coincé sous la bête morte...

Pour moi, c'était le moment d'agir. Si je pouvais aider Webb à surmonter cette crise qui le poussait à tuer, je savais qu'ensuite tout irait bien pour lui ; qu'il ne se laisserait jamais plus gagner par les émotions violentes qui l'avaient bouleversé. Mais aucune erreur ne m'était permise, car, moi aussi, je risquais ma peau.

Il prit Charley dans sa ligne de mire, maniant son fusil d'une main sûre. Il s'y connaissait en armes et savait s'en servir pour faire mouche à tout coup. Mais ce qu'il ignorait, c'est que ce meurtre le poursuivrait toute sa vie, même si je ne m'étais pas trouvé là.

— Webb, dis-je d'une voix calme, juste assez haute pour qu'il m'entendît, ce ne serait pas un accident.

A ces mots, il sursauta et se raidit. J'avais mon revolver en main, prêt à tirer s'il m'y contraignait. Je n'aurais pas hésité à le tuer, et il le savait.

— Vous ne pourrez pas m'en empêcher, Jess, fit-il d'une voix hachée par la tension nerveuse. Vous ne serez pas assez rapide.

— Non, répliquai-je, mais je pourrai te faire pendre, Webb.

Il tourna la tête vers moi en maintenant son fusil épaulé. Le visage livide, il me fixait des yeux.

— Vous savez qu'il le mérite, dit-il âprement, laissez-moi le descendre. Ce sera un accident. Il est là-bas, ployant sous la biche qu'il a tuée. Après, il ne fera plus de mal à personne.

Je ne l'écoutai même pas, ordonnant :

— Laisse tomber ton fusil, Webb, et tout de suite.

J'entendais sa respiration haletante. A présent, Charley traversait la clairière, chancelant sous le poids de sa victime, abattue au mépris de la loi. « Si je ne devais pas m'occuper d'abord de Webb, pensais-je, je t'arrêterais, bien que ce ne soit pas de mon ressort, et je te ferais fourrer au bloc. » Mais l'heure n'était pas venue de m'en prendre à ce triste individu. Malgré tout, je ne pouvais oublier que c'était un être humain et que le tuer serait commettre un meurtre.

Webb était toujours en position de tir. Je le savais

prêt à appuyer sur la détente avant que je ne puisse faire un geste. Je levai mon revolver, dans l'idée que je pourrais me borner à le blesser et le faire tomber.

— Vous devez me laisser faire, dit-il d'une voix étranglée par l'émotion. Il le faut !

— Webb, rétorquai-je sans hausser le ton, tu as vu Charley tuer cette biche. Ça t'a fait mal, n'est-ce pas ? Parce que c'était un massacre. Si tu flingues Charley Woodring, tu en souffriras pendant toute ta vie, même si on ne te condamne pas. Ecoute-moi, je sais de quoi je parle.

Mon revolver était braqué sur lui, et je sentais sous mon doigt l'acier froid de la détente.

— Un jour, quelqu'un lui fera son affaire, dit Webb. Autant que ce soit moi.

— D'accord, on lui réglera son compte, et il l'aura bien cherché.

— Il a tué une biche, reprit Webb, il l'a abattue comme un boucher.

Il se tourna de nouveau vers moi et, cette fois, il baissa son arme. Je voyais ses lèvres remuer, son corps trembler, comme parcouru par des frissons qu'il ne pouvait réprimer.

— C'est bon, Jess, dit-il à voix basse, je renonce.

Je me rapprochai de lui tout en remettant mon revolver dans son étui. Désormais, je n'en avais plus besoin. Je posai la main sur son bras et sentis ses muscles tendus. Je me rendais compte de la crise aiguë qu'il traversait.

— Viens avec moi, dis-je posément. Retournons à la voiture.

Il ne tourna même pas la tête vers la clairière où se trouvait Charley, inconscient d'avoir été frôlé par la mort. Webb me précédait d'un pas hésitant, comme s'il ne sentait pas le sol sous ses pieds.

Nous montions péniblement vers l'arête de la colline, d'où nous pourrions apercevoir la clairière. J'entendis quelqu'un venir dans notre direction et je m'arrêtai, debout et à découvert, afin que mon blouson rouge fût bien visible. Un moment après, j'étais rassuré.

— Salut ! Jim, dis-je au garde-chasse, je vous prenais pour un de ces maudits chasseurs de la ville.

— Salut ! Jess, je fais un petit tour d'inspection.

Nous continuâmes d'avancer. Je m'arrêtai tout à coup et m'adressai au garde-chasse :

— Ecoutez, Jim, j'ai l'impression que vous découvririez quelque chose d'intéressant là-bas, à condition de vous hâter.

— Vraiment ? fit-il, en me questionnant du regard.

— Oui, je crois que vous trouverez une biche morte au pied de la colline, près de la clairière.

Ses yeux se fixèrent sur moi, puis sur Webb, et je devinai à quoi il pensait.

— Oui, répliquai-je en pesant mes mots, vous trouverez aussi l'homme qui l'a tirée. Je l'ai vu faire.

— Bien, dit-il, merci, Jess.

Il partit d'un pas rapide, et je continuai à gravir la colline, Webb à mes côtés. Nous atteignîmes le sommet, un peu essoufflés par l'escalade. Je me tournai vers mon compagnon et vis que son regard était plus clair, ses mains plus fermes.

Il s'arrêta et me fit face en soupirant profondément. Sa voix tremblait encore un peu tandis qu'il me disait :

— Vous avez bien fait et j'en suis heureux. Je devais être fou. Tuer un homme de cette façon...

La parole lui manqua et il fut saisi d'un frisson.

— C'est bon, dis-je, n'y pense plus, c'est fini. Et arrange-toi pour aller danser avec Elsie de temps en temps. Qu'est-ce que tu en dis ?

— Je n'ai jamais aimé danser, répondit-il avec une expression embarrassée. Mais je peux toujours essayer.

— Il n'en faut pas davantage. Maintenant, allons jusqu'à la ville.

Il m'observa un moment et demanda :

— Avez-vous l'intention de...

Je secouai la tête et le rassurai :

— Oublions toute l'affaire. Aucune plainte ne sera portée contre toi. On ne peut pendre un homme à cause des pensées qui lui passent par la tête.

Il n'écoutait pas ce que je disais et regardait plus loin. Je le vis lever son fusil et son visage se durcit de nouveau. Moi qui le croyais devenu raisonnable, moi qui pensais que tout était fini ! Paralysé un instant par la stupeur, je m'élançai vers lui, malheureusement trop tard. Il me repoussa brutalement et me fit tomber. Il se remit d'aplomb, ajusta son arme d'un geste précis et fit feu.

A peine la détonation eut-elle retenti que j'étais debout, mon revolver en main.

— Je devrais te descendre, hurlai-je, je devrais te trouer la peau ! Après ce que j'ai...

Je remarquai son visage, redevenu calme.

— Je ne l'ai pas tué, dit-il lentement. Regardez.

Je me tournai vers la clairière. Charley était étendu par terre, son fusil près de lui, et Jim se remettait sur pied en chancelant.

— Il a frappé Jim avec son arme, dit Webb, et il allait lui tirer dessus. Il fallait que je fasse quelque chose... Je devais à tout prix tenter de...

Je m'efforçais d'y voir clair. Bien que tirée de loin, la balle avait arraché le fusil des mains de Charley, que le choc avait fait tomber, donnant ainsi à Jim le temps de se ressaisir. Il était maintenant debout, penché sur Charley qui se débattait sur le sol.

— Tu aurais pu le tuer, dis-je à Webb. Tu peux en être sûr.

— Oui, répondit-il, les yeux fixés sur moi. J'y ai pensé à l'instant même où je le visais. Et puis, j'ai compris que je ne pourrais pas. J'ai compris...

Il se tut, l'air confus. Je lui fis un grand sourire en lui tapant sur l'épaule.

— Viens, dis-je, Jim a besoin de notre aide.

Ensemble, nous redescendîmes vers la clairière.

*Hunters.*
Traduction de F. W. Crosse.

© 1958 by H.S.D. Publications Inc.

# Chevalier de grands chemins

par

THOMASINA WEBER

Prenant garde de ne pas attirer l'attention de la jeune femme, Arthur Trimble quitta derrière elle le parking du restaurant. Elle était au volant d'une voiture rouge vif. Il pouvait donc se laisser doubler sans craindre de la perdre de vue. Ayant tout son temps, il pilotait distraitement son cabriolet sport, gris métallisé, savourant par avance les réjouissances de l'après-midi.

Il l'avait observée durant toute la matinée, tandis qu'elle roulait vers le sud sur la route nationale. Elle avait les cheveux roux, courts et bouclés, et le vert de ses boucles d'oreilles était parfaitement assorti à la veste de son ensemble. Il n'avait apprécié la minceur de sa silhouette qu'au moment où elle était descendue de voiture pour se rendre au restaurant. Cette affaire promettait d'être plus agréable que la précédente. Il s'était alors agi d'une vieille fille, une institutrice, laquelle s'était ri des mises en garde de ses amis lui déconseillant de partir seule pour un long voyage en voiture. Son affolement ridicule avait mis Arthur mal à l'aise car, enfant, il avait toujours eu un grand respect pour les institutrices. Il est vrai que celle-ci ne s'était jamais trouvée confrontée à pareille situation devant les rangées de jeunes visages attentifs à ses cours ; sa réaction était donc bien compréhensible. Aujourd'hui, elle était certainement de retour dans sa classe, moins riche, mais plus avisée.

Arthur décida que le moment était venu de dépasser la voiture de la jeune femme. Il accéléra donc, doubla l'automobile rouge sans regarder sa conductrice et conserva l'accélérateur au plancher pendant près de deux kilomètres. Puis, il s'arrêta à une station-service et regarda s'écouler le flot de véhicules tandis que le pompiste remplissait son réservoir. Lorsqu'il vit passer la voiture rouge, il paya avec une carte de crédit et reprit la route.

Il joua ainsi à saute-mouton jusqu'à la tombée du jour. Il était sûr, maintenant, que la jeune femme s'était habituée à voir son cabriolet. C'était lors d'un voyage en Floride, quelques années auparavant, que l'idée de cette tactique lui était venue pour la première fois. Il avait remarqué qu'au cours d'une journée on dépassait plusieurs fois les mêmes voitures et qu'à leur tour elles vous doublaient. Si bien qu'en atteignant la Floride, les automobilistes avaient l'impression de se connaître même s'ils ne s'étaient jamais parlé. Parfois, néanmoins, ils s'adressaient un signe de la main. Lorsqu'il y avait des enfants dans le véhicule, ils collaient leurs visages contre la vitre arrière et faisaient des grimaces à la personne que leur père venait de dépasser. Arthur avait pris l'habitude de repérer les conductrices solitaires, celles qui payaient en espèces au lieu d'utiliser une carte de crédit.

Tandis que l'obscurité s'épaississait, il remarqua que la voiture de la jeune femme ralentissait quand un motel était en vue. Elle cherchait un endroit où passer la nuit. C'était une fille intelligente : elle voulait s'arrêter de bonne heure, se détendre, puis s'octroyer une bonne nuit de sommeil. Elle reprendrait sans doute la route avant l'aube. En fait, il préférait les lève-tard, mais avec une jolie fille comme celle-ci on pouvait faire des concessions.

Il resta aussi loin d'elle que possible et lorsqu'il la vit tourner à une enseigne lumineuse sur laquelle on lisait, *Piscine,* il ralentit, puis s'arrêta sur le bas-côté de la route. Il attendit une dizaine de minutes, mais ne la voyant pas réapparaître, il roula jusqu'au motel qu'il dépassa lentement. La voiture rouge était rangée devant une porte bleu lavande. L'établissement ne semblait pas complet. Un sourire aux lèvres, Arthur roula jusqu'au premier snack où il dîna d'un hamburger et d'un milkshake. Puis il revint au motel et obtint un bungalow proche de celui de la jeune femme.

Au lieu d'aller chercher sa valise dans la voiture, il plaça un fauteuil près de la fenêtre de sa chambre et disposa ses stores de façon à pouvoir regarder à l'extérieur sans être vu. Il s'assit et attendit.

Il ne s'était pas trompé. Elle parut bientôt dans un maillot de bain une pièce, vert émeraude, et se dirigea vers la piscine. Elle n'avait pas de bonnet de bain. La direction n'aimait certainement pas que les femmes se baignent tête nue, mais elle avait les cheveux courts et, à en juger d'après sa démarche, elle n'était pas du genre à se laisser impressionner par la direction d'un motel. D'ailleurs, il n'y avait aucun risque qu'on lui fît une observation, à moins que le motel ne fût dirigé par une femme.

Trimble attendit qu'elle fût dans l'eau, puis alla chercher sa valise, prenant bien son temps pour que la jeune femme eût le loisir de reconnaître le conducteur du cabriolet qu'elle avait vu plusieurs fois dans la journée, mais eut soin de ne pas regarder dans sa direction.

Il était dommage que sa profession ne lui donnât pas davantage l'occasion de faire jouer sa musculature, pensait Arthur avec regret en se regardant dans le miroir. De fait, les muscles n'avaient aucun rôle à jouer lorsque le travail était effectué correctement. N'empêche qu'il s'était employé à devenir un athlète et avait lieu d'en être fier. Mille fois merci donc à cette jeune rousse d'avoir choisi un motel avec une piscine.

L'eau était bonne, mais contenait trop de chlore. Le temps qu'il traverse le bassin quatre fois et l'inconnue était assise dans un transat, une cigarette à la main. Il n'y avait personne d'autre dans l'eau ni au bord de la piscine. Arthur était donc sûr qu'elle le regardait. Et puisqu'ils étaient seuls, il lui sembla tout à fait naturel de sortir du bassin, l'eau ruisselant le long de sa peau bronzée, puis d'aller s'asseoir près d'elle de sa démarche souple de sportif.

— Merveilleuse soirée, dit-il, rejetant la tête en

arrière et scrutant le ciel à la recherche de la première étoile.

— Oui, n'est-ce pas ? répondit la jeune femme d'un ton neutre, le regard fixé sur la route nationale où la circulation continuait d'être dense.

— Je vous ai remarquée, aujourd'hui, sur la route, reprit Arthur. Aller jusqu'en Floride est un long trajet si vous êtes seule.

Pour la première fois leurs regards se croisèrent et il en frissonna.

— Comment savez-vous que je vais en Floride ?

— Lorsqu'on a déjà effectué le même voyage plusieurs fois, on distingue facilement des autres ceux qui font un long parcours.

Elle eut un petit rire qui excita son désir. Elle prenait un gros risque, une jolie fille comme elle, en voyageant seule.

— En fait, dit-elle, mes vacances viennent juste de commencer. Au bout d'un an, c'est vraiment lassant de travailler dans une banque.

— Oui, sans doute, convint Arthur.

— Etes-vous aussi en vacances ?

— Oui, d'une certaine manière. Je voyage pour vendre du matériel informatique. Mais j'y prends un tel plaisir que je me crois toujours en vacances.

— Quelle chance vous avez ! J'aimerais tirer la même satisfaction de mon travail.

— Vous avez un double moyen d'y remédier, dit Arthur en souriant. Ou vous changez d'emploi, ou vous vous mariez.

Elle rit de nouveau et il sentit la chaleur envahir ses oreilles.

— Je regrette, mais ni l'un ni l'autre n'est envisageable pour le moment.

Elle se mit debout, s'enveloppant de sa serviette de bain.

— ... Il commence à faire froid.

Arthur se leva aussitôt.

— N'allez pas me juger effronté, mais il est encore si tôt... Ne puis-je vous offrir un verre quelque part ?

— Non, je ne le pense pas, répondit-elle avec un rien de distance dans la voix. Bonne nuit.

Il la regarda s'éloigner, se demandant s'il n'avait pas été trop rapide en besogne. C'était tellement plus facile lorsqu'elles le trouvaient sympathique et lui faisaient confiance. Bien sûr, si c'était nécessaire, il pourrait toujours recourir à l'autre méthode mais, vraiment, cela lui déplairait.

De retour dans son bungalow, il se doucha et s'habilla, puis sortit de nouveau. Maintenant, à la piscine il y avait une famille. Et si le petit frère ne noyait pas la petite sœur, c'était bien malgré lui. La mère, coiffée d'un bonnet de bain si serré qu'il lui plissait le front, était étendue jambes et bras écartés sur le bord du bassin. Quant au père, il allait et venait d'un bout à l'autre de la piscine soufflant l'eau de sa bouche, à chaque retour, comme une baleine.

Arthur allait vers sa voiture lorsqu'il remarqua la jeune femme revenant du distributeur de glaçons, un seau à la main. Elle portait une robe vert foncé, ses cheveux étaient feuille morte.

— Bonsoir, dit-il à distance.

— Soirée toujours aussi merveilleuse ? répondit-elle.

— Oui, elle est beaucoup trop belle pour qu'on la passe seul. Accepteriez-vous, maintenant, de prendre un verre avec moi ?

Elle hésita. Arthur la devina en proie à un conflit intérieur.

— D'accord ! finit-elle par dire. Je vais aller chercher ma veste.

Le bourg le plus proche était à vingt kilomètres, mais Arthur y connaissait un bar à l'éclairage tamisé, où l'on jouait de la musique douce.

— J'aime votre voiture, dit-elle, en offrant son visage à la brise du soir.

— Quand on voyage autant que moi, on ne peut avoir de chez-soi ; alors rouler dans une belle voiture compense un peu ce handicap. Je l'ai achetée neuve l'année dernière. Je prends soin d'elle comme d'un enfant. Dès que la moindre petite chose ne va pas, je m'empresse de la réparer.

— Vous, les hommes, vous avez de la chance. Ça doit être tellement rassurant de savoir que si une panne se produit, il vous suffira de lever le capot pour réparer ce qui ne va pas. J'ai toujours pensé que je devrais prendre des leçons avec un mécanicien, mais je ne m'y suis encore jamais décidée.

Arthur prit la main de la jeune femme dans la sienne. Il l'observa, puis passa ses doigts sur les ongles soigneusement recouverts de vernis.

— Je regrette, dit-il, hochant la tête, vous n'avez pas les mains d'un mécanicien. Vous feriez mieux de renoncer à ce projet.

Elle reprit sa main sans brusquerie.

— Vous avez probablement raison. Au fait, vous ne m'avez pas dit votre nom.

— Oh ! Quel impardonnable oubli ! Arthur Trimble, pour vous servir. Et vous… ?

— Phyllis Redmond.

— Demoiselle ?

— Oui, répondit-elle, souriante.

— Comment avez-vous fait pour trouver un endroit aussi charmant ? murmura-t-elle dès que le garçon eut pris leur commande.

Arthur haussa les épaules.

— Lorsqu'on passe autant de temps que moi sur les routes, on finit par connaître beaucoup d'endroits sympathiques.

— Vous devez mener une vie fascinante, dit-elle en s'interrompant de boire son cocktail à petites gorgées. C'est tellement différent d'un travail qui vous tient enchaînée de neuf à dix-sept heures.

— Je ne supporterais pas ce genre de vie ! J'aurais l'impression d'être en prison… Avec un salaire en plus, toutefois.

— On se sent presque insouciante, lorsqu'on part seule. On a l'impression d'être libre pour le reste de sa vie, alors qu'on ne dispose que de deux semaines.

Ses grands yeux brillaient à la lumière de la bougie, mais la flamme vacillait par moments, les laissant sombres et mystérieux. Arthur respirait avec difficulté,

au point de se demander si l'air conditionné fonctionnait bien.
— Vous dansez ? s'enquit-il.
— Volontiers.

Elle était légère et souple dans ses bras. Il sentait la caresse de son souffle, humait son parfum.

— ... Je devine en vous quelqu'un de raffiné, murmura-t-elle.

— Comment pouvez-vous le savoir ?

— La plupart des hommes se croient obligés d'étouffer dans leurs bras la fille avec laquelle ils dansent. Alors que vous me tenez avec délicatesse, tout en suivant parfaitement le rythme de la musique.

Perspicace ! Qualité inhabituelle chez une jolie femme. Généralement, elles ne pensent qu'à elles-mêmes. Pour la première fois, il se sentit gagner par le doute. Peut-être leurs chemins s'étaient-ils croisés pour une autre raison ? Peut-être le destin avait-il en réserve pour eux quelque chose de merveilleux ? Peut-être lui faudrait-il changer ses projets ?

Lorsqu'il arrêta la voiture devant le motel, sa rêverie fut de courte durée. Il avait passé le bras derrière la nuque de la jeune femme, mais au lieu d'un baiser, il reçut une gifle. Les yeux lançant des éclairs, la belle descendit de voiture et rentra au motel.

« Je n'arrive vraiment pas à comprendre cette fille », se dit Arthur en se déshabillant. « Elle accepte de sortir avec moi, se montre très complaisante et puis, soudain, part furieuse. »

Il s'assit dans le fauteuil près de la fenêtre et attendit qu'elle éteigne la lumière. Une fille trop inconstante pour qu'il perde du temps avec elle. Il allait revenir à son projet initial. Une heure après que l'obscurité se fut faite dans le bungalow de la jeune femme, il sortit sans bruit du motel et s'approcha de la voiture rouge.

L'alarme de son réveil se déclencha à deux heures et demie. On ne savait jamais. Il avait vu beaucoup de voyageuses se mettre en route à trois ou quatre heures du matin. Un coup d'œil à l'extérieur lui révéla le véhicule rouge toujours garé devant la porte bleu lavande. Si elle ne partait pas avant l'aube, l'attente serait longue, mais cela faisait partie du jeu.

Il prit une douche froide, s'habilla, puis se mit à son poste d'observation.

Elle sortit du motel à six heures. Il la vit charger sa valise dans le coffre de la voiture, puis engager celle-ci sur l'allée. Elle n'alluma les phares qu'en atteignant la nationale. Arthur consulta sa montre. Il pouvait lui laisser quelques minutes d'avance.

A six heures dix, il prit la route à vitesse modérée. Il constata tout de suite avec satisfaction que la circulation était on ne peut plus fluide. Le jour ne tarderait pas à se lever, mais jusque-là il ne fallait pas manquer la voiture rouge. Bientôt, il l'aperçut rangée sur le bas-côté ; la jeune femme était au volant et semblait avoir du mal pour redémarrer. Il se gara derrière elle et descendit de voiture.

— Bonjour, mademoiselle Redmond, dit-il d'un ton enjoué. Qu'est-ce qui ne va pas ?

— Oh ! Comme je suis contente de vous voir, monsieur Trimble ! Je ne comprends pas ce qui arrive. Je roulais tranquillement lorsque le moteur s'est mis à faire des ratées. J'ai tout juste eu le temps de me garer sur l'accotement avant qu'il ne s'arrête complètement.

— Eh bien, je vais y jeter un coup d'œil. Peut-être pourrai-je faire quelque chose, dit Arthur, levant le capot de la voiture.

— J'ai vraiment eu tort de ne pas prendre ces cours de mécanique !

— Je suis sûr qu'une jolie fille comme vous ne doit avoir aucune difficulté à obtenir de l'aide, rétorqua-t-il, souriant. Oh ! Je vois ce qui ne va pas.

Il rebrancha rapidement le delco.

— ... Avec le mauvais revêtement de la route votre delco s'était détaché.

— C'est sérieux ?

— Oh ! non, mais j'imagine cela aurait pu l'être si vous étiez tombée en panne dans un endroit solitaire.

Il s'essuya les mains sur son mouchoir.

— ... Ça devrait marcher maintenant.

153

— Je ne sais comment vous remercier, monsieur Trimble.

— En m'appelant Arthur, d'abord, Phyllis. Cela me ferait plaisir.

— D'accord, Arthur, répondit la jeune femme avec un grand sourire. Vous avez été très chic.

— Toujours prêt à aider une dame en détresse.

— Permettez-moi de vous offrir un verre ou autre chose pour vous exprimer ma reconnaissance.

La mention de cette « autre chose » intrigua Arthur, mais il n'en laissa rien paraître.

— Ce n'était vraiment rien, répondit-il.

Et tandis que la jeune femme le regardait, il se souvint soudain de la raison pour laquelle il l'avait rencontrée. Tout ce qu'il avait à faire, c'était s'asseoir à côté d'elle et la menacer de son revolver. Il lui prendrait son argent, puis lui donnerait un coup pas trop fort sur la tête afin de pouvoir s'en aller tranquillement. Il s'éclaircit la voix. Il ne s'était encore jamais senti dans cet état. Mais aucune de ses précédentes victimes n'était aussi séduisante que Phyllis Redmond.

Elle le regardait toujours, un sourire aux lèvres.

— J'insiste, dit-elle d'une voix un peu haletante. Suivez-moi jusqu'au prochain village, j'y achèterai une bonne bouteille, et nous irons la boire quelque part.

Bien qu'il fût très tôt, le soleil était déjà chaud. Arthur sentait des gouttes de transpiration couler le long de sa nuque.

— Vous ne me devez rien, répondit-il.

Et en son for intérieur il se disait : « Tu as tout préparé. Passe aux actes maintenant ! »

— Je vous en prie ! insista-t-elle.

— Entendu, je vous suis, Princesse !

Il revint à sa voiture, avec l'idée d'agir lorsqu'il se sentirait tout à fait prêt. Un petit verre auparavant ne lui ferait pas de mal. « Après tout, ces trajets du nord au sud et du sud au nord finissent par être lassants et je mérite bien une petite diversion ! »

Il était près de neuf heures, lorsqu'ils trouvèrent un village avec un marchand de vins et liqueurs. La jeune femme s'arrêta devant la vitrine, entra faire son achat, puis ils repartirent. Au premier croisement, Phyllis tourna à droite et les deux voitures se mirent à danser sur une route cabossée, sinueuse.

Phyllis s'arrêta sous un arbre immense dont les branches feuillues recouvraient toute la largeur de la route. Une vache, étendue derrière une clôture, les regardait avec indifférence. Quittant sa voiture, Arthur monta dans celle de Phyllis, laquelle s'occupait déjà d'ouvrir la bouteille.

— Il y a des gobelets en carton dans la boîte à gants, dit-elle.

Il laissa le couvercle baissé de façon à poser les verres dessus. Phyllis les remplit. Après deux ou trois verres, il se sentirait plus sûr de lui. Et ce serait plus facile si elle était un peu grise. Peut-être parviendrait-il à la rendre suffisamment soûle pour qu'elle ne se souvienne de rien. De toute façon, quelle importance qu'elle se souvienne ou non de lui ? C'était une femme comme les autres.

Elle se rapprocha de lui pour prendre son verre. Il sentit son parfum. Quel dommage ! Que n'était-elle une institutrice ou une petite vendeuse bavarde comme celle du mois dernier !

Elle porta son verre à ses lèvres, tout en restant contre Arthur et but avec lenteur en le regardant fixement. Il étendit le bras derrière elle et posa doucement la main sur son épaule. Elle lui sourit.

— Un autre verre ? chuchota-t-elle.

Il fit oui de la tête, et elle se pencha devant lui pour saisir la bouteille. Il entendit le liquide couler dans son gobelet. Le visage de Phyllis était tout proche du sien. Un long moment parut s'écouler. Instant de délice.

Il ne se souvenait pas d'avoir bu le verre, mais il avait dû le faire car son gobelet était vide et la tête lui tournait. Il n'avait pas regardé l'étiquette de la bouteille et Phyllis avait sans doute choisi un alcool très fort. Le moment était venu de la dévaliser puis de ficher le camp, mais quelque chose l'en empêchait. Au fond de lui-même, il savait qu'il allait la laisser partir. Il ne pouvait pas lui faire ça. Elle était trop jolie, trop gentille et complaisante. En voyageant seule, elle courait un risque...

— Il y a de tout sur les routes, marmonna-t-il. Il faut faire attention.

— Oui, je sais, Arthur, chantonna-t-elle sur un air de « crooner ». Il y a de tout sur les routes.

Il se pencha vers elle pour l'embrasser, puis, soudain, tout s'obscurcit...

Lorsque Arthur rouvrit les yeux, il était entouré d'herbe et d'aiguilles de pin. Il se redressa. A l'exception de la vache, qui ruminait d'un air satisfait, il était seul. Les membres engourdis, il se leva et, en trébuchant, alla jusqu'à sa voiture. Les coussins des sièges gisaient sur le sol, la boîte à gants était ouverte, son contenu répandu sur le plancher et les banquettes. La fouille avait été minutieuse.

Ouvrant sa bouteille thermos, il se versa sur la tête l'eau fraîche qu'elle contenait. Puis il prit un peigne et se recoiffa. Après quoi, il se sentit mieux.

Soudain, il éclata de rire. Avant de plonger la main dans la poche intérieure de sa veste, il sut que son portefeuille ne s'y trouverait plus. Zut, alors! c'était une fille drôlement roublarde! Qu'avait-elle dit avant que le somnifère fasse son effet?

« Il y a de tout sur les routes. »

Arthur entreprit de remettre de l'ordre dans la voiture, tout en pensant à Phyllis. Normalement, elle se serait contentée de prendre l'argent et aurait laissé le portefeuille. Mais elle avait dû avoir une drôle de surprise en s'apercevant qu'il ne contenait pas d'argent ni même un chèque de voyage. Alors, furieuse, elle l'avait emporté pour se venger de sa déception.

— La voiture l'a trompée, dit Arthur à la vache qui continuait de ruminer, imperturbable. Elle a dû croire que j'étais plein aux as.

Se baissant, il ôta le protecteur en caoutchouc de la pédale de frein. Il prit le billet de cinquante dollars qui se trouvait dessous et remit le protecteur en place.

« Voilà une affaire qui ne m'aura apporté que des mécomptes », se dit-il, « mais à elle aussi. »

Il fit faire demi-tour à sa voiture et tout en regagnant la nationale, il eut un sourire.

« Un jour nos chemins se croiseront peut-être de nouveau sur cette route du soleil », se dit-il, « et qui sait ce qui pourra alors en résulter ? »

*Knight of the road.*
Traduction de Philippe Barbier.

© 1963 by H.S.D. Publications.

# Une odeur de meurtre

par

Joe L. Hensley

Je venais de recevoir un nouvel appel de quelqu'un qui affirmait avoir vu Joe Ringer — le énième de l'après-midi — lorsque l'homme entra. Il s'assit et attendit patiemment avant de s'approcher de moi que j'aie donné l'ordre à une patrouille d'aller se rendre compte sur place.

— Pourrais-je vous parler en particulier, shérif? me demanda-t-il poliment.

Je baissai les yeux vers lui.

Il était maigre au point d'en paraître presque décharné. Mon âge environ, supputai-je. La quarantaine. Je lui tendis la main machinalement et il la serra avec une certaine réserve. Il portait un costume de coupe classique, quelque peu froissé et des lunettes aux verres épais. Rien d'anormal en apparence, mais, néanmoins, j'éprouvai une méfiance instinctive et immédiate à son égard. Il sentait la mort et le désespoir, deux choses qui me sont assez familières pour que je les reconnaisse aisément. La plupart des gens croient en quelque chose. Moi, je me suis toujours fié à mon flair.

— Edward Allen Reynolds, se présenta-t-il.

Je hochai la tête.

Mon défunt père m'avait souvent mis en garde contre ceux qui ont assez de vanité pour ne pas se satisfaire d'un seul nom et d'un seul prénom.

— Shérif Spain, répondis-je laconiquement. Je suis très occupé et si c'est avec Joe Ringer que vous désirez vous entretenir, j'ai le regret de vous annoncer qu'il a eu le mauvais goût de nous fausser compagnie cette nuit.

La nouvelle sembla le surprendre.

— J'aurais effectivement aimé lui parler, acquiesça-t-il, mais probablement pas pour la raison que vous pensez. Je désirais seulement connaître le motif de sa présence dans cette ville... Comment a-t-il réussi à s'évader ?

Sa question avait été accompagnée d'un coup d'œil incisif et c'est avec un haussement d'épaules légèrement agacé que j'y répliquai.

— Je serais bien content de le savoir moi-même !

J'avais d'abord pensé qu'il était un de ces journalistes qui avaient envahi Crossville comme un nuage de sauterelles dès que la rumeur de l'arrestation de Joe Ringer s'était répandue, mais maintenant je n'en étais plus aussi sûr.

— Si vous n'êtes pas un reporter, qui êtes-vous ? m'enquis-je.

— Un professeur de psychologie dans une petite université de la côte Est, répondit-il sans hésitation. Actuellement, je suis en congé sabbatique, mais si vous désirez vous assurer de mon identité, vous pouvez appeler le directeur du département de sciences humaines à l'université de cet Etat. Il vous confirmera que j'ai une certaine notoriété.

J'hésitai un instant, mais finalement décidai qu'une telle vérification était inutile.

— Je suis très occupé, fis-je observer à nouveau. Vous le savez, il y a des élections dans quelques mois et mon poste, comme celui de tous les shérifs des Etats-Unis, est en jeu.

Tout en parlant, j'essayais de déchiffrer l'expression de son regard derrière les verres épais de ses lunettes de myope. En vain.

— Si vous désirez avoir d'autres renseignements sur Joe Ringer, poursuivis-je, vous devriez vous adresser plutôt à mon adjoint, Chick Gaitlin. C'est lui qui l'a reconnu à la gare routière et qui a procédé à son arrestation.

Depuis ce haut fait, Gaitlin avait été très sollicité par la presse et cette popularité l'avait rendu très compréhensif à l'égard des chasseurs de scoops.

— C'est avec vous que je désire parler, shérif, refusa Reynolds en baissant la voix, mais pas ici. Bien que je ne comprenne pas encore exactement pourquoi, j'ai de bonnes raisons de croire que Joe Ringer a été attiré sciemment dans cette ville.

Une telle information amena sur mes lèvres un sourire légèrement ironique.

— Mon adversaire aux élections ne cesse de clamer à qui veut l'entendre que je suis un incapable, déclarai-je, et je puis vous assurer qu'il ne manquera pas d'exploiter l'évasion de Joe Ringer. La raison pour laquelle cet assassin est venu ici est donc vraiment, pour le moment, le cadet de mes soucis. Il me faut lui remettre la main au collet, un point, c'est tout. A votre place, je m'adresserais aux journalistes. Ils sont friands de ce genre d'histoires, surtout lorsqu'ils n'ont rien d'autre pour remplir les colonnes de leurs canards. Le sensationnel... De nos jours, il n'y a que ça qui intéresse et, par sa fuite rocambolesque, Ringer est presque devenu un héros, un Robin des Bois des temps modernes, alors qu'il est, en fait, un monstrueux criminel.

— Je vous en prie, insista-t-il en regardant nerveusement autour de lui, j'aimerais vous parler seul à seul pendant quelques instants.

L'opérateur radio nous écoutait avec une curiosité non déguisée. D'après certaines rumeurs, il était à l'origine des fuites qui alimentaient régulièrement la virulente campagne de mon adversaire. Sans doute lui avait-on fait miroiter une promotion si j'étais battu. Je savais qu'il m'en voulait de l'avoir mis à la radio, poste qu'il jugeait indigne de sa compétence. Mais ces rumeurs pouvaient aussi n'être que des ragots... A chaque élection, c'était la même chose. Une vague d'espionite s'emparait du service et tout le monde se méfiait de tout le monde. Pour ma part, j'avais obtenu mon étoile au prix de beaucoup d'acharnement et j'y tenais. N'ayant ni femme ni enfant, mon activité professionnelle avait pris peu à peu une place primordiale dans ma vie.

— D'accord, monsieur Reynolds, acquiesçai-je. Allons dans mon bureau.

Je me levai, le précédai dans la petite pièce aux murs gris et ternes qui m'était réservée de par ma fonction et refermai la porte derrière lui.

— Tout d'abord, déclara-t-il en s'asseyant, j'ai besoin de savoir comment Ringer est arrivé ici.

Je passai derrière mon bureau et pris place en face de Reynolds.

— Le plus simplement du monde, répondis-je d'une voix impersonnelle. En car. Mon adjoint se trouvait par hasard à la gare routière. Il l'a reconnu et appréhendé. C'était hier matin.

Reynolds soupira.

— Ma question était mal formulée... Ce que je voulais savoir, c'était pourquoi il était venu ici, dans cette ville ?

Je le considérai avec surprise.

— Qu'y a-t-il d'extraordinaire à cela ? m'étonnai-je. Crossville est une cité agréable, prospère et en pleine croissance. Nous avons des entreprises qui gagnent de l'argent, une importante centrale électrique et une agriculture satisfaite de son sort. Lisez les dépliants de notre chambre de commerce...

Reynolds secoua la tête.

— Il ne s'agit pas de cela, shérif, affirma-t-il avec gravité. Au cours des dernières années, un grand nombre de pistes que j'ai suivies se sont terminées inexplicablement à Crossville. Avez-vous entendu parler de Peter Green ?

— Non...

C'était inexact, mais je souhaitais que ce soit lui qui parle et non moi.

— J'ai suivi sa trace jusqu'ici, expliqua-t-il en se croisant les mains. Comme il avait une sœur en Floride, j'ai commencé mes recherches là-bas. Dans cet Etat et ceux avoisinants, il était soupçonné d'avoir commis au moins une douzaine de meurtres accompagnés de viols et de divers sévices sexuels. Elle m'a montré sa photo.

Il était assez beau garçon et gagnait sa vie comme chauffeur routier. Or, des jeunes femmes étaient retrouvées assassinées et violentées chaque fois qu'il restait un certain temps à un endroit... Sa sœur m'a dit qu'il était venu à Crossville à la suite d'une offre d'emploi très intéressante que lui avait faite une société de transport. « Les Chargeurs Réunis de l'Ouest Américain. » J'ai vérifié dans l'annuaire et au registre du commerce. Il n'y a jamais eu de société répondant à cette raison sociale... Depuis lors, sa sœur n'a plus eu de nouvelles et j'ai de bonnes raisons de croire qu'elle n'entendra plus jamais parler de lui.

Je me caressai le menton dubitativement.

— Le nom de cette société ne me dit rien non plus, concédai-je, et j'ai toujours vécu ici. Mais, où voulez-vous en venir exactement ?

— D'autres également ont disparu de la même manière, poursuivit-il sans répondre à ma question. William Kole, par exemple. Un ouvrier du bâtiment, assassin avéré lui aussi, mais relaxé au bénéfice du doute. Un monstre qui, d'après les médecins légistes, mutilait ses victimes d'une manière qui dénotait un esprit sadique. Un fils de boucher... Il était originaire de Pennsylvanie, mais habitait San Francisco, jusqu'au jour où, voici quelques mois, il serait venu travailler ici, à votre nouvelle centrale électrique. Je me suis renseigné auprès du secrétariat de la centrale et on m'y a affirmé qu'aucune offre ne lui avait été faite. Personne ne l'a revu depuis lors.

Il secoua la tête. Son visage avait l'expression grave et concentrée d'un homme obsédé par une énigme qu'il ne parvient pas à résoudre.

— Il y en a eu bien d'autres, ajouta-t-il en soupirant après quelques secondes de silence, mais ce sont les deux cas pour lesquels je dispose d'éléments absolument certains.

— Tout cela est très intéressant, admis-je en souriant, mais je vous avoue qu'en ce moment j'ai des préoccupations plus urgentes. Je suis candidat aux prochaines élections et si, dans les heures qui viennent, je ne réussis pas à remettre la main sur Joe Ringer, je pourrai dire adieu à mon étoile. Or, j'aime ce métier et je me flatte de l'exercer consciencieusement.

— J'en suis convaincu, shérif, acquiesça-t-il, et je dois dire que je n'ai entendu que des éloges à votre égard. Pour ma part, tout ce que je désire, c'est l'autorisation de suivre votre enquête en qualité d'observateur. Il est possible que Ringer ait été attiré ici par une offre fallacieuse ; en parlant avec lui, j'espère découvrir qui la lui a faite et pourquoi.

— Votre présence ne pourrait que me gêner, refusai-je sèchement, et je ne vois vraiment pas ce qu'elle m'apporterait.

— Un marché, alors, proposa-t-il. J'ai une idée assez précise de l'endroit où se trouve Joe Ringer...

Il s'interrompit et me jeta un rapide coup d'œil, comme pour voir si j'étais appâté.

— Une idée fondée sur mes recherches, poursuivit-il. Mais, avant de vous en faire part, j'aimerais avoir un renseignement. Est-il possible qu'il ait bénéficié d'une complicité pour son évasion ?

— Ce n'est pas impossible, répondis-je à contrecœur. Il nous a faussé compagnie au moment de la relève. Après avoir parlé avec son avocat, il a été autorisé à sortir de sa cellule pour téléphoner. Comme il n'était qu'inculpé, nous ne pouvions pas, légalement, refuser d'accéder à cette requête et c'est alors qu'il a profité d'un instant d'inattention pour sortir par une fenêtre et s'en aller sans être inquiété. Un commissariat n'est pas une prison et il est difficile d'en surveiller toutes les issues...

— Qui a-t-il appelé ?

J'hésitai.

— Il nous est interdit d'écouter les communications des détenus, objectai-je. Surtout lorsqu'ils ne sont encore que des prévenus.

Reynolds sourit.

— Allons, shérif, murmura-t-il, je ne suis pas un journaliste et vous pouvez être assuré de ma discrétion. Ringer est soupçonné d'au moins trente meurtres, dont plusieurs de femmes et d'enfants. C'est un cambrioleur professionnel qui entre par effraction dans les maisons,

163

tue froidement tous ceux qui ont le malheur de se trouver sur son chemin, vole uniquement les objets et les valeurs ne risquant pas de conduire la police jusqu'à lui et puis s'en va. Il est intelligent, réfléchi et implacable. Deux fois il a été jugé et deux fois relaxé pour insuffisance de preuves. Vous n'aviez donc guère de scrupules à avoir pour...

Je secouai la tête.

— Et si, suggéra-t-il, je vous donnais quelques noms et que l'un d'entre eux soit celui du mystérieux correspondant de Ringer ?

— Je ne suis pas ici pour jouer aux devinettes, monsieur Reynolds, rétorquai-je non sans un léger agacement.

Il sourit à nouveau.

— N'avez-vous pas envie de savoir ce qui se passe dans votre ville ? Un piège a peut-être été tendu à Joe Ringer...

— Un piège ? répétai-je. Et pourquoi lui aurait-on tendu un piège ?

— Pour le tuer.

Cette fois, je perdis patience.

— Alors, bon débarras ! m'exclamai-je. Dans la mesure où sa mort ne gênera pas ma réélection, elle ne m'empêchera vraiment pas de dormir.

— Moi non plus, affirma-t-il doucement, mais dois-je vous rappeler que, jusqu'à présent, vous n'avez jamais retrouvé les corps ? Etant donné la proximité des élections, mon aide n'est donc pas à négliger... Je vous en prie, laissez-moi au moins vous énumérer les noms que je connais.

Je hochai la tête. Il semblait loyal et, après tout, je ne risquais pas grand-chose. Mon instinct, néanmoins, continuait de m'inciter à la prudence. Les enquêtes criminelles sont des affaires délicates...

Il tira une feuille de papier de sa poche, la déplia et commença de lire. Au quatrième nom, je l'arrêtai. Quinn Cowper. Un éleveur que je connaissais bien.

— Comment avez-vous sélectionné ces noms ? questionnai-je avec curiosité.

— J'ai simplement noté ceux de tous les gens qui

habitent Crossville et que j'ai rencontrés à un moment ou l'autre de mon enquête, répondit-il avec franchise. Cowper n'est pas celui qui revient le plus souvent, mais, apparemment, c'est celui qui nous intéresse si nous voulons remettre la main sur Ringer. Une petite visite chez lui s'impose, ne croyez-vous pas ?

J'hésitai à nouveau, mais finalement je me rendis à ses raisons. Une telle visite, effectivement, s'imposait. Je me levai et, ensemble, nous sortîmes de mon bureau. Dans les couloirs, puis dehors, nous croisâmes nombre de mes administrés. Des visages qui, pour la plupart, ne m'étaient pas inconnus. Certains me saluèrent, d'autres pas. Elections obligent...

La propriété de Cowper était située au nord de la ville, au bord d'une route peu fréquentée, loin à l'écart de la nationale. J'y emmenai Reynolds, mais personne d'autre.

Nous dissimulâmes ma voiture qui n'était que trop reconnaissable avec son gyrophare et ses antennes de radio, puis nous gravîmes une petite éminence. A tout hasard, j'avais emporté mon meilleur fusil.

Je savais que du haut de cette colline, on avait une vue plongeante sur les bâtiments d'exploitation du ranch. Une vieille maison délabrée, une grange au toit à demi écroulé et diverses dépendances plus ou moins en ruine. Tout autour, il y avait une solide palissade surmontée de fil de fer barbelé. Dans cette région des Etats-Unis, ce sont les clôtures que l'on répare toujours en priorité.

Nous nous assîmes sur des rochers, qui émergeaient des hautes herbes déjà jaunissantes, et regardâmes. Il n'y avait aucun signe de vie apparent. Rien ne bougeait et aucune fumée ne sortait des cheminées.

— Je parie que votre homme est là, murmura Reynolds.

— A votre place, je serais moins affirmatif, répondis-je. Il y a peu de raisons qu'il soit ici et je commence à me demander pourquoi j'ai accepté de vous accompagner... Sans compter que je ne comprends toujours pas vraiment quel est votre intérêt dans cette affaire.

Il me jeta un coup d'œil étrange.

— J'ai besoin de savoir comment le piège fonctionne, déclara-t-il d'une voix sourde. De quelle manière Cowper attire ces assassins ici et comment, éventuellement, il les fait disparaître.

Je levai la tête et respirai à fond. L'air était vif et une légère brise soufflait du nord, annonciatrice des premiers frimas de l'hiver.

— Pourquoi le sort de ces hommes vous préoccupe-t-il tant ?

A nouveau, une lueur étrange brilla dans son regard.

— Je suis un psychologue, expliqua-t-il, et, depuis toujours, j'ai été intrigué par les mécanismes qui conduisent un individu à se mettre en marge de la société. Au cours des dernières années, j'ai été contraint par les circonstances à limiter le champ de mes recherches et à n'étudier que les cas extrêmes — les assassins et les criminels. Il semble y en avoir de plus en plus, comme si notre occident, par sa permissivité et du fait de l'indulgence de sa justice, constituait un terrain particulièrement favorable à l'éclosion de telles vocations. J'ai donc...

— Contraint par les circonstances ? l'interrompis-je.

— Chut ! m'arrêta-t-il en levant une main fine au point d'en être presque transparente. Quelqu'un vient de sortir sous le porche.

Je redressai la tête. Il y avait effectivement quelqu'un.

— Est-ce Joe Ringer ? questionna-t-il à voix basse.

L'homme avança d'un pas ou deux et sortit de l'ombre. C'était lui. Sa haute et maigre silhouette n'était que trop reconnaissable.

Je hochai la tête.

— C'est bien lui.

— Descendons, suggéra-t-il en se levant nerveusement.

— Non, l'arrêtai-je en lui prenant le bras. On dirait qu'il attend quelqu'un. J'aimerais savoir qui.

Je n'étais pas encore prêt à remettre la main au collet de Ringer. J'avais trop de questions sans réponse concernant Reynolds.

— Il s'agit probablement de Cowper...

Je secouai la tête.

— Non, affirmai-je. Je le connais bien et je sais qu'il est actuellement en traitement à l'hôpital. Cela vous surprendra peut-être, mais je ne vous ai pas attendu pour procéder à quelques vérifications... J'avais espéré que vous saviez qui Ringer était venu attendre ici, ajoutai-je en souriant.

Il secoua la tête.

— Non, franchement, je n'en ai pas la moindre idée, affirma-t-il d'une voix qui avait tous les accents de la sincérité. Alors, que faisons-nous ?

— Nous restons à couvert, répondis-je. Quelqu'un l'a aidé à s'évader et j'aimerais savoir de qui il s'agit. En période d'élections, tous les coups sont permis et je ne serais pas fâché de mettre un nom sur celui qui est à l'origine de celui-ci.

— Tous les coups sont permis... pour vous également ?

Je haussai les épaules et ne répondis rien. Quelques minutes s'écoulèrent en silence, puis, éprouvant un brusque besoin d'agir, de faire quelque chose, je me redressai et pointai la main en direction de la route en dessous de nous.

— Il y a un passage souterrain pour le bétail, là-bas, déclarai-je. Nous allons descendre et l'emprunter pour nous approcher de la maison.

— Peut-être devrions-nous attendre encore un peu ici, murmura-t-il d'une voix hésitante. Jusqu'à présent, nous n'avons pas encore été repérés et...

— C'est moi qui dirige les opérations, monsieur Reynolds, lui rappelai-je sèchement. J'ai toujours l'intention de découvrir qui est le mystérieux correspondant de Ringer, mais j'estime que nous sommes un peu loin et que s'il tentait de s'échapper nous aurions de la peine à le rattraper. Mais si vous préférez rester en arrière, libre à vous. Après tout, vous n'êtes ici qu'en qualité d'observateur...

Il me suivit sans plus protester. En nous dissimulant derrière les arbres et les buissons, nous commençâmes à descendre avec prudence. Entre-temps, Joe Ringer était rentré dans la maison, mais lorsque nous arrivâmes à une cinquantaine de mètres de la maison, une fenêtre s'ouvrit. Le visage froid et calculateur, Ringer scruta la route pendant quelques secondes, puis disparut à nouveau.

Nous nous assîmes et notre attente recommença, longue et fastidieuse. Des myriades d'insectes bruissaient autour de nous et, de temps à autre, une voiture passait sur la route dans un nuage de poussière blanche. A chaque fois, Reynolds se raidissait, mais, invariablement, elles poursuivaient leur chemin sans même ralentir.

Quand le soleil fut presque à l'horizon, nous avançâmes encore de quelques mètres. La lumière baissant, Joe Ringer était revenu sous le porche, visiblement de plus en plus impatient.

— Il va falloir que j'aille le coffrer, grommelai-je finalement. La nuit va bientôt tomber et il serait ennuyeux qu'il profite de l'obscurité pour nous fausser compagnie. Je n'ai pas envie d'être la risée de mon adversaire et de toute la ville.

— Mais, protesta Reynolds timidement, j'ai besoin de savoir qui il attend ! C'est moi qui vous ai conduit jusqu'ici et j'ai...

Je secouai la tête et sans lui répondre sortis en terrain découvert.

— Haut les mains ! criai-je en pointant mon fusil en direction de Ringer.

Le bandit se retourna vers moi.

— Ne bouge pas ou je tire !

Il réagit comme je l'avais escompté. Se jetant sur le côté, il porta désespérément la main à sa ceinture. Par trois fois, j'appuyai sur la détente en visant délibérément la poitrine. A chaque impact, son corps sursauta comme celui d'un pantin désarticulé, puis il s'effondra sur lui-même avec une lenteur irréelle

— Pou... pourquoi avez-vous fait cela ? protesta Reynolds en bredouillant. Je... j'avais besoin de lui !

— Moi aussi, répliquai-je doucement en pensant aux

élections prochaines, mais peu m'importe qu'il soit mort ou vif.

Suivi de Reynolds, je m'approchai du porche avec prudence. Ringer était allongé sur les planches mal jointes, au milieu d'une mare de sang qui s'agrandissait. Je retournai négligemment son corps du bout du pied. Il sentait déjà la mort. Un petit pistolet était tombé à côté de sa main ouverte. Je me baissai pour le ramasser et l'envelopper soigneusement dans un mouchoir en papier. Une pièce à conviction pour étayer la thèse de la légitime défense.

— Vous auriez pu l'arrêter sans le tuer, me reprocha Reynolds, le visage blême.

— Pas sans prendre des risques inutiles, affirmai-je avec assurance. Vous avez vu sa réaction, n'est-ce pas ? C'était lui ou nous.

— Où a-t-il bien pu trouver ce pistolet ? s'étonna-t-il en fronçant les sourcils.

— Dans la maison, peut-être ? suggérai-je tout en retournant méthodiquement les poches du cadavre.

Dès que j'eus trouvé la note manuscrite portant le numéro de Cowper et les indications pour se rendre à son ranch, je pliai la feuille et la mis soigneusement dans mon portefeuille en m'efforçant de paraître aussi naturel que possible.

— Le mystérieux correspondant de Ringer attendait peut-être la nuit pour se manifester, murmura Reynolds avec amertume. Maintenant, il est certain qu'il ne viendra pas... Cependant, je n'arrêterai pas mes recherches pour autant, shérif, ajouta-t-il avec un sourire acide. Je continuerai, envers et contre tout. Quelqu'un a attiré Ringer dans cette ville. Quelqu'un qui ne voulait pas qu'il soit pris par la police et jugé. Quelqu'un...

Alors qu'il parlait, une étrange lueur s'était mise à nouveau à briller dans son regard et je devinai que le cours de ses pensées avait pris un tour dangereux.

Je saisis mon fusil et en pointai le canon vers lui.

Il hocha la tête doucement.

— Votre nom était sur ma liste également, murmura-t-il. A la première ligne.

Je soupirai tristement.

— Jusqu'à présent, je n'avais jamais tué que des assassins, déclarai-je d'une voix empreinte de regret, des monstres qui avaient amplement mérité leur châtiment. Cowper est l'un de mes cousins. Il est très malade depuis plusieurs années et m'a confié les clés de cette maison, une maison bien pratique pour l'œuvre de salubrité à laquelle je me suis voué... Je ne puis, hélas, prendre le risque de vous laisser repartir. Je tiens à mon sommeil et la seule idée que vous soyez en mesure de trahir un jour mon secret gâcherait irrémédiablement mes nuits. Je n'ai nulle haine envers vous, professeur, soyez-en assuré, mais cela ne change rien à la nécessité de votre disparition.

Il me sourit, d'un sourire dans lequel je ne réussis pas à déceler la moindre trace de peur.

— Comment vous y prenez-vous ? questionna-t-il. D'abord pour les repérer, puis pour les attirer ici.

Je lui rendis son sourire. Je pouvais satisfaire sans crainte sa curiosité. Dans quelques minutes, il ne serait plus là pour aller raconter mon histoire.

— Une simple question de flair, murmurai-je. J'ai toujours eu un flair particulier, un flair qui me permet de reconnaître entre mille les gens de la race des Ringer ou des Peter Green. Il y a quelque chose en eux, une odeur, je ne sais pas, qui me les rend odieux et qui me donne une envie irrépressible de tuer. Une envie que j'ai ressentie pour la première fois voici une quinzaine d'années, à mes débuts dans la police. Nous avions arrêté un individu qui avait cette odeur et qui, nous le savions avec certitude, venait d'assassiner une famille entière. Comme nous n'avions pas de preuves, le tribunal l'a condamné à trente jours pour vagabondage. A sa sortie, je l'ai emmené ici et je l'ai exécuté.

— Vous les reconnaissez *à l'odeur* ? s'étonna-t-il.

— Oui, acquiesçai-je. Par ici, il n'y en a plus guère, alors je profite de mes vacances pour aller dans les grandes villes où ils sont les plus nombreux. L'an dernier c'était San Francisco, l'année prochaine ce sera peut-être New York ou Chicago. Je me rends dans un commissariat et, sous prétexte d'une enquête ou d'une autre, je me renseigne sur les bars et les boîtes de nuit fréquentés par la pègre locale. Après, trouver des candidats n'est plus qu'un jeu d'enfant. Bien entendu, par acquit de conscience, j'étudie soigneusement les dossiers de ceux que j'ai choisis, mais, jusqu'à présent, mon flair ne m'a jamais trompé.

— Ensuite, vous les tuez ?
— Pas immédiatement. La plupart d'entre eux sont de vieux renards dont on ne vient pas à bout aussi facilement. A chaque fois, il me faut trouver une ruse, un subterfuge. Joe Ringer, par exemple, s'imaginait avoir un talent d'écrivain. Je me suis donc fait passer pour un éditeur en quête de sensationnel et je lui ai proposé un contrat alléchant pour qu'il raconte ses méfaits. C'est pour en discuter les clauses qu'il est venu à Crossville. Malheureusement, mon adjoint l'a reconnu à la gare routière et il m'a fallu le faire évader, tâche relativement facile pour moi.

— Et Peter Green ?
— Il est venu ici pour diriger ma société de transport.

Il hocha la tête, apparemment ravi de mes explications. A contrecœur, je le mis en joue.

— Pas tout de suite, s'il vous plaît, m'arrêta-t-il en levant la main. J'ai d'abord un certain nombre de choses importantes à vous dire.

Ses yeux brillaient derrière les verres épais de ses lunettes. Pour la première fois, ils semblaient vivants.

— Oui ?
— Tout d'abord, plusieurs de vos hommes m'ont vu partir avec vous.
— Vous vous êtes tragiquement mis dans ma ligne de tir, murmurai-je. On ne pose guère de questions à un shérif venant de débarrasser la société d'un criminel aussi haï que l'était Joe Ringer... Mais, si cela peut vous consoler, vous aurez votre part de gloire. Je ferai de vous un héros, professeur. Ce sera grâce à vous et à vos précieuses informations que j'aurai réussi à retrouver la trace de ce bandit.

— Cela peut marcher, approuva-t-il, mais il y a déjà un certain temps que je traque des assassins. Dans tout le pays, il y a des gens qui me connaissent et sont au courant de mes recherches. Certains de vos collègues, notamment. Avec aucun d'entre eux je ne me suis ouvert autant qu'avec vous, mais, néanmoins, certains pourraient trouver ma mort bizarre.

L'objection ne manquait pas d'intérêt et j'y réfléchis pendant quelques instants.

Finalement, je secouai la tête.

— Je suis désolé, mais je n'ai pas le choix, déclarai-je en soupirant. Si je gagne ces élections, j'aurai, avec un peu de chance, quatre ans de plus pour poursuivre mon œuvre. Une œuvre qui est devenue toute ma vie et à laquelle il m'est impossible de renoncer... Je les hais autant qu'ils nous haïssent. Parfois, il m'arrive de penser que ce sont des mutants, la race qui prendra notre place sur cette terre après nous avoir exterminés. J'imagine un avenir apocalyptique, des cités vidées des braves gens qui les habitent aujourd'hui et peuplées d'assassins se livrant une guerre sans merci...

Ma voix s'était mise à trembler légèrement et il hocha la tête.

— Calmez-vous, shérif, murmura-t-il en souriant. Ne vous ai-je pas dit que c'étaient les circonstances qui m'avaient contraint à m'occuper de ces criminels que vous détestez tant ? Il y a trois ans, un homme est entré chez moi alors que j'étais absent. Il a d'abord tué ma fille. Elle avait dix ans, des yeux pleins d'innocence et toute la vie devant elle. Puis il a battu et violenté ma femme, avant de s'en aller en la laissant pour morte. Elle n'a pas survécu, mais avant d'exhaler son dernier souffle, elle a réussi à me dire ce qui s'était passé et à quoi ressemblait son agresseur.

A mesure qu'il parlait, son sourire s'était effacé et avait fait place à une grimace douloureuse.

— Depuis lors, poursuivit-il d'une voix sourde, je n'appartiens plus vraiment au monde des vivants... N'auriez-vous pas ici, par hasard, un homme d'un mètre quatre-vingts environ, âgé d'une trentaine d'années, le visage blafard et les tempes argentées ?

Je secouai la tête.

— Non... pas encore.

— Dommage...

Une profonde déception s'était inscrite sur ses traits. Je restai silencieux, attendant qu'il continue. J'avais baissé le canon de mon fusil et mon doigt avait lâché la détente.

— N'avez-vous jamais pensé que vous accompliriez d'une manière plus efficace la tâche que vous vous êtes fixée si vous aviez un psychologue professionnel pour vous seconder ? questionna-t-il au bout d'une seconde ou deux.

Je me caressai le menton dubitativement.

Il y en avait encore des centaines, peut-être des milliers... Bien assez, assurément, pour deux.

*Killer Scent.*
Traduction de L. de Pierrefeu.

© 1981 by Joe L. Hensley.

# Cher *corpus delicti*

## par
### WILLIAM LINK & RICHARD LEVINSON

Charles Lowe regarda sa femme. Elle était couchée sur le côté et le nœud du foulard de soie qui lui enserrait le cou évoquait une petite fleur rouge. En approchant de la bouche entrouverte le dos de sa main, il vérifia qu'elle ne respirait plus. Ceci fait, il consulta sa montre et constata qu'il avait encore tout son temps.

Contournant le corps avec précaution, il alla ouvrir la porte-fenêtre et sortit sur la terrasse dallée. Un léger vent soufflant de l'East River rafraîchit son front couvert de sueur. Il demeura un moment adossé à l'un des battants vitrés puis referma la porte-fenêtre derrière lui. Près de la balustrade de la terrasse, se trouvait une rangée de fleurs en pots. Elles avaient été achetées par sa femme et chaque matin leur arrosage était devenu une sorte de rite. Lowe prit un des pots, les soupesa et s'en revint vers l'appartement. Il suffit d'un léger coup asséné avec le pot de fleurs pour que l'une des vitres se répande en éclats sur le parquet du bureau.

Après avoir remis le pot en place, Lowe rentra dans la pièce en laissant la porte-fenêtre entrouverte. A présent, il ne lui restait plus qu'à trouver le sac à main. Où le rangeait-elle ? Dire que, après six ans de mariage, il ignorait encore ce détail.

Il fouilla le bureau et la chambre à coucher avant de repérer le sac sur la table de l'entrée. Bien. Très bien. A présent, tout se présentait on ne peut mieux. Le lendemain matin, en arrivant, la bonne découvrirait le drame. Cela aurait tout l'air d'un cambriolage ayant mal tourné. Après avoir escaladé la terrasse, le voleur s'était introduit dans l'appartement, mais Vivian l'ayant surpris, il l'avait étranglée avec le foulard qu'elle avait autour du cou, avant de s'enfuir en emportant le sac à main.

Sifflotant doucement, Lowe ouvrit son portefeuille contenant les deux billets d'avion. Le plus important restait encore à faire. Il rempocha le portefeuille, boutonna son imperméable et, au moment de quitter la pièce, se retourna. Dans la pénombre, la lumière de l'entrée faisait briller l'alliance au doigt de sa femme.

Respirant bien à fond, Lowe quitta l'appartement. Lorsqu'il atteignit la rue, il leva la tête. Perdue dans l'obscurité, la terrasse était invisible. Lowe fit alors signe à un taxi. « Au coin de la 96$^e$ et du West End », dit-il au chauffeur.

Lorsqu'il descendit du taxi, Lowe trouva que le temps avait fraîchi. Une brume épaisse voilait les réverbères. Où diable est-elle ? pensa-t-il. Je lui avais pourtant bien dit : « A six heures précises. »

Il attendit nerveusement sous la marquise d'un hôtel, consultant fréquemment sa montre. Sa femme avait été la ponctualité même, alors que Sue était toujours en retard. Autant sa femme était vive et ordonnée, autant Sue était lente à réagir et se montrait désemparée comme une enfant dès que survenait une difficulté. Brusquement le visage de Lowe s'éclaira d'un sourire : Sue traversait la rue et le vent faisait voler ses cheveux blonds.

— Je suis en retard ? questionna-t-elle, hors d'haleine.

— Oui, comme toujours. Mais c'est sans importance.

— Le premier bus auquel j'ai fait signe ne s'est pas arrêté. Je ne...

Il posa un doigt sur les jolies lèvres :

— Tout va bien, nous avons largement le temps. Alors, cesse de te tourmenter.

La prenant par le bras, il l'entraîna tout en s'enquérant :

— As-tu pensé à tes lunettes ?

175

— Mes lunettes ?

— Grands dieux ! Je t'avais dit au moins cent fois de ne pas oublier tes lunettes de soleil. A présent, nous allons être obligés de...

— Mais je les ai ! l'interrompit-elle vivement. Je croyais que tu voulais parler des lunettes dont je ne me sers que pour lire.

Lowe eut un hochement de tête excédé :

— Alors, mets-les.

Lorsque ce fut fait, Lowe vérifia que Sue ressemblait ainsi à Vivian : la même petite silhouette bien faite, les cheveux blonds... Oui, quelqu'un ne se livrant pas à un examen approfondi pouvait s'y méprendre et c'était l'essentiel.

— De quoi ai-je l'air comme ça ?

— De mon ex-femme.

Les jolies lèvres frémirent, mais derrière les verres fumés les yeux étaient invisibles.

— Charles, est-ce que tu... ?

— Nous avions dit que nous n'en parlerions pas. Tu te souviens ?

Elle acquiesça d'un petit hochement de tête, tandis qu'il hélait un taxi. Le chauffeur avait un nom hongrois et parlait mal l'anglais. « Autre coup de chance », pensa Lowe.

— Conduisez-nous à Idlewild. Aussi vite que vous le pourrez.

Sue se serra contre lui.

— Tiens, dit-il en lui tendant le sac de Vivian.

— Qu'est-ce que c'est ?

— Tu en auras besoin au bureau de la compagnie aérienne, pour prouver ton identité. Et maintenant, plus de questions. Je te dirai ce que tu dois faire, au fur et à mesure.

Le visage tout proche de celui de Lowe, elle murmura :

— Nous ne devrions peut-être pas... C'est une chose terrible, Charles. Nous...

Il se pencha pour l'embrasser :

— A présent, nous ne pouvons plus reculer. Il nous faut aller jusqu'au bout.

Il la prit par la taille tout en regardant l'autoroute. Bien que la circulation fût très fluide, le taxi roulait nettement au-dessous de la limite.

— Plus vite, dit Charles. Dépêchez-vous !

Bientôt, les immeubles s'espacèrent. Les réverbères étaient ouatés de brume. Au-dessus de leurs têtes, un gros avion vrombit, ses feux clignotant au bout des ailes.

— C'est encore loin ? chuchota Sue.
— Plus que quelques kilomètres.

Un moment plus tard, ils atteignirent la périphérie du gigantesque aéroport. A présent, il y avait davantage d'appareils tournant ou s'élevant dans le ciel noir.

— Déposez-nous au bureau de la Trans-Continental, dit Charles au conducteur.

Le taxi fit un crochet pour contourner une file de voitures, franchit l'entrée principale, puis, tout souriant, le chauffeur s'arrêta devant le bâtiment qu'on lui avait indiqué.

Lowe paya et aida sa compagne à descendre de voiture.

— Je lui ai donné un bon pourboire. Il se souviendra de nous.

Brillamment éclairé, le bâtiment de la Trans-Continental était plein de monde. A peine entré, Lowe dit à Sue :

— Bon, maintenant, à toi de jouer.
— Quoi ?
— Va au comptoir et fais enregistrer nos billets. S'ils te posent la question, dit que nous voyageons sans bagages.

Elle battit des paupières, l'air affolé.

— Mais... Mais je ne sais pas comment m'y prendre... Je n'ai encore jamais...
— Ne te tracasse pas. C'est l'employé qui fera tout le travail. Vas-y.

Il lui étreignit affectueusement le bras, puis la poussa en avant. Sur un dernier regard angoissé, elle se dirigea vers le comptoir.

Lowe regarda la pendule électrique, vérifia que l'heure concordait bien avec celle indiquée par sa montre. Ils disposaient encore de trente minutes avant le décollage. Il prit une cigarette.

— Charles !

Sa voix venait de retentir à travers la salle. Debout devant le comptoir, elle tournait vers lui un visage d'une extrême pâleur et Charles eut le sentiment que tout le monde les regardait.

— Qu'y a-t-il ? cria-t-il en retour.
— Les billets !

Il la rejoignit vivement au comptoir. L'employé souriait.

— Oh ! oui, j'ai oublié de te les donner !

Il sortit son portefeuille et en y prenant les deux billets, il eut la satisfaction de constater que ses mains ne tremblaient aucunement. L'employé pointa, téléphona pour donner confirmation, puis tendit une petite carte à Lowe.

— En montant à bord, donnez ceci à l'hôtesse. Merci, monsieur. Bon voyage.

Lowe salua d'un signe de tête et, prenant Sue par le bras, l'entraîna vers la salle d'attente.

— Je m'en suis bien tirée ?
— Tu as été parfaite.
— Où allons-nous ?
— Boire un verre. Je crois que nous en avons le plus grand besoin.

A présent, ils se tenaient près de la porte d'embarquement. Les deux bourbons que Lowe avait bus lui étaient montés à la tête. Les joues en feu, Sue paraissait presque fiévreuse.

— Charles, je crois que.. que j'ai un peu trop bu...
— Tant mieux. C'est exactement ce qu'il te fallait.

Il la prit par la taille. Elle semblait parfaitement décontractée.

Quand la porte d'accès s'ouvrit, ils furent bousculés par les autres voyageurs et suivirent le mouvement. Lâchant alors sa compagne, Lowe lui demanda :

— Tu sais ce que tu dois faire à présent ?
— Je... Je n'en suis pas tout à fait sûre...

— Dès que nous aurons pris possession de nos places, nous commencerons à nous disputer. A haute voix... afin que tout le monde puisse entendre. Finalement, tu te lèveras d'un air furieux et tu quitteras l'avion.

— Mais à quel sujet allons-nous nous disputer ?

— Peu importe. C'est moi qui commencerai. Tu n'auras qu'à me suivre sur ma lancée.

Une courte rafale de vent leur plaqua un peu de bruine au visage. Devant eux, le grand avion argenté était tout luisant d'humidité.

— Et après avoir quitté l'avion, qu'est-ce que tu fais ? questionna Lowe.

— Je prends un taxi, je rentre directement à la maison, et je n'en sors pas de tout le week-end.

— Bien, très bien. Et ne téléphone à personne. Lundi, je serai de retour et je ferai mon possible pour venir te voir.

— Donne-moi un coup de fil, Charles, je t'en prie. Je ne sais pas comment je pourrai tenir si longtemps sans entendre ta voix !

— Bon, je tâcherai de t'appeler.

Ils avaient atteint l'escalier d'embarquement et il aida Sue à gravir la première marche. A présent, ce n'était plus de la bruine qui tombait, mais bien de la pluie. L'hôtesse de l'air les accueillit avec un sourire professionnel.

— Beau temps ! commenta Lowe avec une grimace expressive.

— Oh ! c'est juste au-dessus de New York, répondit l'hôtesse. Nous en sortirons dès que nous prendrons de l'altitude.

— Le Ciel vous entende ! dit Lowe avec un sourire avant de rejoindre Sue qui retirait déjà son imperméable mouillé.

Elle claquait des dents.

— Je crois que j'ai attrapé froid.

— Alors, tu ferais mieux de garder ton imper.

Il le tint pour qu'elle l'enfile de nouveau, puis lui dit à mi-voix :

— Prends la place au bord de l'allée.

179

Lorsqu'ils furent assis, la deuxième hôtesse s'approcha d'eux :

— Après le décollage, nous servirons du café bien chaud.

— Je m'en réjouis par avance, lui dit Lowe.

Tandis qu'elle repartait, il parcourut du regard l'intérieur de l'appareil. L'avion était presque plein ; debout dans l'allée, des gens rangeaient des bagages à main dans les casiers. La pluie cinglait les hublots, brouillant la vision de l'extérieur.

— Charles, j'ai peur... Je n'aime pas voler quand il fait ce temps-là...

Plongeant son regard dans celui de la jeune femme, Lowe dit :

— Toujours à te plaindre de quelque chose. Je commence à en avoir par-dessus la tête de tes jérémiades !

Elle le considéra d'un air surpris et blessé, avant de comprendre ce qu'il amorçait.

— Pour commencer, tu ne voulais pas venir, continua-t-il à voix haute. A croire que ma compagnie te pèse !

— Ce n'est pas vrai !

— Non ? (Charles repéra du coin de l'œil un vieil homme assis à l'avant qui se tournait pour les regarder.) C'est uniquement mon argent qui t'intéresse. Pour t'acheter des robes, te payer des sorties... Tu passes plus de temps avec tes amis qu'avec moi.

Elle se mit à pleurer. « Excellent ! » pensa-t-il. « Continuons. » A présent, d'autres personnes les observaient.

— J'avais pensé que ce serait une bonne chose de voyager ensemble... que ça nous rendrait de nouveau plus proches l'un de l'autre. Mais voilà maintenant que tu ne veux plus partir.

— Non, et je ne partirai pas ! confirma-t-elle entre deux sanglots en se mettant debout.

— Eh bien, parfait ! Rentre à la maison ! Va-t'en retrouver tes amis. Je m'en fous royalement ! Allez ! Qu'est-ce que tu attends ? Pars !

Elle se rua dans l'allée en criant :
— Tu n'auras pas à me le répéter !
— Mais, madame, protesta le steward, nous allons commencer à rouler !
— Je m'en moque ! Laissez-moi descendre !

Lowe se tourna ostensiblement vers le hublot, tandis que la discussion se poursuivait. Finalement, le steward rouvrit la porte en criant quelque chose que la pluie emporta.

Une des hôtesses se pencha vers Charles :
— Monsieur Lowe... Peut-être que si j'allais lui parler, elle...
— Non, dit-il d'un ton amer. Qu'elle fasse donc ce qu'elle veut ! Je m'en fous !

L'hôtesse eut un hochement de tête et s'éloigna. Par le hublot, Charles put voir qu'on approchait de nouveau l'escalier d'aluminium. Il regarda Sue en descendre les marches. Un court instant, elle leva les yeux vers son hublot, d'un air désemparé, puis s'éloigna en compagnie d'un préposé qui était accouru avec un parapluie ouvert.

Lowe s'abandonna avec satisfaction au confort de son siège. Vingt passagers au moins avaient vu M$^{me}$ Vivian Lowe, au comble de la rage, quitter son mari pour redescendre à terre. Cela permettrait à la police de bien établir ce qui avait dû se passer. M$^{me}$ Lowe avait regagné son appartement au moment où un cambrioleur venait de s'y introduire. Il l'avait tuée avant de prendre la fuite. Et le mari, où était-il ? En plein ciel, à des milliers de mètres d'altitude, ulcéré par la conduite de sa femme. Un alibi absolument parfait.

— Dans quelques minutes, nous allons pouvoir servir le café. En voulez-vous ?

Pleine de sollicitude et de compréhension, l'hôtesse était de retour près de lui.

— Oh ! oui, dit-il avec élan. J'en boirai même plusieurs tasses !

Lowe passa un week-end des plus reposants dans un pavillon de chasse à quelques kilomètres de Montréal. Tout en buvant du whisky canadien en compagnie d'hommes d'affaires venus là pour se détendre, il partagea son temps entre le bridge et la pêche. Quel malheur qu'après deux journées aussi agréables, il s'entende, à son retour chez lui, annoncer la mort tragique de sa femme !

Pendant le vol qui le ramenait à New York, Lowe se mit à imaginer la vie qu'il allait désormais pouvoir mener. Il voyagerait à sa guise, enfin délivré d'une femme qui jetait l'argent par les fenêtres. Il y aurait Sue, bien sûr, mais elle était docile et saurait attendre patiemment qu'il finisse par l'épouser.

Charles regarda par le hublot. L'avion décrivait des cercles au-dessus d'Idlewild, amorçant sa longue descente. Le signal lumineux *Attachez vos ceintures* s'alluma et Lowe eut un sourire d'aise tandis que l'appareil piquait imperceptiblement vers le sol.

Plus tard, au snack de l'aéroport, il commanda un steak et une bière. Il mangea posément, tout en feuilletant le *Times*. Il fut presque surpris de constater qu'il ne s'était pas passé grand-chose dans le monde durant ces deux derniers jours.

Dans le taxi qui le ramenait en ville, Lowe dit au chauffeur de prendre son temps, savourant le plaisir de contempler le paysage ensoleillé.

— A la bonne heure ! approuva l'autre. Ça me change des gens qui sont toujours pressés !

— Ils devraient apprendre à profiter un peu mieux de l'existence.

Quand le taxi l'eut déposé devant son immeuble, Lowe vit que le concierge était occupé à parler au téléphone. Parfait. Il prit l'ascenseur et, parvenu à son étage, se dirigea vers la porte de son appartement.

— Monsieur Lowe ?

Il se retourna tout en cherchant la clef dans sa poche.

— Oui ?

Un petit homme à l'air insignifiant, qui se tenait près de l'escalier, s'approcha, son feutre à la main.

— Lieutenant Fisher, Police du 45ᵉ District, se présenta-t-il.

Lowe fronça les sourcils, tout en pensant : « Bon, nous y voici. Tâchons d'avoir la réaction qui convient. »

— Oui, lieutenant... Que puis-je pour vous ?
— Je suis porteur de mauvaises nouvelles, monsieur Lowe. Durant tout le week-end, nous avons essayé de vous joindre, mais on nous a dit que vous étiez absent de New York.

Lowe sourit en acquiesçant :
— Oui, c'est exact. J'étais à Montréal, où j'ai passé un week-end de détente comme le souhaitait mon médecin.

Apercevant un papier qui dépassait sous la porte, il se baissa pour le prendre.

— C'est au sujet de votre femme, monsieur Lowe. Elle... Elle a été tuée vendredi soir.

Lowe ne réagit pas, continuant de regarder le papier tandis que quelque chose paraissait s'enfler dans sa poitrine : « *Madame Lowe... Ma sœur est tombée malade, alors je pourrai pas venir avant mardi.* »

Le lieutenant Fisher faisait tourner son chapeau entre ses mains.

— Elle revenait de l'aéroport dans un taxi, qui s'est écrasé contre un camion de déménagement...

Comme hébété, Charles fit tourner la clef dans la serrure, ouvrit la porte. Debout dans l'entrée, il porta son regard vers le bureau.

— Nous avons trouvé son sac dans le taxi, continuait Fisher. C'est comme cela que nous l'avons identifiée...

Lowe se sentit au bord de l'évanouissement tandis que, par l'ouverture de la porte, il voyait la main où brillait l'alliance.

— J'ai juste besoin de quelques précisions, dit Fisher. Ce ne sera pas long.

Et comme Lowe demeurait pétrifié, il demanda :
— Puis-je entrer ?

*Dear corpus delicti.*
Traduction de Maurice Bernard Endrèbe.

© 1960 by H.S.D. Publications Inc.

# Poursuite et fin

par

C. B. Gilford

Par ce temps, la journée s'annonçait facile. Pete Krebs était seul de service dans le parc municipal, comme d'habitude d'ailleurs. Mais il faisait tellement mauvais ce jour-là qu'il allait se retrouver vraiment seul. Personne ne sortait par un temps pareil. Le ciel gris était lourd de menaces et un vent amer balayait les clairières avant de s'enfoncer au plus profond des fourrés et des bois. Pete Krebs affronta encore la bourrasque pendant quelques instants avant de se réfugier dans la voiture de police pour une pause bien méritée.

Il avala ses sandwiches et, à midi pile, fit son rapport radio : « Rien à signaler. Personne dans le parc. » Il continuerait sa surveillance jusqu'à la fermeture des grilles, à la tombée de la nuit. Il était payé pour ça, et les contribuables devaient pouvoir profiter de leur parc quel que soit le temps.

Comme pour lui donner raison, une voiture entra quelques minutes avant treize heures. Du haut de la colline où il était posté, Krebs observa la scène à la jumelle. Le véhicule s'arrêta à une centaine de mètres à l'intérieur du parc, et deux passagers en descendirent. Un homme et une femme, apparemment. Krebs les suivit du regard pendant un moment. Se tenant par la main, ils marchaient dans l'herbe grasse. Drôle d'idée. Pete Krebs, pour sa part, aurait plutôt choisi un petit bar discret.

Il continua sa ronde. Le parc était grand, presque

trois mille hectares. Les dimanches d'été, des milliers de personnes venaient s'y promener et il fallait au moins trois policiers pour surveiller tout ce monde. Aujourd'hui, son travail se bornait à sillonner le parc en tous sens pour que les promeneurs éventuels se sentent rassurés par la présence de la police.

Mais on ne peut pas être partout à la fois, et la deuxième voiture était entrée sans qu'il s'en aperçût. Il la découvrit, vide, sur le parking de gravier au bord de la route, en face du sentier de randonnée.

Pete Krebs secoua la tête, incrédule. Encore des amoureux, aucun doute. Mais ceux-ci avaient préféré le sentier, ce qui, aujourd'hui en tout cas, leur assurait cinq bons kilomètres de promenade tranquille dans les bois.

Il examina le véhicule. C'était devenu chez lui un automatisme. Numéro de l'Etat, du comté même. La voiture ne valait sans doute guère plus que ses plaques minéralogiques. C'était une vieille Chevrolet rouillée et toute cabossée, comme on en voit tant pleines de jeunes voyous, par les beaux week-ends d'été. Aujourd'hui, il devait s'agir d'un couple qui n'avait rien trouvé de mieux que le parc pour abriter ses ébats. Mais Pete Krebs n'était pas un voyeur, et on ne le payait pas non plus pour jouer les chaperons. Il nota mentalement le numéro de la voiture, puis continua sa ronde.

Il ne revint sur les lieux qu'une heure plus tard. Il était tombé sur le premier couple — celui qu'il avait repéré aux jumelles — avec qui il avait longuement bavardé. Des gens d'une quarantaine d'années, mariés, et amoureux de la nature. Toutefois le vent glacial avait fini par avoir raison d'eux. Ils avaient parlé des nouveaux arbres que l'on venait de planter.

La vieille Chevrolet rouge était toujours au même endroit, sur le parking, à l'amorce du sentier de randonnée, mais elle n'était plus seule. Une petite Mustang jaune rutilante était rangée à côté. Le conducteur et les passagers éventuels avaient eux aussi disparu.

Pete Krebs fut à la fois intrigué et amusé par la coïncidence. Deux voitures seulement dans cet immense parc, et qui se retrouvaient garées l'une à côté de l'autre ! Peut-être les deux conducteurs s'étaient-ils donné rendez-vous quelque part sur le sentier... Mais cela paraissait peu probable. Les deux voitures n'allaient pas du tout ensemble. Non, les passagers de la Mustang n'avaient rien à voir avec ceux de la Chevrolet. Le plus drôle était que le couple de la Mustang allait sans doute déranger celui de la Chevrolet... La scène vaudrait peut-être le coup d'œil, se dit Krebs, amusé. Mais non, ce n'étaient pas ses oignons.

Ce qui était certain en tout cas, c'est que les deux couples allaient se rencontrer. Un sourire s'esquissa sur les lèvres de Krebs. Il fallait bien s'occuper un peu, par un temps pareil.

Beryl voulait être seule. Elle avait besoin de réfléchir. C'est pourquoi, en voyant la vieille Chevrolet rouge garée à l'entrée du sentier, elle avait failli aller dans un autre coin du parc. Mais elle avait un faible pour le sentier. C'était sa promenade favorite. Aussi décida-t-elle de courir le risque. Tant pis. Après tout, si elle rencontrait quelqu'un, elle n'aurait qu'à presser un peu le pas pour se retrouver seule.

Au début, elle était restée aux aguets, s'attendant à rencontrer le ou les intrus à tout moment. Mais sa vigilance s'était petit à petit relâchée et, après quelques centaines de mètres, elle avait complètement oublié qu'elle n'était pas seule sur le chemin. La forêt s'était refermée sur elle et avait calmé ses angoisses, tel un onguent sur une blessure. Elle se détendit, ralentit l'allure, et se mit à admirer, sans plus se soucier d'autre chose, le feuillage qui avait commencé à jaunir. En ce jour d'automne presque hivernal, les arbres, surpris dans leur splendeur estivale, semblaient vouloir se mettre au diapason de la nature environnante. Beryl avait l'impression que les feuilles changeaient de couleur sous son regard.

« Tu vois », se dit-elle, « la nature s'adapte, elle. Tu peux bien en faire autant, non ? »

Pourquoi ne s'adapterait-elle pas, après tout ? La nature n'était pas seule à connaître le flux et le reflux des saisons. Ce matin elle avait voulu mettre fin à ses jours, lorsqu'une vérité dont elle avait jusque-là refusé de convenir s'était brutalement imposée à elle : il ne l'aimait pas. Peut-être même ne l'avait-il jamais aimée. Il était amoureux d'une autre fille, et cette fille était belle, contrairement à Beryl qui ne l'était pas. C'était aussi simple que cela. Simple mais douloureux. Elle avait voulu se réfugier dans le néant pour oublier sa peine.

Et finalement, elle s'était réfugiée ici, pour être seule dans un endroit qu'elle aimait et qui l'aimait, du moins l'espérait-elle. Cet endroit regorgeait de vibrations amicales. Les couleurs, le silence, agissaient sur ses sens comme une caresse. L'odeur de décomposition encore ténue qu'exhalait la végétation à l'entrée de l'automne l'apaisait.

Elle était si profondément plongée dans ses sensations qu'elle ne remarqua pas devant elle sur la piste sinueuse, les deux taches rouge et bleu au milieu des verts, des jaunes et des bruns, pas plus qu'elle ne perçut le bruit sec de brindilles se cassant sous le poids de ce qui ne pouvait être qu'un écureuil, un lapin ou un oiseau.

Elle fut donc totalement prise au dépourvu lorsque, au sortir d'un tournant en épingle à cheveux, elle tomba nez à nez avec les deux hommes, ou plutôt les deux adolescents, boutonneux et ébouriffés. L'un portait une grosse chemise de laine rouge, l'autre un blouson bleu fluorescent.

Ce furent ce premier choc, cette première réaction de panique, semblable à celle d'un petit animal sans défense face à un féroce prédateur, qui déterminèrent peut-être la suite des événements.

La piste était étroite certes, mais bien tracée, et il y avait assez de place pour permettre à deux promeneurs de se croiser sans encombre. Néanmoins, elle se recroquevilla sur le côté, se plaquant contre les fourrés, comme si le sentier appartenait de droit aux deux jeunes gens qu'elle laissa passer avant de s'éloigner au plus vite en s'efforçant de ne pas prendre ses jambes à son cou.

C'était un comportement de peur. Non pas de peur des inconnus, mais bien plutôt de peur de la terre tout entière à ce moment précis. L'humanité l'avait rejetée. On ne l'aimait pas. Jamais plus on ne l'aimerait. C'est pourquoi elle fuyait stupidement ces deux garçons, ces deux gamins, dont elle ne savait même pas le nom.

Elle marcha aussi vite qu'elle le put, se mettant même par instants à courir, dans l'espoir de se retrouver enfin seule. Au bout d'un moment, elle finit par ralentir et se força à jeter un regard par-dessus son épaule.

Le choc fut encore plus grand que lors de la rencontre. Ils étaient encore là, la grosse chemise de laine rouge et le blouson bleu fluorescent, avec leurs bouilles boutonneuses et leurs tignasses hirsutes, souriant bêtement vingt mètres à peine derrière elle.

Elle se remit en marche, n'osant plus courir cette fois, le cœur cognant dans sa poitrine. C'était maintenant une autre sorte de peur qui l'étreignait. Une peur plus spécifique, plus palpable, plus primitive également. Qui ne venait plus de son esprit, mais de ses tripes et de son sang.

Les deux garçons, qui retournaient à leur voiture, avaient donc changé d'avis pour lui emboîter le pas. Ils la suivaient par ce temps pourri, dans ce parc désert, au plus profond des bois, alors que plus personne ne pouvait la voir ni même l'entendre.

Que pouvait-elle faire ? Rebrousser chemin elle aussi quitte à les croiser de nouveau et leur faire face... mais, la laisseraient-ils passer ? Détaler et tenter de s'enfuir au plus profond de la végétation ? Ou rester calme et continuer de marcher sans prêter attention à leur manège ? Car ils s'amusaient, évidemment. Ce ne pouvait être autre chose. Ils avaient remarqué qu'elle avait peur et ils en profitaient pour s'amuser un peu. Ils auraient pu facilement la rattraper, mais ils se contentaient de la suivre. Ils s'amusaient, ils s'amusaient à lui faire peur.

Elle continua d'avancer. Inutile de se retourner, elle

les entendait derrière elle. Ils n'étaient pas encore fatigués. Il restait encore plus de trois kilomètres de chemin, ils finiraient bien par se lasser. De toute façon, s'ils décidaient de la suivre jusqu'au bout, elle n'aurait plus rien à craindre une fois que le chemin sortirait du bois.

Que pouvaient-ils bien vouloir ? L'asticoter, c'est tout. Deux garçons qui rencontrent une femme seule au coin d'un bois... C'était l'occasion rêvée de lui flanquer la frousse. Et si, plus tard, elle allait se plaindre à la police, ils pourraient toujours affirmer — et à juste titre — n'avoir absolument rien fait.

Elle dut faire un effort considérable pour s'empêcher de piquer un sprint. Elle sentait leurs regards rivés sur elle, sur ses jambes, sur ses hanches. Elle s'était mise en tenue de sport — blouson court et pantalon de survêtement moulant. Elle s'efforça de ne pas penser à leurs regards. Après tout, c'était peut-être après son sac bandoulière qu'ils en avaient. Elle était toute disposée à le leur abandonner, si cela pouvait les faire cesser de la suivre.

Elle envisagea donc la possibilité de laisser son sac sur le sentier et de s'enfuir à toutes jambes. Elle pressa le pas. La panique l'envahit. Elle commit l'erreur de jeter un regard derrière elle, et s'étala de tout son long.

Le pied pris dans une racine, elle se retourna sur le dos, au beau milieu du chemin. Les poursuivants s'étaient également arrêtés, mais leur élan avait réduit l'écart qui les séparait d'elle. Ils étaient immobiles, un rictus pétrifié aux lèvres. Son visage à elle était pétrifié de terreur.

D'interminables secondes s'écoulèrent. Tout en maintenant son regard rivé sur les faciès grimaçants, elle se reprit et réfléchit à toute allure. Ils s'étaient rapprochés d'elle. Elle n'avait aucune chance de les semer et n'osait pas appeler à l'aide. De plus, personne n'entendrait rien et cela risquait au contraire de les rendre agressifs. Non, elle devait rester calme et faire front.

Elle se releva lentement et parvint enfin à briser le silence :

— Que me voulez-vous ?

Ils demeurèrent silencieux et, sans cesser de sourire, s'entre-regardèrent en haussant les épaules.

— Pourquoi me suivez-vous ? s'enhardit-elle.

Le garçon au blouson bleu lâcha un bref ricanement sinistre.

Elle les distinguait mieux maintenant. Dix-huit, dix-neuf ans. Ils avaient passé l'âge d'aller au lycée et n'avaient probablement pas d'emploi, sinon ils n'eussent pas traîné là. Que cherchaient-ils ? Une victime isolée et sans défense comme elle ? Elle avait raison d'avoir la frousse. Des loubards, des voyous minables et dangereux.

— Cessez de me suivre, lança-t-elle d'un ton ferme, proche du commandement.

Un nouveau ricanement émana du blouson bleu.

— Le parc est à tout le monde, répliqua finement la chemise rouge.

Ainsi, ils ne la lâcheraient pas. Il ne restait qu'une solution : la fuite. Mais pas sur le sentier où elle serait trop facile à attraper. Dans les bois ! Leur laisser le sac et disparaître dans les bois ! Peut-être renonceraient-ils à la suivre de peur d'abîmer leurs vêtements ?

La chemise rouge esquissa un pas vers elle.

Elle lâcha son sac et, comme un animal, bondit en un éclair dans les fourrés.

La forêt, qui jusqu'alors avait été son amie la plus sûre, se transforma soudain en un ennemi déchaîné. Les branches s'accrochaient furieusement à ses longs cheveux défaits, lui fouettaient le visage et lacéraient ses vêtements en cherchant à l'enlacer pour la retenir. Elle se défendait bec et ongles, avançant avec obstination mais lentement, comme dans un cauchemar où le rêveur, brûlant de s'enfuir à la vitesse de l'éclair, se trouve submergé par une force invisible et terrifiante qui lui paralyse les jambes, le maintenant comme englué dans une lenteur désespérante.

Soudain, un autre bruit vint couvrir celui de sa fuite et de ses sanglots, le bruit de deux corps massifs qui s'enfonçaient dans le sous-bois, écrasant tout sur leur passage.

Terrorisée, elle continua sa progression. A mesure que ses forces et son courage déclinaient, les branchages griffus se faisaient plus hostiles et pressants. Elle trébuchait, tombait en sanglotant. Mais il lui fallait continuer, c'était vital. Sa chair et son sang le lui ordonnaient, c'était une question de vie ou de mort.

Soudain, devant elle, le sous-bois s'éclaircit. Et à travers les dernières branches, elle aperçut une vaste étendue sombre et lisse réfléchissant le ciel gris. L'étang !

Elle l'avait complètement oublié à cause de l'épais feuillage qui, en été, le rendait invisible du sentier. En hiver par contre, les reflets des eaux noires attiraient le regard à travers les arbres dénudés. Elle s'était promenée plus d'une fois sur la rive boueuse, observant les rats musqués ou les oiseaux, prenant plaisir à briser du pied les premières plaques de glace. Et voilà qu'elle le retrouvait, l'étang, son étang, son vieux camarade !

Jamais auparavant elle ne s'était risquée à y tremper autre chose que la main. La baignade était interdite et de toute façon, il n'est guère recommandé de nager dans un étang de forêt, sauf si l'on est prêt à le partager avec la faune qui y grouille habituellement, serpents compris. Néanmoins, elle n'hésita pas une seconde.

Comme elle était très bonne nageuse, elle n'avait pas peur de l'eau. Mais quand bien même ce n'eût pas été le cas, la crainte d'un étang d'une trentaine de mètres de diamètre et de profondeur inconnue n'eût pas pesé lourd face à la terreur que lui inspiraient ses deux poursuivants.

Elle se précipita dans l'eau à grandes enjambées, comme un animal qui retrouve son élément naturel, et se mit à nager fermement vers le milieu de l'étang.

Peut-être Blouson bleu et Chemise rouge nageaient-ils aussi bien qu'elle. Elle ne s'était pas posé la question : elle avait agi d'instinct, mue par le désespoir. Elle se retourna pour examiner la situation.

Ils s'étaient arrêtés sur la berge, l'observant avec un sourire goguenard. Elle secoua la tête afin de se débarrasser les yeux de saletés et pédala doucement dans l'eau pour rester sur place en attendant de voir ce qu'ils décidaient de faire.

Ils l'avaient quittée des yeux pour se concerter. Mais ils parlaient si bas qu'elle voyait leurs lèvres bouger sans entendre un seul mot de ce qu'ils disaient. Par précaution, elle s'éloigna encore un peu de la rive. Elle espérait qu'ils rebrousseraient chemin, découragés, lui permettant ainsi de nager jusqu'à la rive opposée et de regagner la route la plus proche en coupant à travers bois. Le bain froid lui avait éclairci les idées et la caresse familière de l'eau la rassurait. Elle fit encore quelques brasses pour s'éloigner d'eux.

C'est alors que Chemise rouge abandonna son camarade pour gagner au petit trot l'autre côté de l'étang. Elle s'était jetée elle-même dans la gueule du loup.

Alors, pour la première fois, elle poussa un hurlement. Mais son amie la forêt lui renvoya son cri de désespoir qui ne dépassa pas les limites de la petite cuvette formée par l'étang. Elle hurla follement tant et si bien que, perdant son assise, elle avala une énorme gorgée d'eau fétide, ce qui la calma brutalement. Elle donna un coup de reins pour remonter et ne songea plus à crier.

Elle avait assez à faire pour se maintenir à la surface de l'eau. Et ses bourreaux ne semblaient avoir aucunement l'intention de venir la chercher. Ils n'étaient pas du genre sportif et il faisait encore plus froid dans l'eau que dehors. Comme ils étaient deux, ils n'avaient qu'à attendre qu'elle se fatigue et demande grâce. Ils n'avaient nul besoin de se tremper.

Combien de temps allait-elle pouvoir tenir ? Dans des conditions normales, dans une piscine chauffée ou dans un lac, elle aurait pu barboter des heures durant. Mais aujourd'hui, les effets de ce bain glacé commençaient déjà à se faire sentir, et ses forces déclinaient. Elle pourrait bien sûr chercher à prendre pied quelque part, mais elle resterait de toute façon dans l'eau glacée.

Elle pivota légèrement de façon à pouvoir surveiller les deux garçons en même temps. Ils se tenaient de part et d'autre de l'étang, les mains dans les poches, la tête rentrée dans les épaules pour se protéger du froid. Et toujours ce rictus sur leurs lèvres. Ils avaient la partie belle. Il leur suffisait d'attendre. Ils ne l'avaient pas touchée, pas même menacée. Ils s'étaient bornés à la suivre en ricanant, mais elle était à leur merci.

Aucun des trois protagonistes ne bougea pendant un long moment. Chacun de son côté, ils la fixaient placidement, sans un geste. Le ciel s'assombrissait de plus en plus. La pluie suffirait-elle à les faire partir ? Peut-être. Mais il ne pleuvait pas encore, et ici, dans ce petit creux protégé par la forêt, il n'y avait pas le moindre vent pour décourager ses bourreaux. Beryl tremblait de tout son corps. Elle se forçait à remuer bras et jambes pour éviter l'ankylose totale et se maintenir à la surface.

— Ohé ! fit soudain Chemise rouge.

Regardant ses yeux pour la première fois, elle remarqua qu'ils étaient de la même couleur que l'eau, et totalement dénués d'expression.

— Sortez ! lança-t-il.

Elle ne broncha pas.

— Vous finirez bien par sortir à un moment ou à un autre ! continua-t-il.

Elle se refusa à accepter l'évidence.

Il se pencha en avant et trempa un doigt dans l'eau.

— Plutôt froide, non ?

Elle ne réagit pas.

— Qu'est-ce qu'on fait ? demanda Chemise rouge à Blouson bleu sur l'autre rive.

— On attend.

Attendre. S'ils n'avaient rien d'autre à faire, ils pouvaient rester plantés là jusqu'à la tombée de la nuit. Le parc fermait le soir. Un policier effectuait une dernière ronde pour faire sortir les voitures attardées. S'il remarquait les deux véhicules garés en haut du sentier, il ferait des recherches. Mais ce ne serait pas avant plusieurs heures. D'ici là, elle avait dix fois le temps de mourir de froid ou de se noyer, voire les deux.

Chemise rouge, le plus impatient des deux, s'accroupit sur la rive boueuse et la regarda fixement, un sourire toujours vissé aux lèvres. Sourire inamical et sans joie.

193

Sourire de curiosité d'un gosse cruel contemplant l'insecte dont il a transpercé le corps à l'aide d'une aiguille. Lui voulait-il du mal ? Est-ce qu'un gosse veut du mal au hanneton qu'il empale ? Il s'amuse simplement de ses contorsions brouillonnes et futiles. Mais si l'insecte parvenait à s'échapper, ne fût-ce qu'un instant, le gamin l'écraserait-il ?

Chemise rouge, dont l'impatience grandissait, plongea les doigts dans la boue lisse et noire de la berge. Ce geste machinal sembla lui donner une idée. Il creusa avec plus de détermination. En un instant, il eut rassemblé au creux de sa paume une petite boule de boue, tendit le bras et la jeta.

Beryl fut trop stupéfaite pour songer à esquiver. Le projectile manqua sa cible d'un mètre mais en touchant la nappe liquide il lui éclaboussa le visage, l'obligeant à battre des paupières. Chemise rouge éclata d'un rire hennissant.

Il se releva et beugla à l'adresse de son camarade :
— On s'entraîne ?

Comme deux mômes qui viennent de trouver un jeu nouveau, ils entreprirent séance tenante d'arracher des mottes de terre grasse qu'ils roulaient entre leurs paumes et lui expédiaient à la figure. Ils gloussaient tout en jouant, ponctuant leurs tirs de défis et de commentaires sur leur habileté respective. Ils n'étaient pas très doués. Visiblement, ils n'avaient pas dû jouer souvent à la balle à la sortie de l'école. Les trois quarts du temps, ils la rataient de beaucoup. En leur présentant son profil, Beryl parvenait à les voir tous les deux et esquiver à peu près. Pour contrer cette stratégie, ils synchronisèrent leurs tirs, l'obligeant à surveiller l'arrivée de deux projectiles à la fois. Vint le moment où, pour en éviter un, elle dut plonger. Lorsqu'elle émergea, les deux adolescents hurlaient de rire.

— Un point pour moi, brailla Blouson bleu.

A partir de cet instant, le jeu prit un tout autre tour et devint sérieux. Les gosses, c'est bien connu, n'ont qu'une idée lorsqu'ils visent bateaux en papier ou bouteilles : les faire couler. Ils mirent donc davantage de soin à confectionner les boules, qu'ils firent de plus en plus grosses. Moins nombreux, les tirs gagnèrent en précision. Et ce qui devait arriver arriva : l'un des projectiles atteignit sa cible.

La boue noire s'écrasa sur son visage, l'aveuglant à moitié. Beryl eut un haut-le-cœur et plongea immédiatement pour se débarrasser de l'emplâtre fétide. Quand elle refit surface, ses deux tortionnaires ricanaient.

Elle n'essaya même pas de crier, ils faisaient plus de bruit qu'elle n'aurait pu en faire. Cette constatation ne fut pas pour la rassurer. Les arbres qui protégeaient l'étang du vent renvoyaient également les sons, isolant du même coup l'endroit du reste du parc.

Maintenant fatiguée, elle s'engourdissait peu à peu. Elle continuait de remuer bras et jambes, mais d'un mouvement automatique quasi irréel. Dès que le peu d'énergie qui lui restait encore viendrait à se tarir, les mouvements s'arrêteraient tout aussi automatiquement.

Pour la première fois, elle dut envisager l'hypothèse de l'épuisement. Que faire lorsque les premiers signes apparaîtraient ? Utiliser ses dernières forces pour se traîner jusqu'au rivage ? Se rendre avant de mourir ? A ces deux déchets d'humanité ? Tout son être se révoltait à cette pensée. Les deux solutions lui semblaient aussi injustes et inacceptables l'une que l'autre.

Le jeu prit une nouvelle dimension. Les deux débiles avaient peut-être des problèmes d'attention et besoin d'un changement d'activité pour demeurer en éveil. Ou peut-être le succès de leur propre jeu leur monta-t-il à la tête. Blouson bleu eut en tout cas une idée lumineuse.

— Hé, hurla-t-il, surexcité, il y a des cailloux, par ici !

Il entreprit de creuser frénétiquement dans un rebord pierreux de la berge, d'où il se mit à extraire plusieurs énormes projectiles. Il en choisit un, le soupesa, l'examina soigneusement comme pour en évaluer les propriétés aérodynamiques et le lança, ratant sa cible de deux bons mètres. Mais cela ne le découragea pas pour autant. Ce n'étaient pas les munitions qui lui manquaient et le tir se fit de plus en plus nourri.

Beryl, brutalement arrachée à sa léthargie, se vit

contrainte à une acrobatie frénétique pour esquiver. La menace était devenue mortelle. Elle avait du mal à évaluer les trajectoires et n'avait plus guère confiance en son jugement. Certains tirs étaient longs, d'autres plus mous. Mais quand on sert de cible à un détraqué qui vous lapide à moins de quinze mètres, on n'a guère le temps de réfléchir. A chaque projectile, elle était obligée de plonger sous l'eau.

Blouson bleu modifia sa stratégie en conséquence et se mit à opérer avec deux cailloux à la fois. Lorsque Beryl refaisait surface après avoir évité le premier, elle devait esquiver le second qui avait été envoyé juste après. Elle fut prise de panique, but plusieurs tasses et perdit le peu d'énergie qui lui restait.

Ce qui devait arriver arriva. C'était inéluctable. Un petit caillou pas plus gros qu'une pièce d'un dollar l'atteignit à la tempe droite juste au moment où elle émergeait. Un feu d'artifice éblouissant éclata dans sa tête. Etourdie, elle porta la main à sa tempe et la ramena couverte de sang.

Un rire démoniaque retentit.

— C'est moi le meilleur! hurlait Blouson bleu, surexcité.

Le sang avait coulé. Il était content de lui.

Beryl savait à quoi s'en tenir maintenant. Elle avait refusé de voir les choses en face, elle s'était obstinée à fermer les yeux sur la réalité. Mais si elle ne se rendait pas sur-le-champ, si elle ne sortait pas immédiatement de l'eau, elle savait qu'elle allait mourir.

— Arrêtez... Je vous en supplie... implora-t-elle dans un souffle. Je vais...

Elle se mit à nager vers la rive où Blouson bleu l'attendait. Ce n'était plus la brasse ample et impressionnante du début, mais de misérables petits battements étriqués à peine dignes d'un caniche nain. Elle n'était plus maîtresse de ses mouvements. C'est tout juste si elle parvenait à tenir la tête hors de l'eau. Du coin de l'œil, elle aperçut Chemise rouge qui courait sur la berge pour rejoindre son acolyte.

Lorsqu'elle eut pied, elle progressa vers le rivage encore plus lentement que lorsqu'elle nageait. C'était l'eau qui la maintenait debout, si bien qu'elle s'effondra quand elle fut à moitié sortie. A genoux dans la boue, elle tenta désespérément de regagner la rive à quatre pattes. Le sang coulant de sa blessure l'aveuglait. Elle porta à son front une main boueuse pour tenter de s'essuyer les yeux.

Quand elle eut presque atteint la berge, Chemise rouge et Blouson bleu la prirent sous les bras et la tirèrent hors de l'eau.

— Elle est pas si bien que ça, dit Chemise rouge.

***

Pete Krebs, passant de nouveau au parking du sentier de randonnée, remarqua immédiatement que la vieille Chevrolet rouge et la Mustang jaune étaient encore là. Seize heures trente. Les deux voitures étaient là depuis un bon moment, mais le sentier faisait bien cinq kilomètres. Si leurs propriétaires étaient allés jusqu'au bout, ils ne seraient pas de retour avant deux bonnes heures. Il se demandait si les deux couples s'étaient rencontrés.

Eprouvant un vague sentiment de malaise, il descendit de voiture et se dirigea vers les deux véhicules. Ils n'avaient rien de particulier. Alors pourquoi cette inquiétude ? Il n'aurait su le dire. Il examina de nouveau les plaques minéralogiques, toutes deux du comté. Coïncidence ou rendez-vous ? Drôle de temps pour des amoureux. Il alluma une cigarette et s'adossa contre la Mustang. A l'exception du bruit des branches agitées par le vent, le silence était total. Aucun signe des promeneurs. Pourvu qu'ils se rappellent que le parc fermait le soir. Krebs n'avait aucune envie de partir à leur recherche en s'époumonant dans les bois.

Il écrasa son mégot sur le gravier, remonta dans sa voiture et démarra.

***

— Dis donc, Duke, qu'est-ce qu'elle a ?
Duke ne répondit pas. Il ne ricanait plus. Sans le

rictus, son visage blême couleur de porridge paraissait plus jeune, plus mou. Ses yeux ressemblaient à des bouts de verre, ternes et sans éclat.

— Je crois qu'elle est morte, dit-il enfin avec un haussement d'épaules.

— Comment ça, morte ?

— Tu sais ce que ça veut dire, non ? Elle respire plus.

Leurs regards se croisèrent au-dessus du corps inerte allongé sur le sol boueux. Ils étaient eux-mêmes passablement trempés.

— Comment tu expliques ça, Duke ?

— Elle a cessé de respirer.

— Mais pourquoi elle respire plus ?

— Parce qu'elle est morte, imbécile.

— Mais comment ça se fait ?

Il y eut un silence. Ils baissèrent le nez et regardèrent le corps immobile. Les yeux étaient fermés, les lèvres légèrement entrouvertes. Le sang avait cessé de couler de l'entaille rouge qui lui zébrait le front.

— C'est quand même pas le caillou... souffla Rollo.

Nouveau silence.

— C'est pas un petit caillou comme ça qui a pu la tuer !

Il s'agenouilla sur le sol gluant, empoigna le corps par les épaules et se mit à le secouer.

— Réveillez-vous... réveillez-vous... assez de comédie... Vous êtes pas plus morte que moi.

— La ferme, Rollo. Elle est morte, je te dis.

Rollo, toujours à genoux, s'assit sur les talons, essuyant ses mains grasses à son blouson bleu.

— Si c'est pas le caillou, qu'est-ce que ça peut être d'autre ? fit-il à voix basse. Qu'est-ce qu'on a bien pu lui faire d'autre pour qu'elle soit dans cet état ?

— Rien. C'est un accident.

Duke s'accroupit de l'autre côté du corps, le visage blafard agité de tics, l'œil toujours aussi vitreux. Il faisait travailler ses méninges.

— Qui sait ? Elle a peut-être eu une crise cardiaque.

— Ou alors c'est l'eau froide, suggéra Rollo, un

sourire de traviole aux lèvres. Elle est restée un sacré bout de temps dans la flotte.

Duke lui rendit son sourire.

— Ben tiens ! Elle a attrapé une pneumonie.

— C'est pas le moment de faire le malin !

— Je fais pas le malin. Ça nous avance à quoi de savoir de quoi elle est morte ? Elle est morte, un point c'est tout.

Le sourire de Rollo s'évanouit.

— C'est toi qui as voulu venir ici...

— Et alors ? J'ai le droit de me dégourdir les jambes. Y a pas d'air, dans notre quartier pourri. Qu'est-ce qu'il y a de mal à ça ? Et j'étais sûr qu'on trouverait quelque chose en se baladant. J'avais pas raison ?

— Tu parles d'une trouvaille...

— T'es pas content ? Tu veux peut-être que je te rembourse ?

Rollo se releva et jeta des regards inquiets autour de lui.

— Fichons le camp d'ici, dit-il.

— Et elle ? lui rappela Duke.

Rollo se tortilla.

— Quoi elle ?

— On la laisse là, comme ça ?

— Qu'est-ce que tu veux qu'on fasse d'autre ?

— Mais quelqu'un va découvrir le corps, crétin.

— Et alors ?

— Tu sais ce qu'ils font, les flics, quand ils trouvent un macchabée ? Ils cherchent le meurtrier.

— Et alors ? Tu crois que beaucoup de gens vont se risquer jusqu'ici par ce temps ? On ne la retrouvera peut-être pas avant le printemps prochain. Nous, on sera loin. Ça m'étonnerait qu'on nous colle ça sur le dos.

Le raisonnement n'était pas dénué d'une certaine logique. Duke se redressa à son tour, l'air presque convaincu, et prêt à emboîter le pas à son copain. Mais au dernier moment il se ravisa.

— Et s'ils la trouvent ? insista-t-il.

Rollo grimaça un sourire.

— On prend sa bagnole et on la laisse quelque part,

199

pas trop près. Comme ça, quand il fera beau et qu'ils la trouveront, on sera partis depuis longtemps.

— Il y a toujours des flics dans les parcs, dit Duke.
— Et alors ?
— Peut-être qu'un flic a vu notre voiture, au parking en haut. Et la sienne aussi. Ils ont bonne mémoire, les flics. Ils sont toujours à rechercher une bagnole ou une autre et ils ont l'habitude de retenir les numéros par cœur. C'est même la seule chose qu'ils font correctement. Tout le monde sait ça.

Du bout de l'orteil, Rollo poussa le corps dans l'espoir qu'il réagirait, mais en vain. Le problème restait entier.

— Bon, alors qu'est-ce qu'on fait ? s'enquit-il.
— Si on veut pas qu'ils la trouvent, raisonna Duke, faut la cacher.
— Où ? fit Rollo, faciès luisant de sueur, sourcils froncés. Pourquoi pas dans l'étang ? suggéra-t-il avec un sourire.
— T'as pigé, opina Duke.

Ils se mirent à discuter.

Les flics avaient peut-être une mémoire photographique pour tout ce qui était plaques minéralogiques et descriptions de véhicules mais ce genre de choses finit par s'oublier, surtout qu'il y a chaque jour de nouveaux numéros et de nouvelles voitures à mémoriser. A la longue, les anciens finissent par leur sortir de la tête. Il leur fallait donc cacher le corps jusqu'à ce que le policier de service dans le parc oublie leur bagnole — au cas où il l'aurait remarquée.

Le cacher une semaine. Ou mieux un mois ou un an. Encore qu'un corps jeté au fond de l'étang — si personne ne soupçonnait qu'il pût s'en trouver un — risquait de ne jamais être retrouvé. L'important, c'était qu'il touche le fond et n'en bouge pas. Peut-être y avait-il des poissons ou des tortues dans l'étang, qui le mangeraient, et alors il n'y aurait plus de corps. Sans corps, comment prouver qu'il y avait eu meurtre ? Même si on se souvenait d'un numéro minéralogique.

— Meurtre ? reprit Rollo en écho d'une voix rauque.
— C'est comme ça que ça s'appelle, lui assura Duke.

Les cailloux ne manquaient pas à l'endroit où Rollo avait creusé lorsqu'il s'était mis en quête de projectiles, mais ce ne fut pas une mince affaire. Ce qu'il leur fallait, c'étaient des grosses pierres ou, à défaut, des petites, mais en quantité. Assez pour être sûrs que le cadavre resterait au fond de l'eau et ne remonterait pas, gonflé par les gaz, flotter à la surface.

Le jour déclinant, ils creusaient avec une certaine fébrilité. Leurs ongles étaient noirs de saleté et leurs mains endolories avant qu'ils eussent extrait suffisamment de cailloux.

Puis ils en bourrèrent les poches et les vêtements de la fille. Rollo, qui transpirait à grosses gouttes dans l'air glacial, demanda si ça suffisait comme ça.

— Impossible d'en mettre davantage, dit Duke.

Vint ensuite le problème de la mise à l'eau.

— Il faut qu'elle soit assez loin, souligna Duke.

— A combien ?

— Il faut bien deux mètres de profondeur, non ?

Ni l'un ni l'autre ne savaient nager. Et tous deux avaient peur de l'eau. Ils comprirent bien vite que s'ils se contentaient de rester sur la berge et de balancer le corps dans l'étang, ils n'arriveraient pas à l'éloigner suffisamment de la berge. Ils allaient donc devoir le porter dans l'eau, et pour cela il leur faudrait se déshabiller. Dans des vêtements humides ils risquaient d'attraper la crève, outre que ces vêtements, trempés et boueux, ne manqueraient pas d'attirer fâcheusement l'attention. Ils se dépouillèrent de leurs habits. Nus sur la rive, ils frissonnaient. Au contact de l'eau glacée, ils claquèrent carrément des dents.

Rollo prit le corps par les aisselles et Duke empoigna les jambes. Sous leurs pieds, le fond de l'étang, mou et visqueux, descendait en pente raide. Sous le poids du cadavre lesté de cailloux, ils titubaient.

— Si ça continue, on va se noyer, hoqueta Rollo.

— Avance encore un peu, insista Duke.

Ils n'étaient qu'à trois mètres cinquante de la rive mais ils avaient de la vase jusqu'aux genoux et de l'eau jusqu'à la poitrine. Le cadavre était déjà immergé. L'eau le portait en partie mais les pierres l'entraînaient vers le fond. Ils n'avaient pas le choix : ils le lâchèrent et, le cœur battant, regagnèrent la berge.

Ils essayèrent de se sécher un peu, mais durent y renoncer à cause de l'air glacial. Encore trempés, ils passèrent tant bien que mal leurs vêtements sur leurs slips et chaussettes gorgés d'eau. Si bien que, protégés des morsures du vent par leurs pantalons, blousons et chaussettes, ils n'en continuèrent pas moins de frissonner et grelotter.

Ils avaient d'autres problèmes à résoudre. Les empreintes, par exemple. Ils discutèrent pour savoir s'ils devaient les effacer.

— Qu'est-ce qu'on en a à foutre, des empreintes, dit finalement Duke. Dans le tas, y en a qui sont même pas à nous. Il va pleuvoir d'une minute à l'autre, la pluie les effacera.

Et puis il y avait le sac de la fille, ils le trouvèrent sur le sentier là où elle l'avait laissé tomber dans l'espoir qu'ils renonceraient à la suivre. C'était une sorte de fourre-tout, bourré jusqu'à la gueule. Ils le vidèrent pour en inventorier le contenu. Ils y trouvèrent les clés de la voiture, un portefeuille renfermant seize dollars, sur lesquels ils firent main basse, et divers articles hétéroclites dénués d'intérêt tels que peignes, produits de beauté, pince à épiler, crayons, brosses et tubes de rouge à lèvres.

— Elle n'était peut-être pas terrible, mais en tout cas elle se donnait du mal, gouailla Rollo qui avait retrouvé son rictus ricanant maintenant que le plus dur était fait.

Il avait repéré un poudrier en or dont il aurait bien aimé faire cadeau à quelqu'un.

— Fais une croix dessus, dit Duke.

Ils remirent tout ce bric-à-brac en place, y compris le portefeuille, vidé des seize dollars évidemment. Duke prit la direction des opérations. De retour sur la berge, il saisit le sac par la bandoulière de cuir, le fit tournoyer au-dessus de sa tête, et le lança vers le milieu de l'étang.

Le fourre-tout était au sommet de sa trajectoire lorsque le fermoir s'ouvrit, livrant passage à divers objets qui tombèrent avec un bel ensemble au milieu de l'étang et coulèrent comme une volée de gravillons. A l'exception d'un kleenex jaune qui se mit à flotter comme une marguerite sur une tombe.

Duke et Rollo regardèrent un instant le mouchoir en papier puis ils reprirent la direction du sentier et se dirigèrent au petit trot vers les voitures.

\*\*\*

Il n'était pas loin de 18 heures, heure de la fermeture en hiver, et le jour déclinait rapidement. Pete Krebs, adossé contre sa voiture de patrouille, sourcils froncés, contemplait la vieille Chevrolet et la pimpante petite Mustang, se demandant s'il allait devoir partir à la recherche de leurs propriétaires pour les faire sortir.

C'est alors que, à son grand soulagement, il entendit un bruit de galopade et distingua à travers le feuillage des taches de couleur qui se rapprochaient : du bleu et du rouge. Il attendit, non sans donner des signes d'impatience, que les couleurs débouchent du sentier.

Deux jeunes voyous, il ne s'était pas trompé. Tout à fait le genre de types à conduire une Chevrolet comme celle-là. Des faiseurs d'histoires. Qu'étaient-ils venus chercher dans le parc par un temps pareil ? Un coin tranquille pour s'isoler, sans doute. Mais dans quel but ? Krebs préféra ne pas approfondir la question. Leur arrivée lui permettait au moins de résoudre le problème de la Chevrolet.

Ils marquèrent un temps d'arrêt en l'apercevant, réaction tout à fait normale de la part de loubards qui considèrent les flics comme leurs ennemis naturels. Ce qui étonna Krebs, en revanche, fut de voir qu'ils se séparaient. Le type à la chemise rouge se dirigea vers la Chevrolet et celui qui portait un blouson bleu marcha droit sur la Mustang. Il tenta d'ouvrir la portière côté conducteur, mais elle était verrouillée. Il enfonça alors une clé dans la serrure.

Le policier s'interrogea. Ce n'était pas un comportement très classique. Deux types de cet acabit dans la vieille Chevrolet, d'accord. Mais qu'ils se soient donné rendez-vous dans le parc et y soient venus chacun dans sa bagnole, non. Et que le blouson bleu conduise une voiture presque neuve, encore moins.

Blouson bleu prenait son temps pour tourner la clé dans la serrure. Krebs s'approcha.

— Vous avez fait une bonne promenade ? s'enquit-il faute de mieux.

Le jeunot pivota vers lui, l'œil vitreux, un sourire embarrassé aux lèvres.

— Hein ?
— La promenade a été bonne ?
— Oh… Ouais… pas mal, bredouilla Blouson bleu.

Il tremblait. De trouille ? Parce qu'un flic lui posait une question ? Parce qu'il n'avait pas la conscience tranquille ? Peut-être. Mais il y avait autre chose. Krebs fixa la main qui tenait la clé. Rouge de froid. Pourtant il ne faisait pas si froid que ça. Et mouillée. Il s'était plongé les mains dans l'eau ? Dans l'eau de l'étang ? Par un temps pareil ?

Mais il n'avait pas que la main de mouillée, en fait il avait l'air trempé jusqu'aux os. On voyait des taches d'humidité sur son pantalon. Ses chaussettes dont on apercevait quelques centimètres entre le bas de son pantalon et ses chaussures semblaient bonnes à tordre.

Krebs hésita. Une idée insensée lui traversa l'esprit : l'arrêter ! Il était interdit de nager où que ce soit dans le parc. Or le gars sortait de l'étang, ça crevait les yeux.

Mais le policier ne bougea pas. Il n'avait aucune preuve et cela risquait de faire toute une histoire. Pourtant cette idée ne cessait de le turlupiner.

Blouson bleu avait ouvert la portière de la Mustang et se glissait au volant. De la main gauche il tâtonna sous le siège à la recherche de la manette de réglage, la trouva, recula le siège. Ceci fait, il leva le nez, un sourire toujours vissé aux lèvres, et claqua la portière.

Le cerveau de Krebs était en ébullition. Décidément, quelque chose ne tournait pas rond. Qu'est-ce que ces deux loubards étaient allés fabriquer dans l'étang ? Parce que c'étaient bien des loubards, rien d'autre. Comment Blouson bleu avait-il pu se payer une Mustang ? Avec quel boulot ? Et pourquoi n'était-il pas au travail, justement, à cette heure-ci ?

Moteur rugissant, la Chevrolet était déjà sortie du bois en marche arrière. La Mustang fit entendre un ronronnement que couvrait presque entièrement le vrombissement de l'autre véhicule. La Chevrolet démarra mais pas trop vite — on est prudent quand il y a un flic qui vous observe. La Mustang sortit en marche arrière à son tour et suivit la Chevrolet sous l'œil attentif de Krebs. Les deux véhicules disparurent. A en juger par le bruit, la Chevrolet se dirigeait vers la grille principale.

C'est à cet instant seulement que Krebs comprit la signification de ce qu'il avait vu quelques secondes auparavant. *Le loubard avait reculé le siège.*

De même que les nuages noirs s'amoncelaient dans le ciel au-dessus de sa tête, de noires pensées assaillaient maintenant le cerveau de Krebs. Pourquoi le vaurien avait-il reculé le siège ? Dans ce cas, la Mustang n'était pas à lui ? Et s'il n'était pas arrivé dans ce véhicule, à qui appartenait-il ? Y avait-il quelqu'un d'autre dans le bois ? Quelqu'un qui avait les jambes moins longues que cet énergumène ? Une fille ?

Krebs esquissa un pas vers sa voiture et s'immobilisa. Le fait de régler un siège ne prouvait rien, pas plus que des chaussettes trempées ne prouvaient que le lascar était allé nager...

Mais s'il y avait quelqu'un... une fille... dans le bois ? Ligotée, assommée, inconsciente, se vidant de son sang ? Pas question de quitter le parc ni de fermer les grilles dans ces conditions.

Pete Krebs se mit à courir sur le sentier. Cinquante mètres plus loin, il s'arrêta et hurla :

— Il y a quelqu'un ?

Seul le silence lui répondit.

Il continua de courir. A plusieurs reprises, il fit halte et hurla de nouveau sa question. Toujours pas de réponse. Il poursuivit sa route. Krebs n'était pas un tout jeune homme, et son gabarit n'était pas à proprement parler celui d'un marathonien, mais il n'en continua pas moins de cavaler.

L'étang ! Il se rappelait tout à coup les chaussettes gorgées d'eau. Abandonnant le sentier, il dévala la pente, fonçant à travers les fourrés. L'étang était quelque part de ce côté-là. Après avoir obliqué dans une direction puis une autre, il finit par tomber dessus.

Il aurait fallu être aveugle pour ne pas voir les empreintes de pas sur la rive boueuse. Les deux loubards étaient donc bien venus rôder dans les parages. Ça ne pouvait être personne d'autre !

Il y avait des empreintes de semelles partout, correspondant toutes à des pointures d'homme, mais aucune à une pointure féminine. Et au milieu des empreintes de semelles, l'empreinte de pieds nus. Les deux voyous avaient bien nagé, ou alors ils avaient pataugé dans l'eau. Par un temps pareil ? Il fallait être fou. L'eau était glacée.

Tremblant de fatigue autant que d'excitation, Krebs alluma non sans mal une cigarette et s'efforça de réfléchir calmement. Rien ne prouvait qu'une fille s'était risquée jusque-là. Les deux loubards devaient être seuls. Ils avaient dû se mettre mutuellement au défi de piquer une tête. Les gamins sont capables de n'importe quoi. Mais le siège ?

Tirant sur sa cigarette, Krebs laissa son regard errer sur la surface étale de l'étang. En observant plus attentivement, il distingua quelque chose. On aurait dit un kleenex ou une serviette en papier. Rien d'incongru ou de louche là-dedans, les gens jettent de tout partout.

Puis, louchant dans la lumière crépusculaire, il aperçut autre chose. Un minuscule objet noir qui flottait sur l'eau. Une brindille ? Probablement.

Pete Krebs avait fourni un gros effort pour un homme de son âge. Il était fatigué, mais son esprit n'était toujours pas en repos. C'était lui qui se comportait comme un cinglé maintenant. D'une chiquenaude, il expédia sa cigarette dans l'eau, et se mit à farfouiller dans les fourrés. En un instant il eut déniché ce dont il avait besoin : une longue branche de quatre ou cinq mètres qui traînait par terre. S'aidant de cette gaffe improvisée, il s'efforça d'atteindre la brindille, mais sans succès. La branche était trop courte.

Même si l'essentiel de son travail consistait à patrouiller dans le parc, il était flic, et comme tout bon flic qui se respecte il se méfiait du genre humain en général et des jeunes loubards en particulier, qu'il détestait. Pete Krebs — vraiment fou cette fois — ôta ses chaussures et ses chaussettes, roula le bas de son pantalon et entra dans l'eau.

Il avait de l'eau jusqu'à la taille lorsqu'il réussit enfin, à l'aide de la branche, à harponner la brindille, qu'il remorqua en douceur comme une trophée vers le rivage. Ce n'est que lorsqu'il l'eut en main qu'il vit de quoi il s'agissait en réalité : un crayon à sourcils.

Les jambes dans l'eau, il resta campé là un bon moment. Un crayon à sourcils flottant au beau milieu d'un étang désert. Pareil objet pouvait certes appartenir à un garçon, mais ces deux-là n'avaient pas une tête à se promener avec ça dans leurs poches. Conclusion : le crayon avait dû appartenir à une fille. Il était en bois, il flottait sur l'eau, mais sûrement pas depuis longtemps.

De retour dans sa voiture, lorsqu'il eut l'adjoint du shérif à la radio, Pete Krebs eut bien du mal à s'expliquer et cafouilla lamentablement.

— Tu devrais commencer par vérifier la Mustang, suggéra-t-il, JO-15788. J'aimerais savoir à qui elle appartient. Et puis aussi cette vieille Chevrolet rouge de 59, immatriculée WY-203354...

— Pete, coupa l'adjoint. On les inculpe de quoi, tes gus ?

— Baignade interdite dans le parc.

— Baignade interdite ?

— Parfaitement, rugit Pete. Et dépêche-toi de les agrafer avant qu'ils ne deviennent trop nerveux. Tu les boucles, le temps que je drague l'étang.

*No escape.*
Traduction de Dominique Wattwiller.

© 1969 by H.S.D. Publications Inc.

# Crime à répétition

par

Lawrence Treat

Burke, l'assistant du district attorney, avait son crime enregistré sur bande magnétique, d'un bout à l'autre, ainsi que trois témoins oculaires. Ceux-ci avaient vu Lucy Prior ouvrir le tiroir de la table, en sortir le revolver et viser son mari au cœur. Par deux fois. Puis se redresser avec une expression horrifiée en disant d'une voix entrecoupée : « Il est mort, j'en ai bien peur ! »

Parfait ? Oui, à première vue, et cependant Burke n'avait rien de positif. Pas même un meurtre, à moins de parvenir à prouver la préméditation.

C'était un charmant garçon, jeune mais obstiné, et il était obsédé par l'idée fixe que la bande magnétique pouvait résoudre le problème. Sans relâche, dans le secret de son bureau, il écoutait religieusement les enregistrements avec l'espoir de découvrir un élément nouveau. Quelque chose de plus que la série de questions et leurs réponses par la voix lente, languissante, de Lucy, avec comme seules variantes le bourdonnement d'un avion survolant la ville, la toux intermittente de Will Prior et ce fameux son indéfinissable.

Les Thompson, qui étaient présents lors des enregistrements avaient exposé, avec clarté, la genèse de l'affaire.

— Le Dr Farham et les Prior se trouvaient chez nous un soir, il y a plusieurs mois. Le Dr Farham — c'est un dentiste, vous savez — nous a dit qu'il se servait souvent de suggestion posthypnotique sur ses clients pour éviter la douleur. Il affirmait que c'était efficace et qu'il avait une grande expérience de la question. Quand nous avons voulu le mettre à l'épreuve, il a endormi Lucy. Il a été surpris de voir à quel point elle était influençable et il l'a fait retourner en arrière — je crois que c'est le terme — jusqu'à son enfance, ses toutes premières années et ensuite jusqu'à une précédente existence.

» Certaines personnes se rappellent les événements de leur incarnation antérieure de fascinante façon, et Lucy était du nombre. Elle avait vécu à Philadelphie dans les années 1850 et elle s'appelait alors Dora Evans. Nous nous réunîmes une fois par semaine chez les Prior. Le Dr Farham endormait Lucy et elle racontait sa vie sous les apparences de Dora Evans, mais elle s'arrêtait toujours à un certain matin de juin. Nous nous demandions pourquoi elle ne voulait pas continuer et nous avons tenu à le découvrir.

— Avez-vous jamais vérifié ce qu'elle racontait ? avait questionné Burke.

— Non, mais nous enregistrions toutes les séances. Vous avez les bandes.

Seulement Burke ne croyait pas à la réincarnation. « Balivernes », disait-il à tout le monde. « Bouillie pour les chats. C'est un meurtre prémédité, avec l'hypnotisme comme alibi. »

Il se représentait à la perfection le moindre détail de ces séances dans le living-room de Will et Lucy Prior. C'était une pièce luxueuse. Will Prior en avait les moyens. Il remplissait de sa masse l'imposant fauteuil en tapisserie placé près de la grande et lourde table. Il avalait des quantités de scotch et fumait sans arrêt, si bien qu'un halo bleuâtre devait entourer son visage replet et rond comme une boule.

Le magnétophone était posé sur un guéridon ancien, près de Lucy comme il se devait. Elle était étendue sur le divan bleu, tandis que le Dr Farham, à un mètre derrière elle, la harcelait de questions.

Burke supposait qu'elle devait avoir ce regard lointain et que sa bouche molle, aux lignes douces, devait s'être abaissée aux commissures comme si elle les suppliait de s'arrêter, de la laisser tranquille, de cesser de la contraindre. Voilà peut-être pourquoi le Dr Farham se plaçait toujours derrière elle, où il échappait au ravissant spectacle de sa détresse.

Les enregistrements commençaient toujours alors que Lucy Prior, profondément endormie, était ramenée en arrière dans le temps jusqu'à ce que son esprit ait fait le grand bond pour revenir aux années 1850. Alors, transformée en Dora Evans, elle racontait des anecdotes sur le président Pierce et l'esclavage, la traversée en paquebot qu'elle avait faite jusqu'à New York et les robes qu'elle avait rapportées. Mais chaque fois que Burke passait l'ultime bande, il se tendait et ressentait une espèce de picotement d'excitation quand Lucy — ou Dora Evans — en venait aux événements de ce matin de juin.

— Vous nous avez dit la dernière fois, déclarait la voix douce, persuasive du Dr Farham, que vous étiez assise dans la roseraie de votre jardin pendant l'été 1853. Que s'est-il passé ensuite ?

— Il était pris de boisson, répliqua Lucy.

A ce moment, sa voix perdait sa langueur pour prendre un accent torturé.

— Qui était pris de boisson ?

— Hans, le jardinier. Nous l'appelions l'homme aux tulipes. Il était hollandais et il faisait pousser les plus belles tulipes qui soient. La Hollande est célèbre pour ses tulipes.

— Hans travaillait dans le jardin ?

— Non, il ne travaillait pas, ce jour-là, et Charles avait eu une vive discussion avec lui.

— Charles, votre mari ?

— Oui, c'est cela.

Burke se demandait comment avait réagi Will Prior en entendant sa femme parler d'un autre comme de son conjoint légal. Mais le temps qu'avait Will pour réagir diminuait sans cesse. Deux minutes, une minute...

— Pourquoi nous parlez-vous toujours du jardinier ?

— Oh ! je vous en prie ! Je ne veux pas revivre tout cela. J'ai trop souffert.

— Souffert ?

— Pour ce que j'ai fait. Mais rien ne m'oblige à en reparler et je ne dirai rien.

Il y avait un bref silence avant que le Dr Farham reprenne la parole, prononce les mots fatals. Il le faisait d'un ton calme, presque désinvolte.

— Si vous ne voulez pas en parler, alors mimez la chose.

La bande ronronnait, scandait de son cliquetis les quelques secondes que Will Prior avait encore à vivre. Burke savait que Lucy avait quitté le divan, s'était levée et approchée lentement de son mari. Elle s'était courbée comme pour l'embrasser. Il lui disait quelque chose, un bruit de voix flou dans l'enregistrement qui faisait toujours se pencher Burke en avant pour écouter attentivement. Mais les mots n'étaient qu'un marmottement indistinct. Rien qu'un son vague, suivi par le crissement du tiroir qui s'ouvrait ; puis un crépitement et les deux coups de feu. M<sup>me</sup> Thompson hurlait, il y avait un piétinement et dans le tumulte quelqu'un avait dû se prendre le pied dans le fil électrique.

Fin de l'enregistrement.

Lucy Prior était donc en prison et c'était à Burke d'étayer l'accusation en prouvant qu'elle avait eu l'intention délibérée de tuer son mari.

Pour Burke, aux prises avec son problème, ce fut un choc brutal quand la police consulta ses archives et celles des journaux pour constater qu'une certaine Dora Evans avait bien vécu à Philadelphie en 1853 où, un matin de juin, elle avait tiré sur son mari et l'avait tué.

Elle lui avait tiré deux balles dans le cœur, elle avait été jugée et condamnée pour meurtre. Elle était morte en prison, un an plus tard.

Mais Burke avait sa théorie, qu'il soutenait avec obstination, avec le désespoir de celui qui n'a que cette planche de salut à quoi se raccrocher. « Le Dr Farham est l'amant de Lucy », pensait-il, « et ils se sont mis d'accord pour tuer son mari parce qu'ils voulaient se marier et avaient besoin de son argent. Ce n'est pas plus compliqué que cela. »

Son interrogatoire de Lucy Prior ne lui donna rien.

Les yeux bleus de la jeune femme débordaient de douleur et ses lèvres pleines, sensuelles, tremblaient.

— Je n'ai jamais entendu parler de Dora Evans, avait-elle déclaré. Je n'ai rien lu à son sujet ; c'est impossible, parce que je ne lis presque pas de livres.

— Très bien, dit Burke. Parlez-moi de votre première escapade avec le Dr Farham.

— Avec le Dr Farham ? s'exclama-t-elle en esquissant un mouvement de recul. Comment pouvez-vous penser une chose pareille ? J'étais mariée ! J'aimais mon mari !

— Est-ce pour cela que vous l'avez tué ?

— Je vous en prie, murmura-t-elle, je vous en prie, ne répétez plus cela !

— Que vous a-t-il dit quand vous vous êtes penchée sur sa chaise juste avant de lui tirer dessus ?

— Je ne sais pas ! Oh ! si seulement je n'avais pas été endormie ! C'est comme un affreux cauchemar. Tout ce que je sais, c'est que je me suis réveillée et qu'il était mort. Tué par moi !

Et elle avait fondu en larmes.

Burke, en compagnie du lieutenant Drobney, chef du service chargé de l'affaire, assista à une conférence au sommet. Le préfet de police résuma brièvement les buts de l'enquête.

— Il nous faut démontrer le mobile et la préméditation, déclara-t-il, autrement dit, réduire à néant cette histoire de réincarnation. Parce que si même un seul juré croit la réincarnation possible, il n'y aura pas de verdict de culpabilité.

Burke écouta la discussion qui suivit, puis une série d'enregistrements que le laboratoire avait faits de la section de bande magnétique avec le son indéfinissable. Ces copies avaient été amplifiées et les fréquences changées, modifiées, déformées, assourdies, rapprochées. Mais pour le groupe réuni dans le bureau du préfet, le résultat restait le même : la voix de Prior était indistincte.

Après la conférence, Burke et Drobney se concertèrent au-dessus d'une tasse de café dans un restaurant voisin.

— Toutes ces « huiles », dit Drobney, et qu'est-ce qu'il en sort ? Rien.

— Le nœud de l'affaire, répliqua Burke, c'est la liaison de M$^{me}$ Prior avec Farham.

— Nous les avons travaillés tous les deux, à tour de rôle. Et jusqu'à présent, macache. S'ils étaient amants, ils se sont montrés bien habiles à le cacher.

— Bien sûr qu'ils l'étaient, dit Burke. Ils ont réalisé le crime le plus cynique dont j'aie entendu parler, alors ne vous attendez pas à ce qu'ils gaffent en révélant leur mobile.

Le soupir poussé par Drobney emporta dans son tourbillon à deux mètres de là des serviettes en papier qui s'abattirent par terre en vol plané.

— J'ai l'impression que vous et moi, nous sommes les dindons de la farce, dit-il. Les gros bonnets esquivent l'histoire ; à nous de nous dépatouiller dans la mélasse.

A regret, comme s'il se séparait d'une fortune, il laissa tomber une pièce de vingt-cinq *cents* à côté de sa coupe.

— A un de ces jours, dit-il, et il s'en alla.

Tenace, Burke approfondit la question de l'hypnose. Une succession d'experts vinrent occuper le siège en face de son bureau et tous déclarèrent qu'on pouvait feindre une transe hypnotique et qu'il n'existait aucun moyen de prouver si elle était feinte ou non.

La réaction de Burke fut d'envoyer chercher le Dr Miles Farham et de faire une nouvelle tentative. Grand, bien de sa personne, maître de lui, Farham se montra aussi souple et retors qu'un hauban bien huilé.

— Vous lui avez posé une quantité de questions basées sur la croyance en la réincarnation, n'est-ce pas ? demanda Burke.

— Mon opinion personnelle n'entre pas en ligne de compte, dit Farham. Et d'ailleurs, vous avez les enregistrements.

— Qu'est-ce qui vous a incité à la pousser dans ses retranchements ? Pourquoi lui dire de mimer ce dont elle refusait de parler ?

Le Dr Farham parut étudier la question.

— Par curiosité intellectuelle, répliqua-t-il pensivement. Le désir de plonger dans les mystères de l'esprit humain.

— Combien de fois l'aviez-vous vue en tant que cliente ?

— Trois ou quatre fois, peut-être. Il faudrait que je consulte mes fiches.

— Et combien de fois l'aviez-vous rencontrée sur le plan personnel ?

— Jamais. (Le Dr Farham eut un sourire.) Je vois où vous voulez en venir. Laissez-moi vous dire que je ne suis pas épris de Lucy, mais que la tragédie nous a rapprochés. Je ressens de la pitié pour elle. Une compassion profonde, durable, et le désir de compenser autant qu'il est en mon pouvoir la souffrance que je lui ai causée malgré moi.

Réponse astucieuse, pensa Burke, soigneusement pesée. Qui laissait Burke le bec dans l'eau.

Dans ses moments de loisirs, Burke relut ses livres de droit et étudia ses notes. Peu à peu, un soupçon naquit dans son esprit, et il téléphona à Drobney.

— M$^{me}$ Prior vous a-t-elle dit n'avoir rien lu sur Dora Evans ?

— Bien sûr. A plusieurs reprises.

— Qu'est-ce qui la poussait à dire ça ? Vous lui aviez parlé d'un livre ?

— Moi ? fit Drobney. Pourquoi ?

Burke sourit. Il dit « Merci » et raccrocha. Il souriait toujours en branchant l'intercom pour demander un détective de la Criminelle.

Les instructions de Burke étaient claires.

— Il existe un livre sur Dora Evans. Je n'en connais pas le titre, mais voyez à la bibliothèque et dans les boutiques d'occasions. Vous finirez par le trouver. Okay ?

Au début de l'après-midi, le lendemain, quand Burke revint du tribunal, le livre l'attendait, avec une note l'informant qu'il provenait d'une librairie de la Quatrième Avenue.

C'était un volume relié aux pages cornées. Il avait été imprimé en 1855 et s'intitulait « *Célèbres crimes pas-*

*sionnels* ». Quarante pages étaient consacrées au procès de Dora Evans. Burke les lut avec excitation et une attention croissantes. Quand il eut fini, il se rendit dans le quartier résidentiel où était situé le bureau de Drobney.

Le lieutenant s'arrachait les cheveux sur une pile de fiches.

— On devrait bien apprendre à mes gaillards à rédiger de façon intelligible, s'exclama-t-il avec irritation. Ou les empêcher de faire des rapports. (Il repoussa les papiers sur le coin de son bureau.) Tout cela concerne Farham, mais nous n'avons absolument rien sur sa liaison avec M^me Prior. Si toutefois elle existe.

— Avez-vous une autre solution à proposer ? riposta Burke.

Drobney répliqua d'une voix enrouée :

— Burke, les Thompson croient à cette thèse de la réincarnation. Ce sont des gens cultivés qui ne se laissent pas berner. Qui sait s'il n'y a pas quelque chose de vrai dans cette histoire ?

— Quoi ? Ne me dites pas que, vous aussi, vous gobez ces bobards ?

Le lieutenant s'épongea le front.

— Je plaisantais, répliqua-t-il, penaud. Mais on ne peut s'empêcher de se poser des questions. Où, par exemple, a-t-elle trouvé tous ces renseignements sur Dora Evans ? Les journaux de Philadelphie ont relaté les faits importants, mais M^me Prior connaît Dora Evans comme sa poche. Comment cela se fait-il, Burke ? *Comment ?*

— Grâce à ça, répliqua Burke en tendant le livre à Drobney. Tout ce que M^me Prior a dit de Dora Evans est là-dedans, imprimé noir sur blanc. M^me Prior a été jusqu'à se servir des mêmes mots.

— Oh ! oh ! Voilà qui ébranle l'édifice, hein ?

— Uniquement à condition de prouver qu'elle a lu ce livre.

Drobney palpa le volume d'un air dubitatif.

— Ce n'est pas le genre de femme à laisser traîner des indices contre elle. Mais nous chercherons, nous irons voir dans les boutiques d'occasions si quelqu'un se rappelle lui avoir vendu un livre. Nous dénicherons peut-être quelque chose.

— Le récit du procès de Dora Evans vous intéressera, reprit Burke. On y a prouvé qu'elle avait un amant, qu'ils avaient besoin de la fortune de son mari et qu'elle savait que l'arme était rangée dans un tiroir de la table.

— Air connu, répliqua Drobney. Que disait-elle pour sa défense ?

— Dora Evans ? Elle a soutenu qu'elle était dans le jardin quand elle a entendu des détonations et elle s'est précipitée dans la maison. Elle a dit avoir trouvé son mari assis à côté de la table, elle a ramassé l'arme qui était par terre et la tenait à la main quand les domestiques sont arrivés. Et... (Burke eut le sourire de quelqu'un qui gagne le gros lot...) ses premiers mots ont été : « Il est mort, j'en ai bien peur. »

— Et ce fameux jardinier ?

— Dora Evans l'a accusé du crime. Mais il avait bu, ce matin-là et, d'après le compte rendu du procès, il cuvait son vin dans une pièce de derrière, tellement ivre qu'il ne pouvait même pas se tenir debout.

— Voilà donc pourquoi M$^{me}$ Prior ne cessait de répéter que le jardinier était soûl.

— Pris de boisson, corrigea Burke. Mais... l'était-il réellement ?

— Dommage qu'on n'ait pas connu les alcootests à cette époque-là. Vous vous rendez compte de ce qu'un labo moderne aurait pu réaliser avec cette affaire Evans !

— Pour le moment, la question est de savoir ce qu'un esprit moderne peut en faire. Je pars pour Philadelphie ce soir et je vais essayer.

— Pourquoi donc ? dit le lieutenant, surpris. Un crime vieux de plus de cent ans... qu'est-ce que cela vous apprendra ? Et si vous trouvez quelque chose, en quoi cela vous servira-t-il ?

— Je ne sais pas. Mais ça me turlupine et je veux en avoir le cœur net.

— C'est idiot. Enfin, je vais cuisiner M$^{me}$ Prior cet

après-midi, avec cette histoire de livre. Peut-être aurai-je quelque chose avant que vous ne partiez.

Burke reçut son coup de téléphone juste avant de courir prendre son train.

— Burke ? Je viens d'en finir avec Mme Prior. Savez-vous ce qu'elle a dit ?

— Elle s'est mise à pleurer et elle a prétendu que le sujet lui était trop pénible pour revenir dessus.

— Elle a fait mieux que ça. Elle dit que si elle s'est servie des termes exacts du livre, cela prouve qu'elle était bien Dora Evans. Elle dit que je suis quelqu'un de formidable.

Burke ne put retenir un gémissement.

Burke revint de Philadelphie deux jours plus tard. Son porte-documents n'avait pas l'air plus épais que lorsqu'il était parti, mais il le tenait avec précaution sous son bras et il l'emporta chez son patron avec qui il conféra longuement. Après quoi il se rendit dans son bureau et se laissa choir dans son fauteuil.

L'air sombre, il se saisit du téléphone et envoya chercher le lieutenant Drobney, le Dr Farham et Lucy Prior. Puis Burke attendit en contemplant le plafond.

Au bout d'une vingtaine de minutes, Drobney surgit avec une légèreté de tank et s'écria :

— Alors ? Comment progresse l'affaire Evans ?

— Très bien. Et vous ? L'affaire Prior ?

— Nib de nib, répliqua Drobney. Rien pour le livre. Rien pour la liaison. Rien que des maux de tête. Lucy Prior est une fine mouche, Burke. Elle sait que nous ne pouvons rien contre elle tant qu'elle s'en tient à cette histoire de réincarnation.

— Curieux, remarqua Burke. Au début, elle refusait de se compromettre. Elle soutenait que, profondément endormie, elle n'avait pas la moindre idée de ce qu'elle avait pu faire. Vous vous rappelez ?

— Oui, mais après tout ce qu'ont raconté la radio et les journaux, qui dans l'ensemble admettent la possibilité d'une réincarnation, elle marche à fond pour ça.

217

— Vous y croyez à moitié vous-même, n'est-ce pas ?
— Moi ? fit Drobney en se frottant le menton. C'est ma bourgeoise qui y croit. Parfois je répète ce qu'elle dit sans même m'en apercevoir.

L'intercom bourdonna.

Burke appuya sur un bouton et une voix annonça :
— Le Dr Farham est arrivé.
— Faites-le entrer.

Le Dr Farham pénétra dans la pièce avec une tranquille assurance.

— Vous aviez dit que c'était urgent, aussi ai-je annulé mes rendez-vous de cet après-midi, déclara-t-il.
— Merci, dit Burke. Asseyez-vous et laissez-moi vous poser une question à propos de ce livre sur le procès Evans. N'avez-vous pas pensé que M$^{me}$ Prior pouvait avoir lu le compte rendu, l'avoir appris par cœur et s'en être servie quand elle était censée être sous l'empire de l'hypnose ?
— Censée ? répéta Farham.

Il avait repéré le mot important et senti le piège. Il se redressa légèrement et sa main se crispa sur le bras de son fauteuil.

Burke acquiesça d'un signe de tête.

— Oui. Pouvez-vous avoir la certitude que M$^{me}$ Prior était profondément endormie pendant vos séances ? Se peut-il ou non qu'elle ait joué la comédie ?

Le Dr Farham ne répondit pas sur-le-champ. Il se tourna légèrement vers Drobney et nota son air d'attention profonde, perplexe. Puis le dentiste regarda Burke, adossé à son siège, s'efforçant de paraître détendu et détaché.

— Joué la comédie ? répéta Farham. Ce serait une énorme mystification !
— N'est-ce pas ? dit aimablement Burke. Pouvez-vous jurer que pareille mystification était absolument impossible ?

Farham haussa les épaules.

— Absolument impossible n'existe pas dans mon vocabulaire.
— Ni dans le mien, déclara Burke. Supposez, par

exemple, qu'on puisse prouver que Dora Evans n'a pas tué son mari. Alors ?

Les narines de Farham frémirent.

— Vous plaisantez !

Burke ouvrit son porte-documents et en sortit un journal jauni par le temps.

— Tenez. Lisez.

Les yeux de Farham se fixèrent sur Burke.

— Quoi ? Qu'est-ce que c'est ?

— Un journal de Philadelphie, daté de 1859. Annonçant que Dora Evans était innocente.

— Comment se peut-il...

Farham s'interrompit, bouche ouverte, tête penchée, comme s'il avait soudain été frappé de paralysie.

— Lisez donc, insista Burke. Deuxième colonne à gauche.

Farham prit le journal et lut d'une voix hachée :

— Erreur judiciaire. Hans Hoven, ancien jardinier de feu Charles Evans, de King Street, a été mortellement blessé au cours d'une rixe dans la rue, hier soir. Avant d'expirer, M. Hoven a reconnu avoir tué son employeur six ans auparavant et avoir feint l'ivresse, si bien que $M^{me}$ Evans avait été accusée du crime et condamnée.

— Vous voyez le dilemme ? dit Burke. Si $M^{me}$ Prior avait bien été la réincarnation de Dora Evans, elle aurait su la vérité. Alors comment aurait-elle pu répéter un crime qu'elle n'avait pas commis ?

Farham s'humecta les lèvres. Ses doigts tâtèrent précautionneusement le journal, dont un fragment desséché se détacha. Il étudia avec attention le reste du journal pour s'assurer de son authenticité. Quand il le déposa précautionneusement sur le bureau, il avait recouvré son aplomb.

— C'est un curieux problème, n'est-ce pas ? dit-il nonchalamment. Mais, voyez-vous, je ne suis que dentiste.

Burke eut un signe de tête presque imperceptible à l'adresse de Drobney. Le lieutenant était impassible. Burke se pencha pour presser un bouton sur son bureau. Un instant plus tard, la porte s'ouvrit et Lucy Prior entra.

En apercevant Farham, son visage s'éclaira et elle s'immobilisa sur place. Pendant un long moment, elle et Farham se contemplèrent sans parler, indéchiffrables. Puis Farham se leva très lentement et sourit. Comme sur un signal, l'expression de la jeune femme changea complètement et elle s'avança.

— Docteur Farham, dit-elle de sa voix la plus douce, la plus légère, ne prenez pas les choses tellement à cœur. Je suis navrée que ma pauvre âme vous cause tant de désagréments. Si seulement nous n'avions pas poursuivi ces atroces expériences !

— Oui, répliqua-t-il, j'ai malheureusement joué avec le feu sans m'en rendre compte.

Elle eut un sourire indulgent.

— Comment pouviez-vous deviner qu'une tragédie datant de cent ans gardait encore tous ses poisons ?

— Le poison a été quelque peu dilué, fit observer Burke sèchement.

Elle lui jeta un vif regard de suspicion. Il indiqua le journal posé sur la table.

— Lisez donc ça, ajouta-t-il. En guise d'antidote.

Elle approcha à pas prudents, prit le journal et lut. Elle porta soudain sa main à sa bouche et s'exclama :

— Miles ! Espèce d'imbécile ! Je t'avais bien dit que nous n'arriverions jamais...

Elle s'interrompit, sans souffle, la bouche ouverte, le regard vidé par l'horreur des mots qu'elle venait de prononcer.

Des heures plus tard, Burke regagna son bureau. Drobney, essuyant la sueur sur son front, le suivit et ferma la porte.

— Quelle séance ! dit-il. Comme durs à cuire, on ne fait pas mieux.

Burke s'assit avec lassitude et allongea les jambes.

— J'aimerais voir la tête du préfet quand il découvrira comment elle a expliqué ce bruit indistinct qui nous tracassait tant. (Burke gloussa.) Non des paroles voilées, mais un hoquet !

— Oui, avec tout ce scotch qu'avait ingurgité Prior, comment n'aurait-il pas eu le hoquet ? (Drobney ferma les paupières d'un air rêveur.) En un sens, c'est dommage qu'elle doive passer sur la chaise électrique. Beau brin de fille. Elle s'en était très bien tirée jusqu'à ce que vous ayez ce coup de hasard à Philadelphie.

— Le hasard, c'est moi, répliqua Burke. J'avais fait imprimer le journal. Avec des caractères spéciaux. Le papier a été traité chimiquement pour lui donner son vieillissement. Le travail a été magnifiquement exécuté, d'ailleurs.

— C'était un faux ? s'exclama Drobney, surpris. Fabriqué de toutes pièces ?

Il poussa un rugissement de rire.

— Pas étonnant que vous ayez eu l'air si terrifié quand Farham a examiné le journal. Vous aviez peur qu'il s'aperçoive du truquage, hein ?

Burke secoua la tête.

— Ma foi, non. Ce n'est pas ce qui me tourmentait. Ce que je craignais, c'est que Farham dise : « Et alors ?... La seule chose que prouve la confession de Hans, c'est que Dora Evans a attendu cent ans l'occasion de tuer son mari. » Qu'aurais-je pu répondre à ça ?

— Mais Farham ne l'a pas dit, alors pourquoi se biler ?

Drobney considéra Burke et ajouta :

— Eh bien ? Il y a encore quelque chose qui vous turlupine ?

Burke hocha la tête.

— Oui : Dora Evans. Croyez-vous qu'elle ait vraiment tué son mari ? Elle n'a jamais avoué, alors c'est peut-être moi qui ai vu juste, peut-être le crime a-t-il été commis par le jardinier. Mais... (Burke poussa un profond soupir) ... mais comment savoir ?

*Murder me twice.*
Traduction d'Arlette Rosenblum.

© 1957 by H.S.D. Publications Inc.

# L'ordre et la justice

par

WILLIAM SHERWOOD HARTMAN

Le *Harry's Lunch* n'est pas le restaurant le plus chic de la ville, et certainement pas le mieux situé. Si on supprimait du menu les saucisses chaudes, les hamburgers et la bière, nous n'aurions plus qu'à mettre la clé sous la porte, mais la maison est bien tenue et nous restons ouverts toute la nuit, de sorte que Harry en tire un bon rapport et que je ne suis pas à la rue. J'y travaille de nuit depuis deux ans, de neuf heures du soir à six heures du matin. Trois fois condamné dans un Etat où, à la quatrième fois, c'est à vie, j'ai toujours été reconnaissant à Harry de m'avoir donné une chance et, quand je suis de service, j'essaie de tenir la maison comme si c'était la mienne. Ce n'est pas toujours facile.

Un restaurant ouvert toute la nuit dans un quartier populeux n'attire pas la meilleure classe de clientèle. Le plus dur de la nuit, c'est après la fermeture des bars. A partir de ce moment, des musiciens, des barmen, des « gorilles » de boîtes de nuit entrent chez nous en même temps qu'un assortiment d'ivrognes, de garçons laitiers et d'éboueurs qui viennent prendre leur petit déjeuner avant d'aller travailler, et un groupe vague, anonyme, qui sort la nuit et disparaît avec les premières lueurs du jour. Pour la plupart, ils se tiennent convenablement, rient et plaisantent ou mangent en silence puis s'en vont. Parfois, deux ivrognes se prennent de querelle, mais il se produit rarement quelque chose qu'on puisse qualifier de désordres graves. Peut-être était-ce dû en partie à Hemphig, mais j'ai toujours souhaité un peu plus de bisbilles et beaucoup moins de Hemphig.

Leo Hemphig n'était pas un flic ordinaire. Il mesurait un mètre quatre-vingt-dix, pesait cent quatre kilos et ses muscles remplissaient à fond les manches de son uniforme. S'il y avait en lui la moindre graisse, elle n'apparaissait que sur son visage ; ses lèvres étaient épaisses et il y avait une bouffissure sous les yeux bleus les plus froids que j'aie jamais vus. Ses joues évoquaient des tranches de lard suspendues au-dessus d'un cou de taureau et il avait d'épais sourcils noirs qui se rejoignaient quand il parlait. Sa voix était haute, pas efféminée mais avec la stridence d'une scie mécanique fendant du chêne. Il faisait la ronde de nuit dans le secteur et entrait généralement dans le snack-bar au plus fort du dernier coup de feu. Les conversations s'éteignaient avant même que la porte se soit refermée derrière lui. On n'entendait plus alors que le cliquetis des couteaux et des fourchettes en acier inoxydable sur la faïence bon marché. Il s'asseyait au bout du comptoir près de la caisse enregistreuse et dévorait trois beignets en sirotant bruyamment deux tasses de café, puis se levait sans faire le geste de payer ses consommations et se tournait vers les clients juchés sur les tabourets. « Bonsoir, espèces de salopards ! » disait-il en ricanant. « Espèces de bons à rien ! » Puis il lançait son épithète finale : « Faces de rats ! » Après quoi, il tournait sur ses talons et partait.

Le silence persistait pendant quelques minutes jusqu'à ce que quelqu'un invente une nouvelle grossièreté pour célébrer son départ, après quoi les conversations reprenaient leur intensité normale.

Ma première rencontre avec Hemphig avait eu lieu juste après ma troisième remise en liberté. Je n'ai aucune excuse. Je ne dois m'en prendre qu'à moi-même. Les deux premières fois, j'avais tort et j'ai payé. La troisième fois, c'était aussi ma faute : je me trouvais au mauvais endroit à la mauvaise heure ; il s'agissait d'une erreur judiciaire, mais nous n'entrerons pas dans les détails ici. Quand j'eus droit à la libération conditionnelle, l'officier de police était intervenu en ma faveur et Harry m'avait donné un emploi. J'avais la ferme intention de m'y tenir. Hemphig s'était dirigé vers moi le premier soir que je me tenais seul derrière le comptoir.

— C'est toi le condamné que Harry a engagé ? demanda-t-il.

— Je suis libéré conditionnel.

— Fais gaffe, dit-il et ses lèvres formèrent un rictus si diabolique que l'air me parut soudain sentir le soufre. Rien ne me plaît davantage que tabasser les propres à rien. N'oublie pas ça.

Il commanda ses beignets avec son café et ignora le ticket que je posai devant lui. Je frissonnai après son départ. Le ticket non réglé était toujours fourré sous sa tasse de café vide. J'écrivis en travers « policier » et le déposai dans la caisse.

Harry l'y trouva quand il vérifia les recettes au matin. Il le considéra un bon moment, puis le déchira et le jeta dans la corbeille à papier.

— Il t'a cherché noise ? demanda-t-il en passant ses doigts courts dans ses cheveux gris.

— Non, esquivai-je. Il a seulement oublié de payer sa note.

— J'aurais dû te prévenir, mais je n'y ai pas pensé. Ne tape plus de ticket pour lui. Donne-lui seulement ce qu'il te demande et laisse tomber. Et surtout ne te dispute pas avec lui. Ce n'est pas un bon bougre.

Je me disposais à partir quand Harry me mit la main sur l'épaule.

— Tout ira bien, petit. Seulement, fais attention.

Je hochai la tête et m'éloignai, réconforté.

J'appris beaucoup de choses sur Hemphig au cours des mois qui suivirent. La majeure partie pouvait passer pour des racontars, mais les gens de la nuit savaient ce qu'ils disaient. Pour eux, c'étaient plus que des racontars. Ils se déplaçaient par deux tant ils avaient peur d'être seuls dans les rues au petit matin. Cette peur venait du fait qu'il ne s'écoulait pas de semaine sans qu'on trouve quelque ivrogne battu à mort dans une ruelle. Un jour, un retraité qui marchait avec une canne fut découvert la colonne vertébrale brisée. Et pendant ce temps-là, Hemphig continuait à humilier mes clients avec ses insultes mordantes.

La plupart des gens qui vivaient dans le quartier travaillaient juste en marge de la loi alors quelles lois pouvaient-ils invoquer sans risquer de se retrouver à plat ventre dans le ruisseau ? Hemphig était la loi. Hemphig était la vie ou la mort. Personne n'avait le cran de déposer une plainte sur un simple soupçon. Qui voudrait signer son propre arrêt de mort ?

Les choses en étaient là quand mon cousin Joe vint de la côte pour me voir. Je dis cousin, mais nous avons toujours été plutôt comme des frères. Devenu orphelin, j'avais vécu avec Joe et ses parents jusqu'à ce qu'ils trouvent la mort dans un accident d'auto. On nous avait placés alors dans des orphelinats différents, mais nous étions toujours restés en relations. Lui ne s'est jamais mis dans un mauvais cas et il m'écrivait des semonces gratinées chaque fois que j'avais fait des blagues. Son grand projet, c'est que nous travaillions ensemble quand il nous aurait constitué un pécule.

Il fit irruption dans le snack de Harry au plus fort de la cohue de nuit, souriant comme un grand matou qui mâchonne son herbe favorite. Malgré toute l'envie que j'éprouvais de jeter mon tablier et de sauter par-dessus le bar pour l'embrasser, cela m'était impossible. La salle étant bondée, je m'efforçai de servir les gens et de prendre les commandes tout en l'écoutant. J'étais si heureux que j'en aurais pleuré comme un veau...

« 460 arpents », disait-il, « de la plus belle forêt que tu aies jamais vue. »

Hemphig entra et la salle se figea dans le silence, mais Joe continua de parler ; sa voix sonnait, vibrante et forte dans l'air où une tension électrique s'était établie sans qu'il s'en aperçoive. « Et les plus beaux herbages du monde ! Nous pouvons avoir trois cents têtes de bétail et les animaux seront plus gras que des cailles ! Nous allons enfin faire fortune, mon vieux ! »

Hemphig quitta son tabouret et se dirigea vers l'endroit où Joe était assis.

— Montre-moi ton permis de conduire, dit-il.

Un silence de mort plana sur la salle. Il n'y eut même pas de cuiller tournant dans une tasse de café.

J'essayai de mettre Joe en garde d'un clin d'œil, mais il pivota sur lui-même pour faire face à Hemphig.

— Voyons, monsieur, dit-il. Je suis assis sur un tabouret dans un restaurant. Quelle espèce d'idiot êtes-vous pour me demander mon permis de conduire ?

— Je suis agent de police ! glapit Hemphig dont la voix monta une octave plus haut que d'habitude. Je veux voir vos papiers !

— Je suis arrivé en avion et je suis venu ici en taxi, répliqua Joe. Maintenant trouvez-vous un coin pour astiquer votre insigne et laissez-moi tranquille !

Joe se retourna vers moi et le dos de la main de Hemphig résonna comme un quartier de jambon s'aplatissant sur le comptoir quand elle s'abattit sur la bouche de Joe. Il tomba à la renverse contre une cloison de stalle et se releva avec du sang dégoulinant des lèvres. Il s'essuya la figure sur sa manche en se remettant debout. Puis il secoua la tête.

— Monsieur, dit-il, avez-vous le courage de continuer ça dans la rue sans cette plaque ni le revolver ? D'homme à homme, et au diable soit le code !

Hemphig eut l'air content. Il ôta son harnachement et le plia dans sa veste, puis nous sortîmes tous. Son joyeux sourire s'effaça vite. Joe mesurait un mètre soixante-quinze et pesait moins de quatre-vingt-deux kilos, mais sa main gauche partait avec l'élan d'un marteau-pilon et chaque fois qu'il frappait Hemphig avec la gauche, la droite suivait comme un bélier en plein corps, lui coupant net la respiration, si bien qu'il se mit à haleter comme un soufflet de forge. A deux reprises, Hemphig atteignit Joe, mais avant qu'il ait pu le coincer Joe l'esquivait d'un leste jeu de jambes et bondissait, le dessus de son crâne frappait Leo Hemphig au menton et le faisait reculer en chancelant, à la merci des punchs suivants. Puis Joe décocha cinq puissants coups du droit et du gauche dans la mâchoire de Leo qui s'affaissa sur les genoux, s'inclina en avant et tomba la figure sur le seuil du restaurant. Nous le tirâmes dans l'allée où nous le laissâmes récupérer.

Une semaine passa pendant laquelle Hemphig ne se montra pas une seule fois au restaurant. Les gens de la nuit commencèrent à en plaisanter, mais je ne me sentais pas à l'aise. J'essayai de convaincre Joe de ne pas venir, mais il refusa.

Le dernier coup de feu était fini. Joe et moi étions assis, seuls après le départ de la foule, à parler de ce temps formidable où nous travaillerions tous les deux ensemble avec un but précis. Plus qu'une semaine et je serais libre de retourner dans l'Ouest. C'est alors que Hemphig entra. Son visage portait encore les meurtrissures bleues et noires de la bagarre, mais ses lèvres souriaient. Il se dirigea vers Joe et tendit la main.

— Tu es un brave, l'ami, dit-il. Ce fut un combat loyal. Sans rancune...

Joe lui serra la main, puis Leo tâta négligemment sa poche de poitrine.

— Je n'ai plus rien à fumer. As-tu une cigarette à me prêter ?

Joe n'eut pas le temps de faire ouf. Au moment où il plongeait la main dans son veston, une explosion ébranla le restaurant tandis qu'un revolver fumait dans la main de Hemphig. La balle avait fait un trou dans la main de Joe et ce qui restait de sa poitrine ne pouvait plus se réparer. Il était mort avant de toucher le sol.

— Tu as vu ça ! hurla Hemphig. Tu l'as vu essayer de tirer sur moi ?

— Il cherchait une cigarette !

— Tu veux opposer ta parole à la mienne ? dit-il en agitant le revolver dans ma direction.

J'allai vers Joe qui gisait sur le sol et écartai son veston.

— Il ne portait même pas de revolver !

— Je suis un policier, déclara Hemphig, pas un extralucide ; il a fouillé dans son veston comme s'il allait me menacer avec un revolver.

— Il cherchait une cigarette ! C'est vous qui lui avez demandé une cigarette !

— Je ne me rappelle rien de pareil, déclara Hemphig. Je suis entré ici et il a fait le geste de prendre un

227

revolver pour me tirer dessus. N'est-ce pas ce que tu as cru ?

Après y avoir réfléchi un peu, c'était la seule manière dont je pouvais voir la chose. Ayant été trois fois condamné, ma parole ne ferait pas plus d'effet qu'une bouffée de chèvrefeuille dans une aciérie lorsque nous irions devant le tribunal et, après ça, Leo trouverait sûrement moyen de me coincer une fois pour toutes.

— Certes, Leo, acquiesçai-je, on aurait vraiment cru qu'il allait tirer sur vous.

L'enquête fut risible. Hemphig donna sa version des faits et je la confirmai. Le verdict fut : homicide justifié. Cette nuit-là, j'ai pleuré.

Ma liberté conditionnelle a pris fin voici trois mois ; je suis maintenant libre d'aller où je veux, mais je fais toujours le service de nuit chez Harry. Le gamin a apporté les journaux ce soir pendant le dernier coup de feu et je n'ai eu la possibilité de les lire qu'il y a quelques minutes. A la page 3, un article annonce que l'agent de police Leo Hemphig a été heurté et tué par un chauffard à un carrefour à cinq rues de distance seulement d'où je travaille. Les policiers recherchent une conduite intérieure foncée d'un vieux modèle avec des phares brisés.

Ils ne tarderont pas à trouver la voiture : elle est garée à deux rues du snack de Harry, mais cela ne les avancera à rien. C'était une voiture volée et il n'y a aucune empreinte digitale. Je portais des gants.

*Mean cop*.
Traduction d'Arlette Rosenblum.

© 1968 by H.S.D. Publication Inc.

# L'heure de puissance

par

Edward D. Hoch

Si je vous dis que je suis sur l'île depuis un mois, n'en concluez pas trop vite que je suis un Robinson. Non. L'île dont je vous parle est habitée. Bizarrement, peut-être, mais habitée tout de même.

L'île Banker abrite un grand état-major. Ce qui implique, forcément, toute une population de grands chefs, de petits chefs et de secrétaires plus ou moins jolies derrière des machines plus ou moins compliquées.

Et puis aussi de simples planqués dans mon genre, vêtus du même uniforme que ceux qui se font tuer à pas mal de kilomètres d'ici. Des planqués qui n'en sont pas plus fiers pour ça et qui évitent de penser aux copains lointains.

Le travail ? Sans grand intérêt. Toute la journée dans un bureau — je suis secrétaire au Service de Sécurité — avec assez de temps pour dire des fadaises aux deux dactylos qui sont en face de moi. Et encore plus de temps pour regarder le sommet de l'Empire State Building.

C'est vous dire si nous sommes près de New York. Nous n'en sommes séparés que par un bras de mer traversé régulièrement par un ferry-boat. Je prends le ferry le samedi ou le dimanche et je vais passer quelques heures ou le week-end entier à Manhattan. Parfois accompagné, souvent seul : les dactylos ne sont pas toujours libres pour les simples soldats.

J'ai aussi des loisirs en semaine ; je les consacre à la

229

promenade. J'écoute les oiseaux chanter, je compare sans trop de jalousie les villas des officiers à mon modeste baraquement de sous-fifre. Histoire de passer le temps, je pousse parfois jusqu'à l'extrémité nord de l'île et je m'arrête devant le château.

C'est une sinistre forteresse, avec des murs épais de brique et de mortier. Elle a été construite après la guerre de Sécession pour servir de prison militaire et n'a jamais changé d'emploi.

Derrière ces murs, il y a en permanence environ deux cents soldats punis ; quelquefois pour une vétille : conduite en état d'ivresse ou injure à supérieur. Ceux-là resteront jusqu'à l'expiration de leur peine. D'autres, au contraire, ne sont là qu'en transit : déserteurs et assassins attendant leur transfert dans un pénitencier fédéral.

Quand ils sortent, c'est pour aller travailler. Des policiers militaires ou des gardiens de prison les escortent jusqu'aux pelouses qui entourent les bâtiments de l'état-major et les regardent ensuite ramasser les feuilles mortes. Ce n'est pas très fatigant. Ce qui doit être dur, c'est de sentir toujours dans son dos le canon d'une carabine M 2 prête à tirer.

Ils ne passent pas tous leur temps à balayer des feuilles mortes. Il arrive aussi qu'une corvée descende au port. Dans ce cas, les détenus, alignés le long du quai, face à la mer, toujours avec leurs gardiens derrière le dos, débarrassent la surface de l'eau des immondices qui empêchent de voir le fond.

C'est là que pour la première fois j'en ai vu un sourire. C'était un garçon mince et blond, aux traits fins. Sa décontraction tranchait sur la raideur morose de ses compagnons. Lui travaillait vite et bien sans jamais cesser d'être élégant. Son uniforme vert pâle était impeccable. Il trouvait même le moyen de plaisanter sans paraître remarquer les armes braquées sur lui et ses camarades. On ne pouvait s'empêcher de se demander qui était ce garçon et la faute qu'il avait pu commettre pour se retrouver aux côtés d'ivrognes, de fortes têtes et de brutes épaisses. Mais je dois dire que le mystère ne m'empêchait pas de dormir. Après tout, moi aussi j'étais une sorte de prisonnier. Chacun pour soi.

Je ne pensais guère au détenu blond ce vendredi soir en récapitulant mes projets de week-end. J'en étais arrivé à la conclusion qu'il me faudrait trouver une fille sur place, à Manhattan ou ailleurs, si je ne voulais pas m'ennuyer à mourir, lorsque le capitaine entra dans le bureau.

— Kenton, dit-il, je suis obligé de sucrer votre permission. Nous sommes à court de gardiens, pour l'escorte de la corvée, demain. Vous comprenez ?

Je comprenais très bien. Un week-end fichu.

Il alluma un petit cigare tout en regardant intentionnellement mon bureau.

— Ne faites pas cette tête-là, mon vieux. Ça vous changera de la paperasse.

Il gifla un nuage de fumée grise qui stagnait devant lui :

— ... et puis ce n'est pas sorcier. Si un type essaie de s'enfuir, vous tirez dessus, c'est tout.

— Et si je tue le type en question ?

Il sourit :

— D'une main je vous donne une cartouche de vos cigarettes préférées et de l'autre je signe votre demande de mutation pour une autre garnison.

Il souffla sur l'extrémité incandescente de son cigare et dit :

— Mais ne vous faites pas de souci, mon vieux. Tout ira bien. Personne n'a encore essayé de s'évader. Bonsoir, Kenton.

Ce matin, à huit heures, j'étais dans la cour du château, à côté de mon coéquipier, un policier militaire nommé Craig. Un géant épais qui revenait du front ; il boitait à cause d'une blessure à la jambe récoltée dans la jungle. Presque toujours ivre, il ne parlait d'ordinaire que pour raconter des histoires obscènes. Un vilain personnage. Je maudissais le hasard : c'était bien la peine d'avoir évité soigneusement cet individu pendant un mois...

Un sergent nous distribua nos carabines.

— N'oubliez pas que ces engins sont faits pour s'en

servir, dit-il sans préambule. (Il nous regardait alternativement, Craig et moi.) Vous êtes chacun responsable de deux détenus. Ils savent ce qu'ils ont à faire : préparer le pavillon d'un officier qui va arriver. Voici vos consignes : chaque garde doit veiller à ce qu'aucun de ses deux prisonniers ne soit hors de sa vue, même pendant un dixième de seconde. Exécution.

Craig poussa ses deux prisonniers devant lui, je fis signe aux miens d'avancer. J'en connaissais un vaguement, l'autre beaucoup mieux : j'étais tombé sur le blond décontracté qui m'avait tant intrigué.

Un quart d'heure plus tard, nous étions arrivés devant la villa destinée à l'officier, tout au bout de l'île.

Il fut immédiatement évident pour Craig et moi que nous ne pourrions suivre à la lettre nos instructions, qui étaient en contradiction avec les ordres donnés aux détenus. Le blond que je connaissais bien devait travailler à l'intérieur de la maison, les trois autres à l'extérieur, où il y avait davantage de travail.

C'est Craig qui trouva la solution :

— Kenton, dit-il, vous ne pouvez surveiller en même temps vos deux lascars. Restez à l'intérieur avec le blondinet, moi je m'occupe de ses trois petits camarades. Je m'en tirerai, avec ça...

Il tapota en souriant la crosse de sa M 2. Il donnait l'impression d'espérer avoir à s'en servir. Peut-être pour lui la guerre continuait-elle, avec simplement des ennemis différents.

J'entrai dans la maison derrière mon prisonnier. A l'aspect et aux dimensions du living-room, je jugeai du premier coup d'œil que la bâtisse était destinée à une huile ; un colonel, pour le moins.

— Allez-y, dis-je. Commencez par le plancher. Il est dégoûtant.

Il prit une brosse et glissa lentement sur les genoux. Puis, en me regardant dans les yeux, il dit doucement :

— Comment vous appelez-vous, soldat ? Mon nom est Royce. Tommy Royce.

— Je m'appelle Kenton.

En ne lui donnant pas mon prénom, je conservais mes distances.

— C'est la première fois que vous gardez une corvée, non ?

Sa voix était tranquille ; ses yeux bleus me fixaient sans défi.

— Oui, dis-je, je travaille d'ordinaire dans un bureau.

— Je vois.

Il se leva en souplesse, sans s'aider des mains.

— J'ai besoin d'un seau d'eau.

J'eus soudain envie de fumer. Mais je ne pouvais prendre une cigarette ni surtout l'allumer : j'aurais dû pour cela lâcher ma M 2, et il n'en était pas question. Je renonçai donc et le suivis jusqu'à l'entrée de la cuisine. Je le regardai remplir son seau et revenir dans le living.

— Ne soyez pas si nerveux, dit-il. Je ne vais pas vous manger. Fumez si vous voulez.

Je ne pus m'empêcher de sursauter. Il m'avait bel et bien deviné.

— Je ne fume pas.

— Ah ? Bon.

Sans relever mon mensonge, il commença de frotter les murs, méthodiquement.

— Vous avez fait la guerre, Kenton ?

— Non.

— Moi si. J'ai même été salement blessé. Au pied. Jamais je n'aurais pensé me retrouver en train de brosser les murs d'une villa d'officier.

Si j'avais gardé le silence, la conversation se serait sans doute arrêtée là. Mais ma curiosité fut la plus forte. Je voulais à tout prix connaître davantage cet homme, savoir en particulier pourquoi il souriait continuellement.

— Pourquoi êtes-vous ici ?

— C'est une longue histoire. Si je vous la racontais, nous en aurions pour toute la journée.

— Nous avons le temps.

Avant de plonger dans le mien, son regard s'arrêta un moment sur ma carabine.

— J'ai assommé un sergent d'un coup de pelle. J'ai bien failli le tuer.

— C'est ce que vous appelez une longue histoire ?

— Je parlais de ce qui s'était passé avant le coup de pelle.

— Vous en avez pris pour combien ?

— Six mois.

— Vous avez eu de la chance. Le tarif, c'est cinq ans.

— Pas quand on a un bon avocat.

Son regard quitta le mien pour se poser sur mon arme.

— Vous me tireriez dessus, si j'essayais de m'enfuir ?

— Probablement.

J'éprouvai le besoin de justifier ma réponse :

— Il paraît qu'un garde qui laisse s'échapper un détenu prend sa place, et je n'y tiens pas.

— Je comprends.

Il n'avait pas cessé de sourire. L'expression de son visage était indéfinissable et me glaçait. J'aurais bien voulu que Craig, le solide Craig, fût à mes côtés. Je le vis à travers la vitre. Il était adossé nonchalamment à un arbre, une cigarette aux lèvres, les yeux et le canon de sa carabine fixés sur ses prisonniers. J'espérais qu'il capterait mon regard et comprendrait mon appel. Mais non. Il ne me voyait pas. Il me laissait seul face à Royce, toujours aussi bavard.

— Ça vous donne un certain sentiment de puissance, n'est-ce pas ?

— De quoi parlez-vous ?

— De votre carabine, bien sûr.

— Je ne vois pas ce que vous voulez dire. Ma carabine ne me procure aucune sensation de puissance. Je ne suis pas un tueur.

— Pourtant vous vous en serviriez, si c'était nécessaire.

— Je vous l'ai déjà dit.

Il garda le silence un moment. On n'entendait que le bruit de la brosse. Puis il reprit :

— Vous aimez l'armée ?

— Je suis soldat pour l'instant. Je fais ce qu'on me dit de faire, sans me poser de questions.

— Et l'officier qui va venir ici ? Il aime l'armée, à votre avis ?

— Je le suppose. C'est son métier.

Le bruit de la brosse cessa progressivement. Avec une certaine lenteur, Royce se retourna et se plaqua le dos au mur, les bras ballants. Son attitude avait changé. Je pus discerner dans le ton de sa voix une sorte d'accablement douloureux. Il me parut soudain fatigué. Vieux.

— N'importe qui éprouve une sensation de puissance avec une arme à la main, Kenton. Tenez, vous, en ce moment, vous avez le doigt sur la détente et vous avez envie de tirer.

— Peut-être, dis-je.

Il souhaitait clore la conversation. Et pas seulement parce que ma bouche était sèche.

En face de moi, de l'autre côté de la pièce, Royce s'animait. C'était un beau spectacle, cette silhouette d'homme qui se détachait sur le mur blanc.

— Quelqu'un a dit : « *Toute puissance corrompt. La puissance absolue corrompt absolument.* »

— C'est lord Acton.

— Vous en savez, des choses ! Lord Acton, soit. C'est bien vu, en tout cas. Le droit de vie ou de mort est le sommet de la puissance. En ce moment, par exemple, vous pourriez me tirer une demi-douzaine de balles dans le corps en deux secondes. Vous n'auriez qu'à dire que j'essayais de m'enfuir et la question serait réglée. C'est tentant, non ?

J'en avais assez. Je bougeai le canon de ma carabine :

— Ça suffit comme ça, Royce. Taisez-vous et travaillez.

— Sinon ?...

Je sentis la fureur me gagner. Pas de doute : Royce me bravait.

— Qu'est-ce qu'il se passe, Royce ? Vous me cherchez ou quoi ?

Maintenant, je pouvais définir son sourire. Il était triomphant. Royce avait la certitude de détenir la puissance. C'était lui le plus fort. Rien que par le pouvoir des mots. Ma carabine ne pesait pas lourd.

— Vous tremblez, Kenton.

— Je vais chercher l'autre garde.

— Pourquoi ne faites-vous pas ça vous-même ?

— Faire quoi ?
— Me tuer.

Je réalisai à cet instant à quel point il me haïssait. Peut-être que sa haine ne me visait pas personnellement. J'étais simplement la loi, la force. Je ne comprenais pas encore tout à fait. Mais j'avais retrouvé mon sang-froid.

— Pourquoi avez-vous assommé le sergent, Royce ?

Sa bouche se tordit bizarrement. Non, ce n'était plus un sourire.

— Ma pelle m'avait donné une sensation de puissance, Kenton.

— Mais il ne vous avait rien fait !

— Rien. Il venait seulement de me parler d'une certaine façon. Exactement comme je viens de vous parler. Et j'ai soudain eu envie de le tuer. Comme vous avez envie de me tuer.

Je hochai la tête plusieurs fois. Maintenant, j'avais la certitude qu'il avait poussé tous ses gardes à bout, les uns après les autres.

— Vous vous trompez, dis-je sans conviction. Je n'ai pas du tout envie de vous tuer.

— Mais si. On n'y peut rien. C'est moche, mais c'est comme ça.

D'une secousse des épaules, il se détacha du mur.

— C'est moche, reprit-il.

Maintenant, ses yeux ne regardaient rien ni personne et il parlait en désordre.

— Ce n'est pas supportable, vous savez. C'est à devenir fou. J'ai essayé de parler à vos camarades. Sans succès. Vous êtes ma dernière chance. On ne sait jamais...

— On ne sait jamais quoi ?

Sans répondre, il projeta ses bras en avant et commença à marcher sur moi.

Alors je levai le cran de sûreté de ma carabine, visai sa poitrine et appuyai sur la détente.

Le sergent de garde examinait sans joie le sang qui maculait les murs.

— Ça ne va pas être une petite affaire de nettoyer tout ça, dit-il. On en a pour toute la nuit.

— Il a essayé de s'échapper, dis-je. J'ai dû tirer.
— Ah ?
— Je suppose que je vais être muté, sergent...

Les yeux du sous-officier quittèrent le mur pour se poser sur le corps de Royce, allongé sur une civière.

— Je ne pense pas que ce soit aussi simple que cela, Kenton.

Je me raclai la gorge :

— Que voulez-vous dire ?

C'était moi maintenant que le sergent regardait :

— Tommy Royce n'a sûrement pas essayé de s'enfuir, Kenton. Il devait être libéré demain.

*A certain power.*
Traduction de J. P. Chapuis.

© 1968 by H.S.D. Publication Inc.

# La vérité qui tue

par

Donald Olson

— Répétons encore une fois, dit-elle. C'est moi qui serai le flic.

Robert feignit d'ouvrir la porte d'entrée tout en affectant une expression de surprise :

— Bonjour, monsieur l'agent. Entrez donc.

Sylvia le hua :

— Non, *non*. Tu ne dois pas avoir l'air de l'attendre ! Il faut la vraie surprise de l'innocence.

Il essaya de nouveau. Alors, elle rit nerveusement.

— Chéri, tu es désespérant. Tu ferais un acteur détestable. Je prends ton rôle et, toi, tu seras le flic.

Cette fois, elle fit semblant de répondre à la porte, eut un mouvement de recul avec un regard sans expression, puis pivota en souriant à son mari :

— Tu comprends ? Tu ne dis rien avant qu'il parle. Il commencera par te demander si tu es bien Robert Deraney.

Elle se tourna et fit un signe de tête à l'adresse d'un agent imaginaire :

— Oui, c'est moi. Que se passe-t-il ? Ai-je encore rangé ma voiture du mauvais côté ? Ma femme ? Que dites-vous ? Mlle Kriegher a dit *quoi* ? Bon sang, cette femme a perdu la tête ! Oui, naturellement, ma femme est là — et bien vivante.

Elle regarda vers l'escalier :

— Sylvia ? On te demande...

Puis elle monta quatre à quatre pour prendre la pose en haut de l'escalier, telle Joan Fontaine dans *Rebecca* :

— Bonsoir, monsieur l'agent. Vous vouliez me voir ?

Cessant de jouer, elle redescendit et se jeta, en riant, dans les bras de Robert.

— Oh ! Que je suis impatiente, chéri !

— Tu as raté ta vocation. Quelle actrice !

— J'espère qu'il ne pleuvra pas demain. J'aimerais mieux ne pas être traînée dans la boue.

— Que fais-tu du réalisme, mon amour ? C'est ce que nous essayons d'obtenir.

— Oui, tant que « Sœur-écoute » veille au grain !...

Le lendemain matin, il faisait clair et beau. Peu avant midi, ils étaient à la porte de derrière, aussi espiègles que deux teen-agers, aussi nerveux que des acteurs arpentant les coulisses ; la scène étant, en l'occurrence, une grande pelouse s'étendant du patio au garage. La voiture de Sylvia était déjà engagée dans l'allée, bien en vue depuis la villa voisine où, espérait-on, le seul spectateur de la représentation occupait déjà son siège habituel, près de la cuisine, les jumelles de théâtre à portée de main. C'était l'heure où Libby Kriegher « observait les mœurs des oiseaux ».

Pour plus de sûreté, ils avaient décidé de monter un lever de rideau.

Sylvia cligna de l'œil à Robert :

— Prêt, chéri ?

— Allons-y !

Elle marcha à pas précipités vers sa voiture.

Il lui cria :

— Sylvia !

A mi-chemin de la pelouse, elle s'arrêta.

— Sylvia ! Reviens, sapristi !

— Non ! Je suis à bout. J'en ai marre. Je te quitte, Robert. J'ai compris.

— Je te préviens, Sylvia. Reviens immédiatement, avant que je...

— Avant quoi, abruti ?

Et elle poursuivit sur ce ton, improvisant jusqu'à s'époumoner une scène de ménage. Si Libby Kriegher n'était pas à sa fenêtre à présent, c'est qu'elle était morte ou bien devenue sourde.

Robert s'accorda encore quelques secondes, puis courut prendre Sylvia par le bras. Elle fit semblant de résister. Une brève bagarre s'ensuivit, puis elle parut renoncer et se laisser entraîner de force vers la maison. Ils vociférèrent l'un et l'autre quelques instants de plus ; après quoi, souriant à Robert, elle poussa un cri perçant. Un moment plus tard, Libby Krieger — en présumant qu'elle observait — put voir Robert tirant Sylvia, apparemment inconsciente, d'un bout à l'autre de la pelouse ; mais, comme ils arrivaient à la voiture, elle eut l'air de reprendre conscience, libéra son bras en se débattant et retourna vers la maison en rampant sur les mains et les genoux.

Robert se précipita au garage, en ressortit avec un maillet de croquet, la saisit par les cheveux et fit comme s'il la frappait brutalement sur la tête, à coups répétés. Elle s'effondra sur l'herbe. Il se pencha sur elle, fit semblant d'écouter les battements de son cœur, puis courut à la voiture, mit la clef de contact et ouvrit la malle arrière. Non sans un rapide coup d'œil circulaire — il transpirait comme si la scène était vraie — il prit dans ses bras sa femme, supposée morte, et entreprit de caser le corps dans le coffre. Il lança le maillet à côté d'elle en se demandant si Libby avait déjà appelé la police.

Quelques secondes plus tard, il démarrait et, dans un hurlement de pneus, se lançait dans Meadow Lane, en direction de la voie express.

La jubilation enfantine avec laquelle il avait joué son rôle s'évanouit très vite, dès qu'il eut quitté son quartier. Tout commença à ressembler à ce que c'était vraiment, une plaisanterie de mauvais goût qui ne rimait à rien. Il n'aurait jamais dû écouter Sylvia. C'était tellement caractéristique de son imagination facilement surexcitée. Au lieu de régler le problème en adultes responsables, ils avaient combiné cette comédie stupide. En réalité, c'était un problème mineur ne méritant pas une solution si élaborée. Quand ils étaient arrivés dans la petite ville, ils n'avaient ni amis ni parents, et, tout naturellement, ils acceptèrent avec reconnaissance l'aide que leur offrit leur unique voisine, Libby Krieger, une vieille fille d'une quarantaine d'années. Elle avait un peu l'air d'un lapin, à cause de ses dents notamment et de ses gros yeux brillants, mais elle était la bonté même et une mine d'informations. Elle les avait invités à prendre leurs repas jusqu'à ce qu'ils fussent installés, fait pour eux des courses innombrables, et même aidé Sylvia à choisir les meubles pour la maison.

Mais quand ils n'eurent plus besoin d'elle, elle continua d'être là. Sa présence presque constante devint lassante, puis gênante, et sa vigilance leur donnait l'impression de vivre nus dans un aquarium géant.

— L'un de vous a été malade, la nuit dernière? téléphonait Libby avant que l'un ou l'autre n'eût même mis le pied par terre. J'ai vu la lumière de votre salle de bains à quatre heures un quart.

Ou bien encore :

— Etait-ce vous, mes tourtereaux, qui parliez si fort? ne manquait-elle pas de demander avec un regard de côté, dépourvu de tact. J'espère que vous vous êtes embrassés pour vous réconcilier avant d'aller vous coucher.

Chaque fois que Sylvia préparait un repas, l'été, dans le patio, le fumet tentateur attirait Libby comme un aimant :

— Miam... Quelque chose sent rudement bon, mes petits poulets. Oh! Cette salade paraît épatante! Dites-moi de partir avant que j'engloutisse votre sauce hollandaise.

Que pouvaient-ils faire? Elle avait été si miraculeusement envoyée des dieux au début; pouvaient-ils lui dire qu'il n'y avait pas assez de salade pour trois ou qu'elle aille faire elle-même sa propre sauce hollandaise?

Ils essayèrent les insinuations. Robert fut subtil, Sylvia plus directe : ni l'une ni l'autre de ces manières ne fut efficace. Plus d'une fois, la voyant venir, ils avaient fermé la porte à clé, simulant leur absence de la maison; pauvre stratagème, car elle pouvait voir leurs deux voitures dans le garage. Lasse de sonner, elle s'éloignait tristement, fredonnant un petit air et, quand ils se risquaient à ouvrir la porte, ils étaient consternés en découvrant qu'elle avait laissé un ragoût ou un plat mijoté paraissant vraiment délicieux, ou bien encore une brassée des fleurs de son jardin. Robert ne manquait pas alors d'éprouver du remords et insistait pour inviter Libby à dîner ; Sylvia refusait et ils se disputaient.

Finalement, ils convinrent qu'il fallait faire quelque chose.

— Te rends-tu compte, chéri, déclara Sylvia, que cette chère et tendre femme trouble la paix de notre esprit, met en péril notre vie privée ?

— Mais elle est tellement bonne.

— C'est bien l'ennui. Si elle ne l'était pas, nous pourrions simplement lui dire de s'étouffer !

— Je me demande : sommes-nous réellement si sympathiques ?

— Je pense qu'il y a une autre explication : elle est trop seule.

— Finalement, tu sais ce qu'elle a fait ? Elle nous a adoptés.

Sylvia réfléchit :

— Et si nous nous arrangions pour lui déplaire ?

Conquis, Robert saisit l'idée au vol :

— Nous commencerons par lancer nos ordures sur sa pelouse.

— Tu plaisantes ? Elle les ramasserait, les envelopperait, les mettrait dans sa propre poubelle et nous remercierait d'avoir pensé à elle. Non, il faut que ce soit quelque chose de très particulier. Une femme comme Libby est très sensibilisée par l'impression qu'elle donne aux autres. C'est pourquoi elle fait tant d'efforts et, finalement, éloigne les gens. Ce à quoi nous devons parvenir, d'une façon ou d'une autre, c'est à la ridiculiser — l'humilier — mais de telle façon que sa stupidité apparaisse d'elle-même.

C'est ainsi que germa cette répugnante mystification. Comment avait-il seulement pu imaginer que cela paraîtrait plausible, et même passable ? Libby serait apparemment témoin d'un meurtre ; elle appellerait la police, qui arriverait sur les lieux ; Robert agirait avec confusion. Puis Sylvia ferait son entrée, et Libby se retrouverait pataugeant dans un tel pétrin qu'elle n'oserait ni ne voudrait plus jamais se retrouver en face d'eux.

— Et alors, je ferai mettre une clôture, avait-il conclu.

Maintenant, tandis qu'il conduisait sur la voie express vers la route secondaire où il pourrait s'arrêter en toute sécurité pour que Sylvia sorte du coffre arrière sans être vue, il se demanda pourquoi il n'avait pas tout simplement commencé par faire poser une clôture. Pourquoi avaient-ils laissé s'établir, puis se dégrader leurs rapports jusqu'à ce qu'un coup d'épate insensé comme celui-là leur parût nécessaire ?

Absorbé dans ses pensées, il faillit rater le tournant et freina à mort sans voir le camion qui roulait derrière lui. Le lourd véhicule heurta le pare-chocs gauche arrière dans une terrible secousse qui projeta la voiture dans le fossé.

Terriblement sonné, il leva la tête et remua tous ses membres. Hormis le choc, il ne semblait pas blessé. Il vit la bouille ronde du routier s'encadrer dans la vitre et, au même instant, pensa à Sylvia, étendue dans la malle arrière.

Le routier l'aida à sortir de sa voiture.

— Tout va bien, camarade ?
— Oui.

Dans le coffre, aucun signe de vie. Il ne sut que faire.

— Vous auriez pu y rester, mon vieux. Moi aussi, d'ailleurs.

De faiblesse et d'anxiété, Robert se mit à trembler.

— Vous n'avez pas l'air brillant, mon vieux. Vous devriez aller à l'hôpital...

Robert lui assura en bégayant qu'il allait très bien.

— Votre camion est-il endommagé ?
— Cette caisse-là ? Un tank Sherman n'arriverait pas à lui faire une bosse.

C'était l'un de ces géants placides, bovins, inoffensifs : les pires pour réussir à s'en débarrasser. Robert sentait la sueur tremper sa chemise. Il ne quittait pas des yeux le coffre arrière, et cependant n'osait s'en approcher tant que le routier était là. Il tira de ses papiers son permis, lui donna son numéro de police d'assurance ainsi que le nom de sa compagnie et parvint, finalement, à obtenir de lui les mêmes renseignements.

— Vous avez l'air à plat, mon vieux. Ecoutez, vous allez rester tranquillement assis et je vais...

— Non ! Merci beaucoup, mais je n'ai pas besoin de docteur. Je suis pressé.

Le chauffeur insista pour l'aider à sortir la voiture du fossé et seulement alors, à contrecœur, il prit congé.

Dès que le camion eut disparu, Robert s'engagea sur la route secondaire qui contournait, parmi de grands pins sombres et solennels, de vieux réservoirs de fuel rouillés. Plus avant dans les bois, il quitta la route et se rangea derrière l'un de ces énormes cylindres noirs en priant intérieurement que personne ne passe par là.

Comme il essayait d'ouvrir le coffre, la clé tomba de ses doigts tremblants. Un résidu gras du réservoir suintait autour de ses chaussures. Des boîtes de bière rouillées et de vieilles bouteilles brisées pointaient du sol gluant. L'endroit ressemblait à un cachot rébarbatif.

Le visage de Sylvia lui était caché, tourné vers le sol, et cependant il sut — par le maintien figé, anormal, de tout son corps — qu'elle était morte. Il la toucha, la palpa, à la recherche du moindre souffle de vie. Il tourna sa tête vers lui. Un filet de sang coula le long du menton, sur la couverture.

La douleur le submergea d'emblée, paralysant toute autre sorte d'émotion. Il n'avait plus notion du passé, ni de l'avenir, mais seulement de l'éternité glacée du présent. Les pins, le ciel, le corps de Sylvia, tout semblait, d'étrange manière, figé, gelé. Seul, le cœur de Robert continuait de battre, luttant par son rythme obstiné contre un accablant désir de mourir. Il réfléchissait combien ce serait simple et facile. La seule chose qui aurait pu l'arrêter, c'était la laideur même de l'endroit : l'amoncellement des boîtes vides, le sol gras, les pins sombres...

Il n'osa imaginer la moindre possibilité que Libby eût pu ne pas les voir. A ce moment précis, elle devait avoir appelé la police pour raconter ce dont elle avait été témoin. On l'attendait certainement chez lui car, sans aucun doute, on le recherchait déjà.

Pourtant, il y avait *encore* une petite chance.

Le sang avait maculé, goutte à goutte, la couverture, mais pas le coffre arrière lui-même. Robert enveloppa le corps dans la couverture avant de l'enterrer dans la fange molle et grasse, derrière le réservoir. Il lança le maillet dans les bois, puis alluma une cigarette, remonta en voiture et rentra lentement chez lui.

Tout en conduisant, il sombra dans une vague de fatalisme ; il était prêt à se soumettre, à n'offrir aucune résistance à quoi que ce fût. Si la police l'attendait à la maison, tout serait fini ; ce serait inutile et lâche d'essayer seulement de leur faire comprendre les faits. Il avait lui-même tissé la propre trame de son désespoir avec tant d'artifice qu'il éprouva un réel désappointement quand il arriva chez lui et trouva la maison déserte. Il entra et se servit un verre. Il attendit. Un silence tragique régnait alentour comme si, un instant auparavant, un cortège funèbre avait quitté la maison. Cet oppressant silence l'effraya par son ambiance de deuil éternel. Il prit le revolver, dans son bureau, le chargea, mais il était trop passif et dérouté pour agir par impulsion. Il ne ferait rien : il n'appellerait pas plus la police qu'il ne prendrait contact avec Libby.

A sept heures, après être resté assis pour boire son verre, puis un autre verre, puis fumer une cigarette, dans la pénombre empourprée de la maison vide, il se sentit frissonner et se leva, afin d'allumer une lampe, dont le reflet rouge dispensa une sensation de douce tiédeur.

On sonna à la porte. Tout d'abord, Robert ne bougea pas, n'étant pas à même de faire l'effort nécessaire pour se lever et aller ouvrir la porte. Mais on sonna avec tant d'insistance que, finalement, il se mit debout pour aller voir.

C'était Libby, avec son même sourire familier et prévenant, tenant une soupière fumante :

— Si c'est raté, ce sera entièrement ma faute. La recette ne le spécifiait pas mais je suppose qu'il fallait du bœuf. Alors, cela aura probablement le goût d'un simple et classique ragoût au curry.

Ses paroles n'avaient aucun sens. Quoique à demi ivre seulement, il lui semblait la voir et l'entendre à travers une vitre embuée de givre.

— Robert ? Etes-vous malade ?

Son naturel avait quelque chose d'indécent ; cependant, il n'éprouva aucune colère à son égard et il était trop épuisé par l'émotion pour lui mentir :

— Non. Je vais très bien.

— Vous n'avez pas mangé, n'est-ce pas ? C'est l'heure d'y songer, dans ce cas. Je peux entrer ?

Bientôt, elle s'agita dans la cuisine, se parlant à elle-même en sourdine, se morigénant en signe de consternation devant sa propre maladresse. Ce remue-ménage et ce zèle domestique atténuèrent un peu l'angoisse de Robert, mais c'est seulement quand elle s'écria « C'est servi ! » qu'il se demanda, consciemment, pourquoi elle n'avait pas posé de question à propos de Sylvia.

Elle avait mis son couvert et l'observa, dans l'expectative, tandis qu'il s'installait à table. Il leva les yeux vers elle :

— Libby...

— Allons. Essayez...

Il prit une bouchée et l'avala.

— Trop de curry ?

Il reposa sa fourchette :

— Libby, pourquoi faites-vous tout cela ?

— Bah ! Il faut bien que quelqu'un s'occupe de vous.

— Sylvia est partie, dit-il, l'air sombre.

— Je sais.

Leurs regards se rencontrèrent. Il eut le sentiment que leurs pensées suivaient des cheminements séparés, mais parallèles.

— Vous n'aimez pas ça, n'est-ce pas ? Il y a trop de curry.

L'absurdité de tout cela le fit rire :

— Non, c'est excellent. Seulement, je n'ai pas faim.

— Ce n'est pas étonnant. Mais il faut manger.

Son côté obtus l'irrita. Il reposa violemment sa fourchette :

— Vous ne comprenez donc pas ? Elle est *partie*.
— Je le sais, Robert. J'ai assisté à son départ.

Il la regarda. Elle eut un geste de la tête, pour se dérober :

— D'accord. Il vaut mieux que vous le sachiez. Je vous ai vu la porter dans la voiture, après la bagarre.

Où voulait-elle en venir ? Il regarda le ragoût comme s'il avait pu être empoisonné :

— Alors, vous avez tout vu ?
— Tout.

Il n'avait jamais eu l'intention d'expliquer à quiconque, ni même d'essayer mais, maintenant, ces quelques bouchées de ragoût semblaient avoir déclenché une sorte de mécanisme anti-désespoir.

— Libby, je sais à quoi cela ressemblait. Mais, franchement, je n'ai pas assassiné Sylvia. Cette bataille que vous avez vue et entendue, toute cette affaire avec le maillet de croquet, c'était une supercherie, pour faire semblant. Je ne l'ai pas frappée, vraiment. Tout cela, c'était du mime, un coup d'épate loufoque. Si vous aviez été là, vous l'auriez entendue rire quand je l'ai mise dans la malle arrière. Mais les choses ont mal tourné, Libby. Cela a été terrible, horrible. J'ai eu un accident ; un camion m'a heurté à l'arrière avant que je me sois arrêté pour la faire sortir. Quand j'ai ouvert le coffre, elle était morte.

Elle rougit, véritablement mal à l'aise.

— Libby, vous m'entendez, je vous *jure*...
— Non, je vous en prie, Robert. Il faut décider ce que nous allons faire. Sylvia est-elle toujours dans la voiture ?
— Non.
— Non ?
— Bien sûr que non. Croyez-vous que j'allais conduire toute la journée, avec son corps dans la voiture ?
— Mais, Robert, c'était un accident. Vous n'aviez pas l'intention de la tuer, n'est-ce pas ?
— Alors, vous me croyez ?

Il pouvait presque voir une sorte de halo lumineux,

l'auréole de la sainteté illuminant son visage ; mais elle secoua la tête :

— Je veux dire : quand vous l'avez frappée avec le maillet. Naturellement, je ne crois pas que vous avez *fait semblant* de la frapper. J'ai tout vu, rappelez-vous. Vous étiez hors de vous et vouliez l'effrayer, seulement vous vous êtes emporté et ne vous êtes pas rendu compte de la force avec laquelle vous la frappiez. Mais ce que je voulais dire, Robert, c'est que, peut-être, cela pourrait passer pour un accident.

— Non, la police est trop habile. Ce sont aussi des scientifiques, vous savez. Ils ont des laboratoires et ils sauraient depuis combien de temps elle était morte. De toute façon, c'est trop tard. Je l'ai déjà enterrée.

— Oh ! Robert... Pourquoi avez-vous fait une chose pareille ?

— Parce que j'ai pensé que vous ne pouviez pas — sauf infime chance — ne pas nous avoir vus et que vous aviez donc appelé la police. Je ne m'attendais certainement pas à ce que vous fussiez témoin d'un meurtre *sans* appeler la police.

Ses gros yeux ronds et brillants étaient humides de reproches :

— Vous ne me connaissez vraiment pas, Robert. Comment ! Vous et Sylvia étiez mes seuls amis... ma vie ! Vous étiez devenus tout pour moi, toujours si aimables, si doux. Vous n'imaginez pas ce que j'ai ressenti quand j'ai entendu Sylvia vous crier qu'elle vous quittait. Oh ! Robert, comme elle a été stupide ! Ne s'est-elle pas rendu compte de la chance qu'elle avait d'être aimée par un homme comme vous ? Vous n'aviez pas l'intention de la tuer, j'en suis sûre. Simplement, vous n'avez pu supporter qu'elle vous quitte. C'était tellement poignant, Robert : j'étais assise à la fenêtre et j'en *tremblais*. C'était à la fois terrible et... C'était du... Shakespeare ! Comme *Othello*... comme *Roméo et Juliette*. Oh ! c'était merveilleux !...

Il en resta ébahi. Elle était absolument sincère et son regard brûlait du feu romanesque. Il ne savait plus que penser d'elle. C'était touchant et, en même temps, risible, grotesque.

— Si bien que, vous n'avez pas appelé la police ?
— La police ! Ils n'auraient rien compris. Je ne raconterai jamais rien sur vous, Robert. C'était si tragique et si beau. Je n'oublierai jamais cela.

Soudain, il eut faim, reprit sa fourchette et termina son ragoût.

Rayonnante, elle lui demanda :
— Où l'avez-vous enterrée, Robert ?
— Près d'un vieux réservoir de fuel, à un demi-mile sur la route de Cortwright.
— Et s'ils la trouvent ?
— Impossible.
— Même s'ils y parviennent, je dirai que vous étiez ici, avec moi. Je déclarerai que je l'ai vue s'amuser avec d'autres hommes. Nous trouverons bien quelque chose...

Il lui adressa un sourire affectueux :
— Libby, vous êtes la femme la plus remarquable que j'aie jamais rencontrée.

Elle rougit, baissa les yeux, et parut presque jolie :
— Oh ! Robert...

Il lui vint à l'esprit, non par vanité mais parce qu'il jugeait vraiment extraordinaire son attitude après avoir été témoin d'un tel événement, qu'elle pourrait bien être amoureuse de lui. Il ressentit une angoisse de culpabilité pour ses nombreux péchés par omission en ce qui concernait Libby Kriegher. Il ignorait tout d'elle, de son passé, de ses expériences, de ses ambitions déçues, de ses espoirs toujours caressés. Avait-elle jamais aimé ? Non, il pensait que non. Elle était trop romantique et extravagante pour se laisser entraîner dans une histoire d'amour de style courant. Elle était d'une nature trop poétique.

— Je vais faire la vaisselle, dit-elle. Pourquoi n'allez-vous pas au fumoir, regarder la télévision ? Cela vous distrairait de tout cela.

Oui, elle allait encore être assommante, décida-t-il. Plus que jamais. Pour le moment, cependant, elle ne dispensait qu'un ennui plutôt plaisant. Il vendrait la maison et filerait ailleurs.

Dommage qu'il ne puisse prétendre à l'assurance-vie de Sylvia.

Qu'une telle pensée puisse seulement l'effleurer l'épouvanta. La psychologie du comportement humain le fascinait, précisément parce qu'il n'en avait qu'une connaissance floue. Excellente chose probablement, conclut-il, car, si nous étions capables de comprendre vraiment nos mobiles, pourrions-nous jamais vivre avec notre moi profond ?

Tout naturellement, cela le conduisit à réfléchir au sujet de l'accident et jusqu'à quel point la collision avec ce camion avait été purement accidentelle. Avait-il vu le poids lourd derrière lui mais omis de permettre à son esprit d'en enregistrer l'image ? Quelque diabolique et sombre dessein caché avait-il été la cause déterminante de l'accident ? *Avait-il pour quelque raison, jusqu'ici consciemment inadmissible, voulu que Sylvia meure ?* Ou avait-il délibérément encouragé ces pensées parce qu'il voulait se sentir coupable et s'infliger une autopunition ?

Il soupira. L'énigme était trop embarrassante. Il s'étendit et ferma les yeux.

Il était à demi endormi quand Libby le réveilla.

— Je vous croyais repartie chez vous, dit-il.

— C'est ce que je faisais quand, tout à coup, j'ai repensé au maillet.

Il sourit :

— Et alors ?

— Qu'en avez-vous fait ?

— Je l'ai jeté dans les bois.

— Oh ! Robert, vous auriez dû l'enfouir ou le brûler. Nous devrions retourner le chercher demain. Oui... il faut le brûler.

— Tranquillisez-vous, Libby. Personne ne ferait le rapport avec Sylvia, même si on le retrouvait.

— Avez-vous effacé vos empreintes digitales ?

— Non. Pourquoi ?

— Mais, vous avez dit vous-même, Robert, que la

police avait des méthodes scientifiques. S'ils retrouvaient des traces de sang, des cheveux ?

Il se redressa en la regardant gravement :

— Libby, écoutez-moi bien. Le maillet n'a aucune importance. Aucun scientifique au monde ne serait capable d'y trouver des cheveux ou la moindre trace du sang de Sylvia, parce qu'il n'y en a aucune. Ce maillet n'a jamais heurté la tête de Sylvia. Vous avez eu l'impression contraire, je le sais. Il fallait que les choses paraissent ainsi, à votre intention. C'est ce que nous avions combiné.

Elle parut complètement ahurie :

— Combiné ? Je ne comprends pas.

— Libby, je vous l'ai déjà dit, vous êtes la plus remarquable des femmes. Mais, si jamais vous vous croyez complice d'un meurtre, laissez-moi vous libérer l'esprit de toute culpabilité. Je vous ai dit la vérité en vous assurant que je n'avais pas tué Sylvia. Nous avons simulé un meurtre pour vous mystifier.

Elle était toujours aussi interloquée et hébétée :

— Moi ? Et pourquoi vouliez-vous me mystifier, Robert ?

Il le lui expliqua. Inutile de la ménager. Si elle était prête à accepter d'être complice d'un meurtre, la vérité ne la ferait même pas sursauter. De plus, cela lui ferait peut-être prendre conscience qu'elle avait été *réellement* assommante et qu'il n'aimait pas qu'on l'ennuie.

Il ignorait tout de la façon dont elle réagissait à sa confession, car il n'osa pas rencontrer franchement son regard ; mais dès qu'il se tut, elle dit simplement :

— Vous avez vécu une journée vraiment éprouvante, Robert. Pourquoi n'allez-vous pas vous coucher maintenant ? Je reviendrai dans un petit moment m'assurer que vous êtes endormi. Aimeriez-vous un peu de lait chaud ?

— Non, merci.

Il la regarda tandis qu'elle lui dédiait un sourire attendri.

Dès qu'elle fut partie, il décida de s'endormir là, sur

le sofa du fumoir. Il n'avait pas la force de se déshabiller et de gagner son lit.

La lumière le réveilla. Il jeta alentour un regard furtif en poussant un petit grognement de protestation, puis ouvrit grands les yeux : Libby se tenait près de lui, souriante et le menaçant d'un revolver.

— Libby ? Que signifie... ?

— Debout, Robert. Il y a du papier et un stylo, là, sur le bureau. Dépêchez-vous. Allez vous asseoir et écrivez ce que je vous dicte.

— Libby, êtes-vous devenue folle ?

— Faites ce que je vous dis.

Il se leva et alla s'asseoir au bureau. Elle se rapprocha :

— Déclarez simplement que vous avez tué votre femme parce qu'elle menaçait de vous quitter. Et précisez où vous l'avez enterrée. C'est tout, Robert.

— Mais, Libby, pourquoi ?...

— Ecrivez !

Il s'exécuta.

— Maintenant, donnez-moi ce papier.

Elle le lut rapidement et sourit de nouveau :

— Parfait, Robert. Maintenant, je vais vous tuer avec votre propre revolver. La police conclura au suicide d'un assassin.

— *Pourquoi ?* Pourquoi n'avez-vous pas tout simplement appelé la police, Libby ?

— Parce que vous avez tout gâché. Je vous aurais aidé, Robert, je vous aurais toujours aidé. Vous n'auriez pas dû me ridiculiser. Tout avait l'air si vrai quand je vous ai vu vous battre avec Sylvia, courir au garage prendre le maillet et la tuer. Oh ! c'était l'événement le plus passionnant que j'aie jamais vécu. La seule chose *vraie*.

La surexcitation empourpra son visage sans beauté, puis sombra en une expression morne, et décontenancée :

— Maintenant, je sais que c'était faux. Ce n'était qu'une représentation. Une mise en scène pour me berner et me faire passer pour une imbécile.

Elle s'avança vers lui, pointa le revolver :
— Oh ! pourquoi avez-vous tout gâché, Robert ?
Et elle appuya sur la détente.

*The truth that kills.*
D'après la traduction d'Y. Villefranche.

© 1972 by H.S.D. Publications Inc.

# A la fenêtre

par

Dan J. Marlowe

Brent Wilson lissa les revers de son smoking avant de faire quelques pas devant la baie vitrée de deux mètres cinquante sur trois, baie vitrée qu'on se serait davantage attendu à trouver dans un grand magasin que dans un rez-de-chaussée d'immeuble bon marché. Il savourait les regards étonnés que lui jetaient les passants quand ils abordaient le large trottoir.

Vus de la rue, le récepteur de TV en couleurs avec son écran de 75 cm, la chaîne haute-fidélité avec ses nombreux cadrans et boutons étincelants, le mobilier danois impeccablement astiqué, le bar bien garni en alcools divers et la décoration de bon goût, tout contribuait à donner de Wilson l'image d'un homme du monde sophistiqué se délassant avant d'aller dîner en ville.

Wilson adorait se mettre ainsi en vitrine chaque soir devant les hordes plébéiennes « d'outre-fenêtre », mais en feignant d'ignorer complètement leur existence. Il veillait avec soin à se comporter constamment comme si de la brique, et non du verre, l'eût séparé de la rue, adoptant pour se déplacer à travers la pièce élégamment meublée la démarche de côté particulière à l'acteur soucieux de ne pas tourner le dos à son public. Le moindre regard du moindre passant — surtout s'il s'agissait d'une femme — lui procurait un plaisir intense.

Le téléphone ayant sonné, il traversa nonchalamment la pièce pour aller répondre.

— Monsieur Wilson ? interrogea une voix féminine enrouée.

— Lui-même.

N'oubliant pas que la table du téléphone était située au milieu de la pièce, Wilson releva légèrement la tête afin de tendre la peau de son cou et faire oublier qu'un double menton était en train de lui venir en sa trente-cinquième année.

— Je m'appelle Gilda.
— Gilda ?

Wilson porta les doigts de sa main libre à son sourcil, ainsi qu'on le fait au théâtre pour montrer qu'on réfléchit.

— Je ne...
— Nous ne nous sommes jamais rencontrés. Je désire seulement vous parler.

Wilson conserva son expression aimable, mais sa voix devint dure.

— Quoi que vous vendiez, je ne suis pas preneur
— Oh, non ! protesta la voix enrouée. Je vous vois chaque soir dans votre living-room, et c'est presque comme si je vous connaissais. J'ai trouvé votre nom et votre numéro dans l'annuaire des rues. Je voudrais seulement converser avec vous.

Il se demanda si elle faisait partie des passants quotidiens. Une folle, sans aucun doute, mais ce n'en était pas moins flatteur pour autant.

— Parlez-moi de vous, Gilda.
— De mon physique, n'est-ce pas ? Eh bien, je fais 1,67 m, pèse environ 57 kilos, je suis naturellement blonde et, à ce qu'on dit, plutôt agréable à regarder. En outre, je suis diplômée de psychologie.

— Une belle fille, et intelligente, avec ça, observat-il, les traits ordonnés en une mimique d'étonnement amusé. (La description d'elle-même que venait de lui faire son interlocutrice était loin de le laisser indifférent.) Ne voudriez-vous pas venir prendre un verre avec moi ?

— Oh non ! Nous ne pouvons pas nous rencontrer.

255

Je souhaiterais seulement que nous ayons ensemble de longs entretiens « en tout bien tout honneur ».

« Une vraie folle », trancha-t-il.

— Si vous acceptiez de venir me voir, nous ne perdrions pas notre temps à parler, ne croyez-vous pas ?

Elle gloussa.

— Eh bien vous, au moins, vous n'y allez pas par quatre chemins ! Nous... Mais il faut que je raccroche, coupa-t-elle. Je vous rappellerai demain soir. A huit heures.

Le lendemain soir, il était debout à côté de la bibliothèque, près du téléphone, attendant son appel. Celui-ci ne se produisit qu'à huit heures dix.

— Vous pensiez, je parie, que je n'appellerais pas ? dit-elle gaiement.

Ce qui le contrariait, c'était qu'elle l'eût fait attendre et surtout de s'être surpris lui-même à guetter son appel.

— Cela n'avait pas une importance extrême, dit-il avec raideur.

— Vous ne semblez pas très en forme. Je me suis préparé un whisky soda avant de composer votre numéro. Ecoutez !

Il entendit le tintement des glaçons contre le cristal.

— Pourquoi ne pas vous servir également quelque chose à votre charmant petit bar ? Après, nous nous sentirons mieux pour bavarder.

— Excellente idée, répondit-il d'un ton radouci. (Il posa le récepteur. Le bar se trouvait de l'autre côté de la pièce, le mobilier n'ayant pas été disposé dans un but pratique, mais avant tout afin d'être visible le plus possible pour le public de la rue. Wilson se versa deux doigts d'un excellent bourbon doré contenu dans un carafon en cristal taillé puis, prenant un siphon, coupa son alcool d'une giclée de soda.) Ça va mieux, dit-il dans l'appareil.

— Parfait ! s'écria son interlocutrice. Ne vous avais-je pas dit hier soir que j'étais très intelligente ? A l'université, j'étais toujours dans les premiers. Mes résultats étaient fantastiques.

— Depuis combien de temps avez-vous achevé vos études ? demanda Wilson, soudain obsédé par la vision d'une « raisonneuse » de quarante-cinq ans, fagotée, comme autrefois.

— Trois ans.

— Vous êtes vraiment sûre que vous ne voulez pas venir me voir un de ces soirs ?

Il s'assit dans un fauteuil de cuir qui faisait face à la fenêtre et but une gorgée d'alcool tout en croisant soigneusement ses jambes.

— Oh, non ! Mon mari serait fou furieux s'il apprenait que je vous ai ne serait-ce que *parlé* !

« Encore une de ces ménagères à problèmes », pensa-t-il cyniquement.

— J'ignorais que vous étiez mariée.

— Je le suis depuis ma première année d'université. Un jour, la machine à laver du local de l'association des étudiants est tombée en panne, et c'est Steve qui est venu la réparer. (Un temps.) C'est l'homme le plus bête du monde.

De l'autre côté de la grande baie, une femme s'était arrêtée, le nez presque écrasé sur la vitre. Wilson étendit le bras gauche et consulta sa montre-bracelet ultra-plate. Brusquement embarrassée, la curieuse disparut. Wilson sourit.

— Si telle est votre opinion sur lui, Gilda, pourquoi l'avoir épousé ?

— Au début, pure attirance sexuelle. C'est un superbe animal. Un chasseur — un fanatique du plein air. Vous voyez. Mais maintenant, je ne peux plus lui parler.

— Il reste toujours le divorce, suggéra Wilson, décroisant lentement ses jambes pour les croiser de nouveau, mais dans l'autre sens.

— C'est impossible.

— Impossible ? Pourquoi ?

— Il est trop possessif. Je le connais bien. Je suis licenciée en psychologie, l'avez-vous oublié ?

Wilson prit son temps pour boire de nouveau et cette fois à la santé d'un homme d'un certain âge qui, s'étant arrêté devant la fenêtre, s'attarda quelque peu avant de s'éloigner.

— Mais alors qu'allez-vous faire ?

— Je vous ai déjà dit que je n'étais pas trop mal. Je me suis arrangée... Il sonne à la porte. Bonne nuit.

— A demain ? interrogea-t-il rapidement.

Mmmmmmm. Le déclic du téléphone résonna à son oreille.

Le lendemain soir, Wilson mit sa veste d'intérieur marron glacé et se prépara un cocktail tout en attendant qu'elle téléphone. Elle fut exacte.

— Salut ! s'écria-t-elle en guise d'entrée en matière. C'est Gilda.

— Vous semblez excitée. Auriez-vous bu ?

— Non. Je suis heureuse. Mon problème est résolu.

— Steve a-t-il accepté de vous accorder le divorce ?

— Mieux que ça. Divorcer peut entraîner trop de complications. Non, je lui ai simplement tout raconté au sujet de nos entretiens téléphoniques, en ajoutant que nous nous aimions et désirions nous marier.

— Il n'y a évidemment pas un seul mot de vrai dans ce que vous venez de dire, n'est-ce pas ? demanda-t-il en contrôlant sa fureur.

— A ceci près que je ne vous épouserais pour rien au monde ! Car vous êtes presque aussi inintéressant que ce pauvre Steve, à l'esprit « tout en muscles », avec cette façon que vous avez de faire étalage de vous-même devant votre fenêtre. Vous êtes l'individu le plus narcissique, le plus égocentrique...

Sa voix continua à énumérer les épithètes.

Wilson se redressa en se dégageant d'une secousse de son fauteuil, bien loin pour une fois de se préoccuper de l'effet produit sur les passants.

— Ecoutez-moi, petite... petite garce, commença-t-il.

Son rire voilé l'interrompit.

— Steve est très jaloux, très sauvage et très irrité. Adieu, monsieur Wilson.

— Adieu ? Que voulez-vous...

Une conduite intérieure bleue stoppa dans un crissement de pneus le long du trottoir, juste en face de la baie vitrée. L'homme qui en jaillit traînait derrière lui un fusil au long canon.

La sueur perla au front de Brent Wilson, tandis qu'il criait frénétiquement « Gilda ! »

— Et maintenant, je vais appeler la police afin qu'il n'ait aucune chance de s'échapper, dit-elle sans s'émouvoir.

Brent Wilson resta comme pétrifié tandis que, braqué sur lui, le canon du fusil crachait une flamme orange qui décora d'une toile d'araignée la vitrine de deux mètres cinquante sur trois. Un poids énorme lui pulvérisa la poitrine, et il s'affaissa lentement sur le tapis d'Orient, où il demeura étendu de façon grotesque tandis que, sur le devant de sa veste, le marron glacé devenait de plus en plus foncé.

*Center of attention.*
Traduction de Claude Alain.

© 1968 by H.S.D. Publications Inc.

# Le vieux cormoran

par

Patrick O'keeffe

Le commandant Somme considérait, avec un certain amusement, ce secret comme l'un de ceux qui, pendant la guerre, avaient été le mieux gardés. Il n'en avait eu connaissance que par un pur hasard, près de vingt-cinq ans après les événements qui l'avaient entouré. Il rentrait après avoir été rendre visite à l'un des membres de son équipage hospitalisé à Staten Island. Après avoir quitté le ferry-boat, il remontait State Street. L'air était vif et printanier. Il entra dans le bâtiment de l'Institution religieuse des Gens de mer, nouvellement ouvert. Il éprouvait subitement l'envie de prendre une tasse de café.

Il s'était installé à côté des fenêtres de la cafétéria faisant face à Battery Park, et son regard allait d'une table à l'autre. Il y en avait peu d'occupées, car on était au milieu de l'après-midi. Mais il y avait là un vieil homme qui le regardait avec insistance. Le commandant Somme le regarda à son tour, avec la vague impression d'avoir vu quelque part ce visage aux rides profondes et cette tête aux cheveux blancs passés à la tondeuse.

Soudain le vieil homme se leva et vint à lui.

— Est-ce que vous n'êtes pas le commandant Somme, qui était pacha du *Delcrest* pendant la guerre ?

— C'est exact.

Le visage de l'officier s'illumina ; il l'avait reconnu.

— Ce vieux Pop Seymour ! Je me disais bien que je vous avais vu quelque part.

— Je pensais bien que c'était vous, mon commandant.

Le vieil homme semblait ravi.

— Cependant, je n'en étais pas tout à fait sûr, à cause de cette moustache et de ces favoris.

— Je suis la mode, dit le commandant en souriant. Qu'est-ce que vous avez fait pendant tout ce temps, Pop ? Continué à naviguer, je parie.

Pop Seymour hocha la tête avec tristesse.

— J'ai dû partir à la fin de la guerre. Limite d'âge. J'étais trop vieux, ont-ils dit. Si bien que je bricole à l'Institution. Et ici, j'ai le vivre et le couvert.

Le vieil homme regardait le commandant d'un air interrogateur.

— Vous devez, vous aussi, être sur le point de plier bagage.

— Encore à peu près deux ans, Pop. Mais asseyez-vous donc et racontez-moi ce que vous avez fait depuis tout ce temps.

— Permettez-moi d'abord d'aller chercher une autre tasse de café, commandant.

Pendant que l'ancien steward s'approchait du comptoir d'un pas lent, les épaules voûtées, le commandant Somme se reportait par la pensée à l'incident qui s'était produit, à propos de café, à bord du vaisseau frigorifique *Delcrest*. C'était peu de temps après que Naples fut tombée aux mains de la Cinquième Armée alliée. On déchargeait de ce bâtiment une cargaison de viande destinée à l'Armée. C'était son premier voyage comme commandant, il remplaçait le titulaire qui se trouvait en permission. Au déjeuner, Pop Seymour servait l'officier chargé des Services de Sécurité de l'Armée lorsque, pour éviter un mouvement brusque de ce dernier, il avait accidentellement heurté sa tasse de la main. Un peu de café s'était répandu sur le rabat de la poche de côté de sa vareuse kaki.

La tache se voyait à peine, mais le lieutenant, très méticuleux pour ce qui était de sa tenue, murmura :

— Quel vieux maladroit ! Mon seul blouson propre.

— Je vous demande pardon, mon lieutenant, dit Pop, désemparé.

261

Le lieutenant regarda le commandant Somme, de l'autre côté de la table.

— On devrait le faire débarquer, pour le mettre hors d'état de nuire.

Le commandant Somme ne fit aucun commentaire. Le lieutenant Harmson avait un caractère emporté ; il dut probablement regretter très vite cette saute d'humeur. C'était un jeune homme promu officier pour la durée de la guerre ; il avait été affecté aux services de sécurité du *Delcrest* et de sa cargaison de viande. Cet incident causa du souci à Pop Seymour ; il savait que la Marine nationale était pendant la durée de la guerre assez opposée à l'emploi de personnel de la Marine marchande, qu'elle considérait comme inapte ou indésirable. Si l'officier des Services de Sécurité faisait à la Marine un rapport défavorable sur son compte, on l'empêcherait probablement de réembarquer. Il se répétait en lui-même qu'il n'était pas un vieux maladroit, car cette remarque l'avait vivement affecté. Un peu nerveux, à la rigueur, du fait de la guerre. Il approchait de la soixantaine et n'était plus aussi alerte qu'à l'époque où il était serveur des premières classes à bord de grands transatlantiques tels que le vieux *Leviathan* ou l'*America*. Il n'avait plus la main aussi sûre, mais il était encore infiniment supérieur à la plupart de ces jeunes dressés pendant la guerre et affectés au service du carré des officiers.

Après le déjeuner, au moment où il se préparait à aller à terre, Pop se tracassait encore pour ce café répandu. Le Gouvernement militaire allié autorisait vingt pour cent du personnel des bateaux marchands à se rendre à terre d'une heure de l'après-midi jusqu'à cinq heures mais, en raison de la pénurie de chaloupes officielles, les bateaux devaient assurer par leurs propres moyens leur service de transport de permissionnaires. Cela était nécessaire parce que les quais étaient, dans leur totalité, bloqués par des bateaux que les Allemands en retraite avaient sabordés ; ils avaient mis ainsi les bateaux de ravitaillement alliés dans l'obligation de mouiller entre des îlots situés entre les jetées et de décharger dans des voitures amphibies ou sur des péniches. Les navires qui ne disposaient pas d'un canot automobile, tels que le *Delcrest,* dépendaient obligatoirement des bateaux de ravitaillement et d'autres embarcations à rames pour amener à terre leurs hommes d'équipage.

Pop Seymour quitta le bateau pour embarquer dans un canot de ravitaillement en compagnie de trois autres membres de l'équipage, des jeunes gens qui avaient bien l'intention de profiter des quelques heures de liberté dont ils allaient disposer à terre. Pop erra tout seul à l'aventure dans les docks et les rues du front de mer, détruites par le bombardement, qui menaient à la Via Roma. Les artères étaient encombrées de véhicules militaires, sur les trottoirs se pressaient soldats, marins et infirmières vêtus des divers uniformes des forces alliées et des Italiens amis. Les magasins, pour la plupart, étaient fermés, sans lumières, mais les vendeurs des rues avaient installé des étalages de camées bon marché, de coquillages et d'objets de piété.

Pop Seymour errait sans but ; il était principalement descendu à terre pour se dérouiller les jambes en profitant de la dernière journée de relâche ; le déchargement s'était terminé à midi, et l'on appareillait dès le lendemain. Il ignorait les cris des marchands de cartes postales illustrées et des petits garçons, qui proposaient des sucreries poisseuses aux amandes. A un carrefour, un jeune agent de police italien, basané, portant le brassard du Gouvernement militaire allié, le vit passer et le suivit des yeux. Il se disait à n'en pas douter que ce vieil homme avec sa chemise rayée, son pantalon de serge et son chapeau de feutre était un marin américain, tout désigné pour être attiré dans une embuscade, assassiné, dépouillé de ses vêtements, de son sauf-conduit donnant accès aux docks et de tous les papiers qu'il pouvait porter sur lui.

Pop Seymour entra finalement pour se reposer dans un petit débit de boissons au pied d'une ruelle escarpée. Il avait passé près d'une heure à arpenter les voies crasseuses, étroites et en pente raide, de l'autre côté de la Via Roma, il était fatigué et il avait soif.

Il y avait là quelques civils. Lorsque Pop Seymour fit

son entrée, ils le regardèrent d'un air indifférent, à l'exception d'un gros homme qui se renfrogna. Pop choisit une table libre à proximité de la porte. Il gardait présents à l'esprit les avis placardés partout à bord du *Delcrest,* recommandant au personnel de ne pas adresser la parole aux étrangers quand ils se trouvaient à terre, en uniforme ou non. Il commanda un verre de marsala, paya au moyen d'une lire émise par le Gouvernement militaire allié.

Il alluma sa pipe et laissa son regard errer dans la rue tranquille. Il se disait que ce marsala n'avait plus rien de commun avec ce qu'il avait pu goûter avant la guerre. Au bout d'un instant, sa pipe s'éteignit. Quand il l'eut rallumée, il leva les yeux assez vite pour voir entrer dans une boutique se trouvant de l'autre côté de la rue, deux hommes en uniforme d'officier américain. L'un d'eux était l'officier de la Sécurité militaire affecté au *Delcrest,* le lieutenant Harmson. Pop n'était pas surpris de le voir entrer dans un magasin de ce genre, car l'enseigne accrochée à l'extérieur comportait les mots « Objets d'art », et il savait, d'après les conversations des officiers pendant les repas, que le lieutenant Harmson s'occupait d'un magasin d'antiquités avec son père dans la Sixième Avenue, à New York. Pop Seymour l'avait entendu dire qu'il espérait bien trouver à Naples, pendant son séjour, une ou deux pièces rares à un prix avantageux.

Le fait d'avoir entrevu l'officier de la Sécurité militaire raviva la crainte de Pop Seymour d'avoir, peut-être, à se trouver à la charge, ce voyage terminé, de sa fille cadette. Elle ne cessait d'insister pour qu'il mène à terre une vie calme et tranquille avec elle et sa famille, mais depuis la mort de sa femme, peu de temps avant la guerre, il avait espéré rester en mer jusqu'à la fin, jusqu'au moment où il serait jeté par-dessus bord, enroulé dans une toile à voile, sans avoir jamais causé d'ennui ni de dépense à qui que ce fût.

Pop jeta un coup d'œil à sa montre-bracelet et commanda un autre verre de vin. L'heure à laquelle il devait regagner le front de mer se rapprochait. Il regarda la boutique d'objets d'art de l'autre côté de la rue. L'officier de la Sécurité militaire n'était toujours pas ressorti. La vitrine était vide, et Pop ne pouvait pas distinguer ce qui se passait à l'intérieur du magasin, qui n'était pas éclairé.

La porte s'ouvrit brusquement : deux hommes sortaient. L'un était l'officier qui était entré avec le lieutenant Harmson. Quant à son compagnon, avant même qu'il ne se fût tourné du côté du débit de boissons, Pop Seymour pouvait déjà dire, d'après sa vareuse mal ajustée, qu'il n'était pas le lieutenant Harmson, si soigneux de sa tenue. Il avait simplement à peu près la même taille et la même corpulence. D'après ce qu'il vit, l'autre officier portait à l'épaule les deux barrettes d'argent indiquant le grade de capitaine.

Lorsque Pop Seymour vida sa pipe et écarta sa chaise, l'officier de la Sécurité militaire n'avait pas encore quitté le magasin d'objets d'art. Le lieutenant, se disait Pop, avec son pas de jeune homme, parviendrait aux quais en deux fois moins de temps que lui-même. On sentait poindre la fraîcheur de la fin d'après-midi. Pop partit d'un bon pas. Quand il parvint à la porte située au pied de la Piazza Municipal, il était quatre heures et demie. Un M.P. le regarda de près et examina soigneusement son sauf-conduit avant de l'autoriser à poursuivre son chemin.

Lorsqu'il parvint sur le quai, deux matelots faisant partie de la garde en armes du bateau et un graisseur faisaient signe à un canot d'approcher. Pas trace de l'officier de la Sécurité militaire. La plupart des canots transportant des marchands venus proposer aux équipages des navires à l'ancre du vin et des souvenirs s'en retournaient déjà vers les quais, dans la crainte d'être surpris à découvert par la grêle d'éclats d'obus de la D.C.A. qui allait se déclencher dès la tombée de la nuit. Le panache de fumée blanche sortant du cratère du Vésuve se teinterait par moments de rouge et fournirait un point de repère naturel aux avions nazis qui cherchaient leur chemin.

Pendant que ce petit groupe attendait l'embarcation, de la fumée noire et des débris divers s'élevèrent dans le ciel, venant d'une rue voisine, sur le front de mer.

Les hommes n'y firent guère attention car, depuis l'arrivée de leur bateau, il ne s'était pas passé de jour qu'il n'éclate des bombes à retardement et des mines laissées par l'ennemi dans sa retraite.

Lorsque le patron du canot commença à ramer en direction du *Delcrest,* l'officier de la Sécurité militaire n'avait pas encore paru. Pop se dit que le lieutenant Harmson serait obligé de passer la nuit à terre, à moins d'avoir la chance de monter à bord d'une chaloupe de l'Armée après le raid aérien attendu.

Cependant, il n'y eut pas de raid sur le port cette nuit-là ; il y eut deux tentatives, mais les avions de chasse firent chaque fois rebrousser chemin aux bombardiers. A l'aube, le *Delcrest* quitta la protection des jetées et alla s'ancrer dans la baie parmi plusieurs autres vaisseaux attendant d'être remorqués. A l'heure du petit déjeuner, Pop Seymour entendit le capitaine Somme faire remarquer au chef mécanicien que l'officier de la Sécurité militaire était resté à terre.

— S'il ne se montre pas à midi, je passe un message par signaux optiques annonçant qu'il est manquant.

Pendant la pause café de la matinée, il se trouva que Pop sortit sur le pont pour voir une chaloupe se diriger vers le rivage après avoir quitté le *Delcrest*. Debout à l'arrière, les yeux fixés sur le vaisseau, il y avait un homme qu'il reconnut comme étant le capitaine de l'Armée qu'il avait vu entrer dans la boutique d'objets d'art avec le lieutenant Harmson.

Il se tourna vers l'un des gardes en armes qui se trouvait à côté de lui appuyé au bastingage.

— Est-ce que l'officier de la Sécurité militaire vient de rentrer à bord ?

Le garde acquiesça avec solennité d'un signe de tête.

— Mais ce n'était pas le lieutenant Harmson. Il a été tué hier après-midi : une bombe à retardement a fait sauter le mur d'un immeuble au moment où il passait. Ce capitaine de l'Armée vient d'amener son remplaçant.

Pop Seymour subit un choc. Il se dit que ce devait être cette explosion qu'il avait entendue en attendant le canot.

— C'est un gars qui n'a pas eu de chance, dit-il tristement.

— Par contre, le nouveau, lui, a du pot, dit le matelot. Je l'ai entendu raconter à notre officier que son bateau venait d'être torpillé, et qu'il avait débarqué hier sans autre chose que l'uniforme qu'il avait sur le dos. C'était le seul officier disponible pour remplacer le lieutenant Harmson. Les vêtements du lieutenant ont été laissés à bord pour qu'il s'en serve jusqu'à ce qu'il soit équipé.

Pop ne vit le nouvel officier de la Sécurité militaire qu'à l'heure du déjeuner. Quand il vint prendre sa commande, le commandant Somme lui dit :

— Lieutenant Sanford, je vous présente Pop Seymour, le doyen des stewards, qui est passé maître dans son art. Un vieux cormoran roublard, même s'il lui arrive d'orner de temps en temps votre uniforme d'une éclaboussure de café.

Pop Seymour eut un sourire gêné. Après tant d'années passées à bord du *Delcrest* avec le commandant Somme comme second, il était habitué à ses plaisanteries.

— Tant qu'il ne fait pas plus que m'ébouillanter la nuque et qu'il paie ma note de blanchissage, je n'aurai rien à redire.

Pop Seymour était content. Le lieutenant Sanford semblait être de contact plus agréable que le lieutenant Harmson et il pouvait peut-être espérer un rapport favorable. Il le regarda un moment. Sanford paraissait plus âgé que son prédécesseur, il était plus brun, il avait le front bombé et la mâchoire carrée.

— Est-ce que je ne vous ai pas déjà vu quelque part, mon lieutenant ?

Sanford leva vivement la tête et parcourut du regard le visage ridé du vieux steward. Il sourit.

— Vous devez me confondre avec un autre, Pop.

Il tourna les yeux vers le commandant Somme et dit en riant :

— Comme si après avoir rencontré le vieux Pop, je pouvais ne pas me souvenir de lui !

Pop Seymour s'en fut précipitamment à la cuisine, en

hochant la tête, comme pour réveiller ses souvenirs. Il était sûr d'avoir vu cet homme quelque part. En retournant à sa table, cela lui revint subitement. Il déposa une assiette de potage devant Sanford et lui dit :

— Je savais bien vous avoir vu quelque part, mon lieutenant. Au moment où vous sortiez, hier après-midi, de ce magasin d'objets d'art.

— Un magasin d'objets d'art ?

— Bien sûr. J'ai oublié le nom de la rue. J'étais installé dans un petit débit de boissons sur l'autre trottoir et je vous ai vu sortir.

Sanford secoua lentement la tête.

— Pop, dit-il sans s'impatienter, je ne me suis trouvé à aucun moment hier après-midi à proximité d'un magasin d'objets d'art. J'ai passé toute la journée au quartier général de l'Armée, à essayer de me faire équiper et savoir ce qu'on allait faire de moi.

— C'est drôle, mon lieutenant. Mes yeux ne sont pas tellement bons pour lire, mais ils sont excellents à distance. Vous sortiez avec un autre officier.

— Etes-vous en train d'insinuer que je suis un menteur ? demanda Sanford, dans un brusque accès de colère.

— Non, mon lieutenant, se hâta de répondre Pop. Ce n'est pas ce que je veux dire. Ne prenez pas cela de travers. C'est simplement que mes yeux commencent également à ne plus être très bons à distance.

— Pop avait peut-être bu un verre de vin en trop, dit avec un sourire le commandant Somme.

— Quand un vieil homme commence à voir des choses, c'est signe que la sénilité approche, grommela Sanford. Je n'ai été autorisé à quitter le quartier général à aucun moment dans la journée d'hier.

Pop Seymour s'éloigna de la table, très malheureux. Après le déjeuner, il sortit sur l'arrière-pont pour aller fumer. Il était seul, et il tirait mélancoliquement sur sa pipe. Il était parti du mauvais pied, avec ce nouvel officier de la Sécurité. Si celui-ci le signalait comme devenant sénile, ce voyage risquait d'être pour lui le dernier.

Pop se disait avec colère que le lieutenant Sanford

était un menteur. Il était aussi sûr de l'avoir vu sortir de ce magasin d'objets d'art qu'il avait vu le lieutenant Harmson y entrer. Ce matin, il avait reconnu ce capitaine de l'armée de terre, alors pourquoi se tromperait-il pour le lieutenant Sanford ?

Pourquoi celui-ci affirmait-il que ce n'était pas lui qui était sorti de la boutique d'objets d'art ? Autre chose étrange : le lieutenant Harmson était entré avec ce capitaine, le lieutenant Sanford était sorti avec lui, et ils arrivaient tous les deux ce matin à bord, le lieutenant Sanford étant présenté comme le nouvel officier chargé de la Sécurité.

Des conversations des officiers entendues aux heures des repas, Pop avait compris que Naples grouillait d'espions, de saboteurs nazis et fascistes, dont quelques-uns se dissimulaient sous des uniformes alliés. On en avait pris un qui avait l'accent des Etats du Sud et se faisait passer pour un lieutenant de la Marine américaine. Il avait été élevé au Texas par des parents allemands et vivait en Allemagne au moment où la guerre avait éclaté. Il avait, en même temps que d'autres agents, été laissé en arrière après la chute de Naples pour harceler les Alliés en profitant de la confusion, de l'absence de coordination qui subsisteraient parmi leurs unités tant que n'auraient pas été rétablis les centrales électriques et les services téléphoniques, et tant que toutes les bombes à retardement et les mines n'auraient pas été désamorcées.

Après avoir longuement réfléchi sur le magasin d'objets d'art et le nouvel officier de la Sécurité, Pop Seymour décida d'aller faire part de ses réflexions au commandant Somme. Il servait toujours le café aux officiers vers trois heures et demie ; cet après-midi-là, quand il arriva dans la cabine du commandant Somme, celui-ci venait de se réveiller d'une courte sieste. Au moment où le steward plaçait son plateau sur le bureau, il se redressa et le regarda avec curiosité : au lieu de se retirer, Pop ferma la porte et se tourna vers lui :

— Mon commandant, c'était le lieutenant Sanford que j'ai vu hier après-midi sortir de ce magasin d'objets d'art. Je ne l'ai confondu avec personne, et cela n'est pas dû à un excès de boisson. Et je ne deviens pas non plus sénile.

— Il n'y a rien dans tout cela qui doive vous préoccuper, dit le commandant avec un sourire. Je plaisantais, et le lieutenant Sanford a dit cela sans le penser vraiment. Vous êtes encore bien loin d'être sénile, mon vieux.

— Ce n'est pas cela qui me préoccupe, mon commandant, mais le fait que le lieutenant Sanford ait menti en disant que ce n'est pas lui que j'ai vu sortir du magasin d'objets d'art.

— C'est peut-être dû à une ressemblance, Pop. Cela arrive quelquefois.

— Cela n'est pas arrivé hier. Il y a autre chose qui me préoccupe : le lieutenant Harmson est entré dans le magasin avec cet autre officier, un capitaine, et c'est le lieutenant Sanford qui est sorti. Cela ne vous paraît pas étrange ?

— Eh bien, voici ce qui a pu se produire : le lieutenant Harmson a engagé la conversation avec le capitaine de l'armée de terre à propos de magasins d'objets d'art et il l'a emmené en voir un. Vous avez entendu le lieutenant Harmson déclarer qu'il s'occupait de ce genre d'affaires. Un officier ressemblant au lieutenant Sanford se trouvait là par hasard au même moment et il est sorti avec le capitaine. Il est malheureux que le lieutenant Harmson ne soit pas sorti en même temps qu'eux. Il serait vivant actuellement.

— Ce n'est pas comme cela que je vois les choses, mon commandant, dit Pop en s'entêtant. Vous imaginez cela à votre façon parce que vous vous figurez que le lieutenant Sanford ne ment pas. Et il y a une chose que vous ne savez pas : le capitaine de l'armée de terre qui, dans la matinée, a amené le lieutenant à bord est le même officier que celui qui est sorti avec lui du magasin d'objets d'art. Vous ne trouvez pas ça également un peu curieux ?

— S'il en est ainsi, c'est effectivement étrange, reconnut le commandant Somme. Mais c'est peut-être une simple coïncidence. Vu la façon dont les choses se passent en ce moment à Naples, rien ne peut me surprendre.

— Vous savez ce que je crois, mon commandant ? Ce sont deux espions allemands. Ce magasin d'objets d'art est un repaire de fascistes. C'est là qu'ils ont tué le lieutenant Harmson. C'est pour cette raison que le lieutenant Sanford dit des mensonges. Il sait que je l'ai vu sortir du magasin. Dans ce cas, il craint que j'aie peut-être vu aussi le lieutenant Harmson y entrer.

L'expression à moitié amusée qui s'était peinte sur le visage du commandant s'effaça soudain. Pop Seymour poursuivait :

— Vous savez encore ce que je crois ? Le lieutenant Sanford, quand il est sorti du magasin, devait porter l'uniforme du lieutenant Harmson. Vous avez peut-être remarqué que sa vareuse ne lui allait pas très bien. Et c'est pourquoi on a laissé à bord les vêtements du lieutenant Harmson. Ce n'est pas parce que le lieutenant Sanford a perdu les siens à bord du vaisseau torpillé. Espion allemand, il n'a pas d'autre uniforme que celui pour lequel le lieutenant Harmson a été tué.

Le commandant contemplait avec sérieux son « vieux cormoran roublard ». Si Pop disait vrai, il semblait que les espions allemands aient saisi l'occasion pour introduire l'un des leurs à bord du *Delcrest*. Il avait peut-être été trop aisément dupé par une lettre truquée affectant à son navire ce nouvel officier de la Sécurité militaire et par le capitaine peut-être « bidon » qui l'accompagnait. Le bâtiment ayant appareillé, le convoi étant formé, tout contact avec la terre étant ainsi rompu, il était peu probable que l'affectation d'un nouvel officier chargé de la Sécurité vienne à la connaissance des autorités restées à terre et qu'il en résulte une enquête. Le lieutenant Sanford avait peut-être emporté à bord un poste émetteur de radio clandestin ; un appareil de ce genre avait bien été utilisé dans le convoi formé à l'aller, et avait permis aux sous-marins de repérer les navires. Le faux officier de la Sécurité disparaîtrait au moment où le bateau toucherait son port de destination, pour opérer à terre comme espion, en emportant une documentation sur les codes secrets et le fonctionnement des convois.

— Pop, voilà que vous avez réussi à me communiquer votre inquiétude. Vous pourriez être dans le vrai.

— Qu'est-ce qui aurait tendance à vous faire croire le contraire, mon commandant ?

Le visage jeune du commandant paraissait bouleversé.

— Jugez de ma situation, Pop. Si je transmets à terre, par signaux optiques, un message demandant confirmation de la mort du lieutenant Harmson et de l'affectation du lieutenant Sanford à son ancien poste, Dieu sait combien de temps il faudra, dans les circonstances actuelles, pour que mon message parvienne à destination, et la réponse sera peut-être encore plus longue à obtenir. Si le départ du convoi est prévu pour cinq heures du matin et que nous n'ayons à ce moment aucune nouvelle en provenance de la terre, il faudra que je diffère notre appareillage. Il y a pénurie de bateaux frigorifiques, si bien que, s'il se trouvait que vous vous soyez trompé, Pop, et que nous soyons retardés d'une semaine pour attendre le prochain convoi, la Marine m'incendierait. Je n'obtiendrais plus de commandement jusqu'à la fin de la guerre. On dirait que j'ai prêté l'oreille à l'imagination désordonnée d'un vieux steward, parce que c'était un camarade de navigation, au lieu de me fier à la parole d'un officier.

— Mon commandant, dit Pop Seymour d'un air entendu, je vous comprends. C'est votre premier voyage comme pacha et vous n'avez pas tellement envie de vous mouiller comme pourrait se risquer à le faire un vétéran. Je n'essaie pas de vous dicter votre conduite, mais si vous voulez n'agir qu'à coup sûr, je n'y vois pas d'inconvénient. Vous pourrez peut-être trouver un moyen, lorsque nous serons en mer, de démontrer que le lieutenant Sanford est un imposteur et vous n'aurez plus alors qu'à le faire mettre aux fers.

— Si ce magasin d'objets d'art est une planque d'agents ennemis, et si ce capitaine de l'armée de terre est l'un de ces espions, il faut faire quelque chose dès à présent. Les autorités militaires de la place doivent être immédiatement mises au courant. Pop, si je pouvais être sûr que vous ne vous êtes pas trompé sur le compte du lieutenant Sanford...

Le capitaine s'interrompit en faisant un geste d'impuissance.

— Je voudrais pouvoir vous aider sur ce point, mon commandant, dit Pop avec tristesse. Tout ce que je puis faire, c'est vous affirmer que je ne me suis pas trompé.

Il se tourna vers la porte.

— Je ferais mieux de continuer à servir le café aux officiers.

Pop Seymour sortit. Quelques minutes après, il revenait en hâte, tout énervé.

— Mon commandant, dit-il, en claquant presque la porte derrière lui, j'ai quelque chose à vous dire ! Quand j'ai apporté le café dans la cabine du lieutenant Sanford, il était sur le pont. Sa vareuse était pendue. Je n'ai pas pu ne pas voir la tache de café, à l'endroit précis où je l'ai faite hier, sur le rabat de la poche, du même côté. Cela ne prouve-t-il pas que c'est la vareuse du lieutenant Harmson ?

Le commandant Somme était assis, il n'avait pas encore touché à son café, et il regardait le vieux steward comme s'il n'était toujours pas convaincu.

— Mon commandant, vous n'avez pas besoin de me croire, cette fois-ci. Vous pouvez aller voir par vous-même, simplement pour en être sûr.

Le commandant se leva brusquement.

— Pop, cette fois, on dirait bien que je suis sur le point de vous croire.

Lorsque le vieux Pop Seymour retourna à la table du commandant Somme dans la cafétéria du bâtiment de l'Institution religieuse des Gens de mer, ce dernier souriait à l'évocation de ces souvenirs. Au moment où l'ancien steward reposait sa tasse et sa soucoupe, écartait sa chaise, le commandant dit :

— Je pensais à l'instant à cette tache de café, qui date de tant d'années. Dans quel état d'impatience je me trouvais quand j'attendais une réponse à mon message par signaux optiques, et que j'assistais aux préparatifs d'appareillage du convoi. Le spectacle le plus merveilleux qu'il m'ait été donné de voir dans toute ma chienne de vie, c'est celui de cette chaloupe chargée de M.P. se dirigeant vers notre navire. S'il s'était trouvé que cette tache de café soit une nouvelle coïncidence, je crois que j'aurais sauté par-dessus bord.

Pop Seymour eut un sourire ambigu.

— Je tenais pour certain que ce n'était pas une coïncidence.

— Pop, à ce moment-là, vous ne pouviez pas en être vraiment sûr.

— J'en étais sûr pour ce simple fait : il n'y avait pas de tache sur la veste.

Le commandant paraissait interloqué.

— Que voulez-vous dire, Pop ? Je l'ai vue. Tout le monde l'a vue.

Pop Seymour eut un sourire en coin.

— Quand j'ai vu la veste pendue, je me suis rappelé la tache. Je l'ai donc cherchée. Elle n'y était pas. Je me suis dit que le lieutenant Harmson devait l'avoir enlevée la veille avant d'aller à terre, ou bien que c'était ce faux officier de la Sécurité qui l'avait fait. Je me suis dit que cela ne suffirait pas pour que vous vous mouilliez. Si bien que j'ai mis un peu de café au bon endroit.

Le commandant Somme en resta sans voix. Avec le même sourire, Pop Seymour ajouta :

— Tout le monde me considérait comme une espèce de héros pour le simple fait d'avoir repéré cette tache, ma situation dans la Marine était bien assise. Je ne voyais donc aucune raison de révéler que les choses ne s'étaient pas passées ainsi.

Le commandant Somme prit une profonde inspiration, comme s'il allait exploser.

— Pop, si j'avais su cela tandis que j'attendais une réponse à mon message, je crois que je vous aurais envoyé à fond de cale.

Il éclata de rire.

— Je vous appelais habituellement mon vieux cormoran roublard. Vous étiez en réalité un vieux busard sournois.

*Restored Evidence.*
Traduction de Jacques Parsons.

© 1972 by H.S.D. Publications Inc.

# Le bricoleur

par

CHARLES MERGENDAHL

— Norman, je t'en prie ! fit dans l'écouteur la voix irritée de Corliss. Je t'ai posé une simple question, et je veux une réponse aussi simple. As-tu ou n'as-tu pas changé l'eau de la piscine ? Réponds-moi.
— Ecoute, Corliss...
— Elle était sale samedi, et tu m'as promis de le faire, Norman. Nous sommes aujourd'hui mardi.
— Je sais ce que j'ai promis, et je sais aussi que nous sommes mardi. C'est d'ailleurs pour ça que je veux te parler.

Pimsley s'humecta les lèvres, les rapprocha de l'appareil, et sa voix ne fut plus qu'un murmure rauque.

— Corliss, est-ce... est-ce que Gregg vient ce soir avec toi ?
— Mais oui, comme d'habitude !
— Oui, mais *ce soir,* Corliss, c'est différent. Il faut que je te parle. Il y a si longtemps que...
— Au revoir, dit Corliss, et elle raccrocha.

Pimsley reposa à son tour le combiné et resta longtemps devant le téléphone, plongé dans ses pensées. « Oui, bien sûr, *comme d'habitude !...* » Quand cela va-t-il cesser ?

On n'avait jamais vu ça, c'était absolument choquant — une femme qui amenait trois fois par semaine chez son mari un jeune professeur de natation, pour qu'il lui donne de prétendues « leçons ». En réalité ils restaient, dehors, dans l'obscurité des nuits d'été, tandis que lui attendait seul au salon, en proie à une sorte de panique et d'effroi car il savait que ces leçons n'étaient qu'une comédie, et qu'ils le narguaient dans la pénombre de la piscine.

Pimsley était un petit homme tout rond, au cheveu rare. « *Un incapable* », disait Corliss de lui, bien qu'il fût excellent jardinier, remarquable ébéniste amateur, et maçon de premier ordre. Il avait pratiquement bâti lui-même la maison... pour Corliss. Il avait fait pousser de magnifiques roses *American Beauty* et, dans sa petite serre, de délicates orchidées... pour Corliss. Une terrasse pour Corliss ; un court de badminton pour Corliss. Et enfin, l'année dernière, l'apothéose : une splendide piscine en forme de haricot... tout cela pour Corliss et le jeune, blond et arrogant M. Gregg « Adonis » Muller.

« Je t'en prie, Corliss... Pas ce soir. » Pimsley traversa le living-room au plafond voûté et gagna par la porte-fenêtre la terrasse sur laquelle donnait la grande baie vitrée du salon. La nuit tombait doucement, et les grillons, dans les herbes, jouaient de leur crincrin. De gros nuages sombres accouraient dans le ciel ; il pensa qu'il pleuvrait peut-être, et que cela résoudrait tout, car alors Corliss et Gregg ne pourraient s'ébattre dans la piscine.

Il s'avança jusqu'au bord de celle-ci et contempla les derniers rayons qui jouaient sur l'eau sombre. Il essaya de s'imaginer ce qui se passait exactement là, lors de ces soirées du mardi, du jeudi et du samedi. Tout ce qu'il pouvait voir, de son fauteuil dans le living-room, c'était des reflets de lumière sur la grande baie vitrée. Tout ce qu'il pouvait entendre, c'était le sauvage « yihîîî ! » que poussait Gregg en sautant du plongeoir (« il fait toujours un double saut périlleux ! » disait fièrement Corliss), puis le plouf, tandis que Corliss criait : « J'arrive, Gregg ! » Le plongeoir vibrait de nouveau, moins fort, suivi d'un plus petit plouf. Ensuite, c'était toujours le silence... un silence secret, interminable.

Que *faisaient-ils* dans l'eau tranquille et noire ? « Il m'apprend à faire la planche », disait parfois Corliss avec un sourire. Ou bien : « Nous nageons sous l'eau, bien sûr. » Mais que faisaient-ils *réellement* ? Comment

Gregg avait-il eu cette égratignure sur son épaule musclée, et une fois cette marque de rouge sur le menton ? Et ce qui était pire que tout, pourquoi n'avait-il pas, lui, Pimsley, le courage, viril, marital, de les arrêter ou au moins de sortir et d'aller voir une bonne fois pour toutes ce qui se passait là-bas ?

Eh bien, il n'en avait pas le courage. C'est pourquoi il avait projeté depuis longtemps déjà d'installer des lampes autour de la piscine, afin de pouvoir les observer en toute sécurité depuis le living-room. « Tout le monde éclaire sa piscine », avait-il déclaré à Corliss d'un ton dégagé. « Je trouve que c'est très chic, tu sais. » Elle s'était contentée de sourire de son air narquois, en lui disant : « Tu as construit cette piscine pour moi, c'est donc *ma* piscine. Et je ne veux pas avoir de ces lumières qui éblouissent au-dessus de *ma* piscine. Un point, c'est tout. »

« *Bien sûr que non. Non, pas toi, Corliss.* » Pimsley détourna ses yeux de l'eau noire qui gardait son secret, écouta encore les bruits de l'été, puis retourna au salon.

Il s'assit et attendit, plongé dans ses pensées, ses souvenirs. Au bout d'un certain temps, quand sa rage et sa douleur furent telles qu'il se sentit trembler de tout son petit corps dodu, il se leva brusquement, ouvrit le tiroir de son bureau et y prit un revolver. C'était une arme japonaise, un souvenir de guerre. Mauvaise fabrication, petit calibre, et faible vitesse initiale. Mais elle tuerait son homme... même un homme jeune et fort. Elle pourrait aussi tuer une femme.

Une voiture tourna dans l'allée, et Pimsley remit hâtivement l'arme dans le tiroir, soulagé de n'avoir plus à penser à une telle chose car, bien qu'il détestât suffisamment Gregg Muller pour le tuer, bien que Corliss le narguât, le provoquât et le poussât chaque jour plus près de la folie, il n'était pas assez fou pour se vouer lui-même à la chaise électrique par un acte stupide de jalousie aveugle.

La porte d'entrée s'ouvrit. Corliss portait une robe d'après-midi. Ses bras nus étaient hâlés, ses longs cheveux dorés entouraient son jeune visage aux yeux bleu clair, aux lèvres rouges et pleines. Derrière elle apparut Gregg Muller, très grand, les cheveux bouclés. Il portait un pantalon de sport, un polo, et ce genre de veston voyant que seuls les hommes jeunes et beaux peuvent porter avec aisance.

— Tu sais que c'est mardi, lança sèchement Corliss en traversant la pièce pour gagner la salle de bains. Tu sais que l'eau était sale samedi dernier. Il n'y avait donc aucune raison de faire tant d'histoires au téléphone.

— Je ne faisais pas d'histoires, chérie.

— Et tout ce blabla ?

— C'est que j'espérais... pour une fois peut-être... que tu rentrerais seule à la maison.

— Eh bien non ! Et pour l'amour du ciel, ne parle pas comme ça quand Gregg est là.

Corliss s'en alla d'un pas léger passer son maillot de bain et Gregg dit au mari :

— Je sais que vous ne m'aimez pas beaucoup, monsieur Pimsley. Mais si l'on considère que je donne à votre femme des leçons de natation *gratuites*...

Il éclata d'un rire masculin, moqueur, défiant, puis pivota sur les talons en criant :

— Je parie que je serai prêt avant vous, Cor ! avant de se précipiter hors de la pièce.

Pimsley attendit. Le chant des grillons se faisait faible et lointain. Le tiroir du bureau était demeuré entrouvert, si bien que s'il le voulait, s'il *devait* le faire, il pourrait l'ouvrir et en sortir le revolver d'un seul mouvement. « *Ne m'oblige pas à faire ça*, pensa-t-il. *Je t'en prie, Corliss, ne m'oblige pas à faire ça !* »

Au bout d'un instant, Gregg sortit de la chambre d'amis. Comme d'habitude, il portait un slip de bain rouge très moulant. « On dirait une statue, pensa Pimsley. Bronzé, dur, musclé, et aussi insensible que le marbre. » Il jeta à peine un coup d'œil vers Pimsley. « Vous venez, Cor ? » cria-t-il à Corliss. Puis tout à coup il se mit à marcher sur les mains au centre du tapis. Il marcha un bon moment dans cette position. « Il se croit chez lui », pensa Pimsley, tout en clignant d'un œil et se demandant s'il serait ou non difficile de tirer une balle dans le cœur d'un homme à la tête en

279

bas. Il conclut que la nuque de cette tête bouclée offrait une meilleure cible.

Corliss entra, vêtue de son maillot deux pièces blanc qui soulignait les douces courbes de son corps. Elle éclata de rire :

— Mon Dieu, Gregg, que vous êtes bête !

Et Gregg, toujours la tête en bas, lui répondit :

— C'est pour l'assouplissement, Cor. Je me prépare pour du plus sérieux !

Pimsley remarqua la façon dont Corliss détaillait le corps renversé de l'homme, ses lèvres humides, entrouvertes. Soudain Gregg bondit sur ses pieds, enveloppa Corliss d'un regard franchement appréciateur et chargé de promesses avant de partir en bondissant vers la terrasse.

Corliss s'apprêtait à le suivre.

— Chérie, dit Pimsley.

Corliss rentrait ses mèches blondes sous un bonnet de bain blanc, portant son poids sur une jambe d'une manière qui lui rappela leurs rares moments d'intimité, avant leur mariage, lorsqu'elle lui faisait des promesses qu'elle n'avait jamais eu l'intention de tenir.

— Je t'en prie, chérie. Ne me laisse pas seul ce soir...

Elle se mit à rire. Au-dehors, le plongeoir vibra sous les mouvements d'assouplissement de l'athlète au pied sûr.

— Je t'en prie, supplia Pimsley. Je t'en prie ! Je crois qu'il va pleuvoir.

— Mais non, il ne pleuvra pas.

— Ecoute, assieds-toi... au moins un moment, juste un moment...

— Peut-être que si tu *savais* nager... railla Corliss. Si tu ne coulais pas comme une pierre, si tu n'étais pas si gros, si tu n'étais pas si vieux, si tu pouvais jouer au tennis ou faire *quelque chose* comme un homme...

— Mais je sais faire un tas de choses ! protesta Pimsley. Les fleurs, par exemple. Et je suis plutôt habile devant un établi, tu le sais. Simplement parce que je suis plus âgé que Gregg... enfin, un homme trouve d'autres amusements...

— Tu n'es qu'un vieux bricoleur ! lui lança Corliss avec mépris en se dirigeant vers la terrasse.
— S'il te plaît, Corliss !
Il se leva d'un bond et la suivit.
— S'il te plaît ! Je t'en supplie
Elle se retourna vers lui, et le mépris éclata sur son visage.
— Ne me supplie pas, Norman. *Jamais !*
La vibration du plongeoir se faisait toujours entendre, jusqu'au moment où retentit le « Yihîîî ! » familier de Gregg. Il fit jouer une dernière fois les ressorts du tremplin. Un bref silence, puis le plouf dans l'eau.
— Un double saut périlleux, dit Pimsley.
— Magnifique ! s'exclama Corliss avec conviction. D'ailleurs, il fait tout très bien. (Comme elle lui tournait le dos, Pimsley comprit que rien de ce qu'il pourrait dire ne l'empêcherait de rejoindre Gregg, exactement comme elle l'avait fait semaine après semaine — tandis qu'il écoutait le silence en se posant mille questions. Il comprit aussi qu'il ne pouvait plus supporter cela.) « Corliss ! » appela-t-il d'une voix sèche, puis il sortit le revolver du tiroir et le pointa droit sur sa femme.
Corliss se détourna à demi, aperçut le revolver et lui fit face :
— Il ne faut pas jouer avec les armes à feu, chéri. Ça peut être dangereux, énonça-t-elle tandis qu'un lent sourire montait à ses lèvres.
La main de Pimsley tremblait. Ses yeux restaient fixés sur cette bande de peau bronzée que laissait nue le pince deux-pièces. Il pensa que s'il appuyait sur la détente un vilain petit trou sanglant apparaîtrait juste au centre de cette superbe peau si douce. Il ferma les yeux, serra fortement les paupières, puis les rouvrit. Sa voix trembla :
— Corliss... Je t'ai demandé... Je t'ai suppliée... Maintenant, je te menace. Ne va pas nager ce soir.
De nouveau le sourire.
— Et pourquoi est-ce particulièrement important ce soir ?

— Corliss... écoute... ça vient petit à petit... et tout d'un coup un homme sent qu'il ne peut continuer ainsi...

— Oh ! tu continueras, Norman !

— Corliss, je te jure... si tu fais un mouvement de plus pour sortir, je... je...

— Tu feras quoi, chéri ?

— Je te tuerai.

Les yeux de Corliss se rapprochèrent un moment en le fixant. Puis elle se mit à rire, d'un rire haut perché où ne transparaissait aucun effroi.

— Tu veux la vérité, chéri ? Eh bien, la voilà : j'aimerais mieux être morte que rester une minute de plus avec toi.

Pimsley abaissa le canon :

— Tu le désires *à ce point-là !* s'exclama-t-il.

— Oui, *à ce point-là,* dit Corliss en reculant lentement vers la porte. (Pimsley la regarda partir à travers le brouillard humide de ses yeux. Le revolver se balançait, inutile, à son doigt. Il comprenait enfin que même les menaces étaient vaines. Il avait pourtant essayé — Dieu sait ! —, il avait essayé, pensait-il en entendant le rire bas et moqueur de sa femme, le léger tapotement de ses pieds nus sur la terrasse.) J'arrive, Gregg. Regarde celui-là !

Puis la faible vibration de la planche suivie d'un petit bruit d'eau jaillissante... et le long silence lourd de secrets, que le chant des grillons rendait de plus en plus profond, jusqu'au point où il ne put le supporter davantage.

Il se leva, remit le revolver dans le tiroir et se dirigea doucement vers la terrasse. Il se sentait les jambes faibles ; la transpiration ruisselait sous sa chemise. Il s'arrêta à la porte-fenêtre, écouta... écouta, puis s'avança sans bruit à travers la terrasse jusqu'au bord de la piscine. Il ne l'avait encore jamais fait, car il n'aurait jamais osé dans le passé troubler leur intimité. Ce soir-là, tout était différent. Tout s'était étalé au grand jour. Il avait prié, supplié, menacé, en vain. Elle préférait être avec Gregg, elle préférait être morte plutôt que rester avec lui. « Corliss... » murmura-t-il intérieurement. « Oh ! Corliss... Corliss... » Il lui fallait maintenant faire le dernier pas. Il s'arrêta dans ce profond silence qui lui faisait si mal, puis regarda pardessus le bord de la piscine assombrie par la nuit.

Tout d'abord, il ne vit rien que l'eau noire dans la nuit plus noire encore. Puis au bout d'un moment il vit les deux corps.

Il recula. Il ne pouvait endurer de les voir. Un sanglot s'étrangla dans sa gorge, et il rentra en titubant dans la maison, sans se soucier du bruit, parce que Gregg et Corliss étaient maintenant l'un à l'autre et n'écouteraient pas.

Il s'assit dans le living-room. Le silence s'appesantit. Les grillons chantonnaient. Il attendit... attendit... tremblant, en sueur, malade dans tout son corps, puis enfin, lorsqu'il sentit que le silence allait exploser en lui, il se leva en chancelant et se dirigea d'un pas mal assuré vers le téléphone. Son doigt tremblait en composant le numéro, et il fut d'abord incapable de prononcer une parole. Finalement les mots sortirent, il bagaya, mélangea les syllabes. « Oh ! mon Dieu... j'ai tout essayé. J'ai fait tout ce que je pouvais... Mais c'était trop tard, vous comprenez... Je veux dire que je désirais installer des lumières, mais elle n'a pas voulu me laisser faire ; j'avais vidé la piscine, comme elle souhaitait que je le fasse, mais ce n'était pas terminé et il y avait quelques centimètres d'eau, vous voyez... seulement quelques *centimètres,* et la nuit est tellement noire... et ils l'ignoraient... »

Le sergent lui dit qu'il allait envoyer une voiture immédiatement et ajouta :

— Ne vous faites pas de reproches, monsieur Pimsley. Il ne faut pas vous faire de reproches.

— Merci, sanglota Pimsley.

Il raccrocha et resta assis sans faire un mouvement, puis enfouit sa tête dans ses mains et pleura interminablement, se rappelant qu'il avait *tout* fait pour la sauver... tout ce qu'il était possible à un homme de faire. Il avait plaidé sa cause, supplié ; il avait ordonné et menacé, mais elle avait néanmoins préféré être avec Gregg. Plutôt mourir que rester avec lui... Il ne fallait donc pas qu'il se fasse des reproches. Il ne devait jamais se sentir coupable de quoi que ce soit...

*Do-it-yourself.*
D'après la traduction de Marc Flury.

© 1958 by H.S.D. Publications Inc.

# TABLE

| | |
|---|---:|
| L'assassin contagieux, *Bryce Walton* | 7 |
| Plan 19, *Jack Ritchie* | 24 |
| Bonne leçon pour un pro, *Stephen Wasylyk* | 44 |
| Vol à crédit, *James M. Ullman* | 63 |
| Le jardinier du clair de lune, *Robert L. Fish* | 73 |
| Brûlante vengeance, *Stanley Cohen* | 88 |
| Chaque soir, il pressait la détente, *Robert Edmund Alter* | 112 |
| L'automobiliste, *William Brittain* | 123 |
| Le chasseur traqué, *Borden Deal* | 135 |
| Chevalier de grands chemins, *Thomasina Weber* | 146 |
| Une odeur de meurtre, *Joe L. Hensley* | 158 |
| Cher *corpus delicti*, William Link et Richard Levinson | 174 |
| Poursuite et fin, *C. B. Gilford* | 184 |
| Crime à répétition, *Lawrence Treat* | 208 |
| L'ordre et la justice, *W. S. Hartman* | 222 |
| L'heure de puissance, *Edward D. Hoch* | 229 |
| La vérité qui tue, *Donald Olson* | 238 |
| A la fenêtre, *Dan J. Marlowe* | 254 |
| Le vieux cormoran, *Patrick O'Keeffe* | 260 |
| Le bricoleur, *Charles Mergendahl* | 276 |

*Achevé d'imprimer en mars 1999
sur les presses de l'Imprimerie Bussière
à Saint-Amand (Cher)*

POCKET - 12, avenue d'Italie - 75627 Paris Cedex 13
Tél. : 01-44-16-05-00

— N° d'imp. 616. —
Dépôt légal : novembre 1986.
*Imprimé en France*